KB124333

누군가
나에
대해
말할 때

김경욱 소설집

누군가 나에 대해 말할 때

펴낸날 2022년 8월 29일

지은이 김경욱
펴낸이 이광호
주간 이근혜
편집 김필균 이주이 허단 방원경 윤소진 유하은
펴낸곳 ㈜문학과지성사
등록번호 제1993-000098호
주소 04034 서울 마포구 잔다리로7길 18(서교동 377-20)
전화 02)338-7224
팩스 02)323-4180(편집) 02)338-7221(영업)
전자우편 moonji@moonji.com
홈페이지 www.moonji.com

ISBN 978-89-320-4047-9 03810

김경욱
소설집

누군가
나에
대해
말할 때

문학과지성사

차례

누군가 나에 대해 말할 때

코로나19가 영원히 끝나지 않으면 좋겠다.

집까지 찾아오는 사람도 집에만 틀어박혀 지낸다고 뭐라는 사람도 없다. 계절이 바뀔 때마다 삼단 찬합에 밑반찬을 가득 싸 오던 고모도 발길을 끊은 지 347일째다. 발길이 뜸해진 고모는 연락도 뜸해졌다. 전화상으로는 냉장고를 활짝 열어젖힌 채 잔소리를 늘어놓을 수 없기 때문이다. 모두 코로나19 덕분이다.

어머니 장례를 치르고 첫 외출이니 1,305일 만이다. 이제 사람을 만나 차를 마시거나 밥을 먹으려면 목숨마저 걸어야 하지만 그간 집 밖 출입을 삼간 것은 죽음이 두려워서가 아니다. 집에 머물 이유는 스무 가지쯤 댈 수 있지만 밖으로 나가야 할 이유는 한 가지도 찾기 힘들었다. 그러는 사이 집을 비우지 못할 이유가 하나 더 늘었다.

외출. 집이나 근무지 따위에서 벗어나 잠시 밖으로 나감. 네이버 어학 사전대로라면 나는 어제도 외출했다. 차 좀 빼달라는 전화를 받고 용궁 빌라 101호에서 벗어나 잠깐 골목에 나갔다 온 게 전부지만. 사실 용궁 빌라 앞 골목에 주차된 승합차를 빼주는 것은 아버지가 할 일이다. 전화도 늘 아버지 갤럭시 폰으로 걸려온다. 승합차 전면 창 하단 안쪽에 비치해둔 A4 용지에는 아버지 휴대폰 번호가 적혀 있다. 아버지 차니 당연한 일이다. 2004년식 봉고 코치. 전에 몰던 차종은 1983년식 봉고 나인이었다. 아버지는 시공이 가장 까다롭다는 대중목욕탕 전문 떠발이였다. '떠발이'는 타일 뒷면에 모르타르 반죽을 발라 한 조각 한 조각 이어 붙이는 수작업 방식이다.

"떠발이만 잘 배워도 목구멍에 거미줄은 안 친다."

아버지는 봉고 나인을 몰던 시절부터 김중근을 현장에 데리고 다녔다. '목구멍에 거미줄 치다'는 밥벌이를 못 해 굶는다는 의미의 관용구다. '어깨너머로 배우다'도 관용구지만 김중근은 진짜 아버지 어깨 너머로 떠발이를 배웠다.

"대중탕 떠발이는 배수가 생명이다. 평평한 듯 비스듬히 붙여야 줄눈에 물때가 안 낀다."

김중근에게는 기울기보다 타일의 정확한 맞물림이 더 중요했다. 어깨 너머로 본 걸 똑같이 따라 하다가도 타일 간격에만 집중하는 자신을 발견하곤 했다. 기껏 완벽한 모자이크를 만들어놓으면 아버지가 뜯어내 다시 바르기 일쑤였다.

무릎에 자꾸만 물이 차 쭈그려 앉지 못하게 된 뒤로 아버지는 일꾼 수송만 맡았다. 9인승이 15인승으로 바뀐 내막이다. 얼마 전부터 자리보전하고 누운 아버지 대신 김중근이 승합차를 빼주고 있다. 1종 보통 면허를 딴 덕분이다. 승차 인원 15인 이하 승합차는 1종 보통 면허로 운전 가능한 차종에 포함된다. 용궁 빌라 담벼락 밑에 일렬 주차시킨 승합차를 빼내 뒤차의 앞을 터주고 제자리에 다시 세우는 10여 분이 전부지만 면허 없이 할 수 있는 일은 아니다. 해서도 안 된다. 그 운전면허 갱신 마감일이 바로 오늘이다. 내일부터는 무면허 운전이 된다. 김중근이 국민학교 6년 개근상 부상으로 받은 국어사전에 따르면 외출은 집이나 직장 등에서 볼일을 보러 나간다는 뜻이다. 봉고 코치를 잠깐 빼주는 것은 아버지의 볼일이고 아버지를 대신해 봉고 코치를 잠깐 빼주기 위해 면허증을 갱신하러 가는 것은 김중근의 볼일이니 하루가 아니라 1,305일 만의 외출이 맞다.

"2종을 따면 제 목구멍에만 풀칠하지만 1종을 따면 가족을 먹여 살릴 수 있다."

김중근이 운전면허를 딴 것도 응시 종목이 1종이었던 것도 아버지 뜻이었다. '목구멍에 풀칠하다' 역시 밥벌이를 한다는 의미의 관용구다. 관용구를 공부하면 비유에 얼마간 익숙해지지만 사람들 표정은 아무리 영화나 드라마를 보며 공부해도 여전히 수수께끼다. 기쁜 일 앞에서 울상인가 하면 화를 낼 상황에서 웃음을 터뜨린다. 아버지도 마찬가지였다. 김중근의 도로주행 합격 소식을 들은 아버지는 미간을 찌푸리며 아랫입술을 삐죽 내밀었다. 그것은 뭔가 만족스럽지 못할 때 짓는 표정이다. 기뻐하는 사람은 입꼬리가 올라간다. 표정과 달리 아버지가 혼잣말처럼 중얼거린 소리는 칭찬 같기도 했다.

"내 씨가 맞긴 맞네."

목숨 걸고 면허증을 갱신해 오면 다시 볼 수 있을까. 칭찬인지 아닌지 확실치는 않지만 그 후로 좀처럼 보기 힘들던 그 표정을. 집 밖으로 나서며 김중근은 생각했다.

김중근은 나의 이름이다. 『갈리아 전쟁기』를 쓴 '카이사르'도 그 책에서 자신을 일인칭 대신 카이사르라고 꼬박꼬박 삼인칭으로 적었다. 내가 카이사르처럼 위대한 인물이라는 뜻은 결코 아니다. 머릿속에 수백 개의 팽이가 돌아가면서 메스꺼운 느낌이 들 때 내가 아닌 김중근이라는 사람의 머릿속에서 벌어지는 일이라고 여기면 도움이 된다. 사회적 거리 두기. 세상에는 바이러스뿐 아니라 스스로와 거리를 둬야 하는 사람도 있다.

코로나19 감염 확률을 줄이려면 질병관리청 권고대로 자차

이용이 유리하지만 김중근은 장롱면허였다. 장롱면허 역시 비유다. 어딘가 고이 모셔두고 안 쓴다는 뜻이다. 사람들 말은 액면보다 뒷면을 새겨야 할 때가 많다. 어머니가 남긴 성경 속 하느님은 예외다. 빛이 있으라 하면 빛이 생긴다. 폭포나 기린이 나타나지 않는다. 그런데 하느님 말씀 없이 처음부터 존재한 것도 있다.

어둠.

어둠은 언제 어떻게 생겨난 걸까?

절에 다니던 어머니가 교회를 찾게 된 것은 췌장암 진단을 받은 뒤부터였다.

어둠이 어떻게 생겨났는지 알 길은 없지만 굳이 눈을 감지 않아도 모든 게 똑같이 컴컴해지는 시간이 김중근은 좋았다. 아무리 잘난 사람도 밤이면 자야 되고 잠을 청하려면 바닥에 드러누워야 한다는 사실이 안도감을 주었다. 어쩌면 어둠은 하느님이나 부처님의 다른 이름인지도 모른다.

이번 외출에 김중근은 대중교통을 이용하기로 한다. 코로나에 걸리는 건 두렵지 않다고 김중근이 말하면 코로나가 정말 두렵지 않다는 뜻이 아니라 아버지 차에 흠집이 나는 게 더 두렵다는 뜻이다.

중학교 1학년 때 김중근은 담임에게 빰을 맞은 일이 있다.

"잘했다, 잘했어! 차암 잘했어!"

한덕우 선생님은 반 아이들이 지켜보는 앞에서 김중근의 뺨을 세 번 연속 때리며 그렇게 말했다. 김중근이 약속을 지키지 않았기 때문이다. 정확히 말하면 약속을 지키지 못했기 때문이다. 영어 듣기 평가 날은 반마다 비상용 카세트 라디오를 한 대씩 준비해두었다. 전날 종례 때 한덕우 선생님이 집에 카세트 라디오 있는 사람 손 들어보라고 했다. 소니 카세트 라디오는 아버지가 애지중지하던 물건이었다. 틀지 않을 때는 보자기로 꽁꽁 싸매두었다. 먼지가 들어가면 수명이 준다고 했다. 김중근은 결국 카세트 라디오를 가져가지 못했다. 아버지가 허락하지 않았기 때문이다. 그런 아버지 마음은 이해할 수 있었다. 김중근도 다른 사람이 자기 물건을 만지는 게 싫다. 하지만 뺨을 때리던 한덕우 선생님의 표정은 지금도 이해할 수 없다. 뺨을 때리는 일이 기뻐 견딜 수 없는 사람처럼 입꼬리가 실룩거리던 표정.

거리를 오가는 사람들은 모두 마스크로 표정을 가리고 있다. 마스크로 가린 얼굴은 두렵지 않다. 표정 하나하나에 신경을 곤두세우지 않아도 된다. 마스크는 혼잣말도 걸러준다. 김중근은 KF99 마스크를 쓰고 있다. 0.4마이크로미터 입자를 99퍼센트 걸러내는 마스크. 직조가 촘촘한 만큼 말소리도 꼼꼼히 차단할 것이다. 혼잣말은 혼자 있을 때 하는 말이지만 사람이 많을 때도 나와서 문제다. 그래서 일부러 이어폰을 끼곤 했는데 오늘은 마스크까지 있으니 안심이다. 다른 사람 눈만 똑바로 쳐다보지 않으면 된다. 동물 세계에서 똑바로 쳐다보는 시선은 노골적인 공격 신호다. 김중근은 보도블록 네 조각이 맞물리며 그려내는 십자 선에 눈길을 주며 걷는다. 금을 밟지 않으려다 보면 마주 오는 행인과 부딪칠 위험이 있지만, 무엇 때문인지 행인들은 알아서 멀찍이 떨어져 지나간다.

BBC 자연 다큐멘터리에서 본 코스타리카 블루진이 떠오른다. 코스타리카 블루진은 중앙아메리카 정글에 서식하는 딸기독화살개구리의 별칭이다. 뒷다리만 청바지를 입은 것처럼 파랗고 나머지는 온통 새빨갛다. 눈에 띄지 않아야 살아남는 정글에서 코스타리카 블루진의 화려한 컬러는 포식자들에게 보내는 경고다. 포식자가 삼키면 코스타리카 블루진의 피하 분비샘에서 강력한 독이 분비된다. 포식자는 먹잇감을 뱉어내지 않을 수 없고, 다음부터 몸통이 붉은 개구리라면 보고도 못 본 척하게 된다.

붉은 아웃도어 점퍼에 남색 카고 바지. 일부러 골라 입은 건 아닌데 옷차림 색깔이 코스타리카 블루진과 비슷하다. 피하 분비샘에 독은 없지만 볼일을 보고 무사히 귀가할 수 있을 것 같은 용기가 솟는다. 아버지를 찾는 전화만, 봉고 코치를 빼달라는 전화만 안 오면 된다. 아웃도어 점퍼는 아버지가 즐겨 입던 등산복이다. 갤럭시 폰, 어르신 패스, 체크카드. 외출에 필요한 아버지 소지품도 점퍼 주머니에 들어 있다. 아버지의 물건들이 김중근을 지켜줄 것이다.

지하철 좌석에는 승객들이 띄엄띄엄 앉아 있다. 운전면허증 갱신은 전국 운전면허 시험장에서 가능하다. 용궁 빌라에서 가장 가까운 시험장은 도봉 운전면허 시험장이다. 이름과 달리 1호선 도봉역이 아닌 4호선 노원역 근처다. 지하철로 두 정거장만 가면 된다. 상계, 노원. 상계, 노원. 상계, 노원…… 김중근은 정차 역 이름을 계속 중얼거린다. 그래야 마음속 궤도에서 이탈하지 않고 종착역까지 갈 수 있다.

'현재까지 운전면허 적성검사(갱신)를 실시하지 않으셨으면 운전면허 적성검사(갱신)를 받으시기 바랍니다.'

도로교통공단 안내 문자는 한 달 전에 받았다. 안내 문자를 받고서야 지갑 맨 안쪽 포켓에서 운전면허증을 꺼내보았다. 호신 부적이 든 비닐 케이스가 딱 붙은 채 딸려 나왔다. 떼어내는 순간 쩍 소리가 났다. 어머니가 절에서 받아 온 부적. 살아생전 절도 다니고 교회도 다닌 어머니지만 골분은 파주의 한 성당 묘역에 묻혔다. 마땅히 모실 데가 없어 천주교 신자인 막내 이모가 급히 알아봐준 곳이다. 고모부 소개로 분양 받아둔 공원묘지 터는 쓰레기 산이 되었다고 했다.

"남의 땅으로 묫자리도 분양하고 의료 폐기물도 돈 받아 쌓

아두고…… 봉이 김 선달이 따로 없네, 따로 없어."

어찌할 바를 모르던 아버지와 달리 사기꾼을 소개한 당사자는 감탄인지 탄식인지 모를 소리만 늘어놓았다.

집을 비우지 못하는 사정 때문에 김중근은 인터넷으로 면허증을 갱신하려 했다. 검색해보니 신체검사 서류까지 제출해야 했고 최근 6개월 내 찍은 증명사진도 필요했다. 증명사진은커녕 변변한 스냅사진도 없는 지난 10년이었다. 김중근에게 사진은 친척 결혼식이나 칠순 잔치 때만 찍는 것이었다.

"가족사진에 얼굴은 올려야지."

고종사촌 동생 결혼식에 김중근을 억지로 데려가며 어머니가 말했다.

김중근은 끼고 싶지 않은 자리였다. 오랜만에 만나는 친척들은 당사자를 앞에 두고도 뒷말을 주고받았다. 김중근은 누군가 자신에 대해 말하는 것을 견딜 수 없었다.

버킹엄 웨딩홀. 큰아버지가 친척들 돈을 끌어모아 지은 예식장은 충주 외곽에 자리했다. 분홍색 돔에 원뿔 모양 첨탑을 두른 지붕이 진짜 버킹엄궁전과는 많이 달랐다.

"너는 장가가는 게 돈 버는 거야. 네 아버지가 깔아놓은 부조가 얼만데."

그날도 큰아버지는 김중근을 보자마자 말했다. 전에도 두 번이나 똑같이 말했었다. 충주호 유람으로 이어진 1박 2일짜리 결혼식이 노래방에서 막을 내리도록 김중근은 입 한 번 벙긋하지 않았다. 아버지가 받아야 할 부조금이 얼마쯤 되는지 계산하느라 머릿속이 분주했다.

아버지 봉고로 세 시간 가까이 걸렸는데 구급차는 두 시간 조금 넘어 도착했다. 어머니 시신을 이송하는 구급차였다. 어머니를 거기까지 모시고 간 이유는 큰아버지의 업종 변경 때문이었다. 버킹엄 웨딩홀이 몇 년 못 가 호반 장례식장으로 바뀐 것이다. 장가가라는 큰아버지 말을 더 이상 듣지 않게 된 것도 그즈음부터였다.

시신 이송에는 보호자가 동승해야 한다고 했다. 구급차 조수석에 앉을 사람은 김중근뿐이었다. 아버지는 영정으로 쓸 사진과 짐을 챙겨 봉고로 뒤따라오기로 했다. 새삼스러운 일은 아니었다. 김중근의 자리는 언제나 조수석이었다.

구급차는 비에 젖은 밤길을 시속 130킬로미터로 달렸다. 구급차 기사는 심야 라디오 프로그램을 크게 틀어놓고 이어폰으로 누군가와 끝없이 통화했다. 라디오에서 나오는 노래를 큰 소리로 흥얼거리기도 했다. 구급차 기사가 구애 활동 중이라고 김중근은 짐작했다. 암컷의 환심을 사려고 노력할 때 수컷들은 목청에 잔뜩 힘이 들어간다. 유전자의 우월함을 입증해야 암컷의 선택을 받는다.「벚꽃 엔딩」클라이맥스를 따라 부를 때는 속도계 바늘이 150마저 넘겼다. 주변 차량들이 구애 경쟁에서

진 수컷처럼 휙휙 뒤로 밀려났다.

"어머님이 벌써 가 계실 텐데 서둘러야죠."

구급차 기사가 조수석 쪽을 쳐다보며 웃었지만 김중근은 마음속으로 기도하느라 여념이 없었다.

'어머니, 이 차가 사람을 다치지 않게 해주세요.'

아버지의 봉고 나인도 속도가 조금만 느렸다면 친 사람이 죽음에 이르지는 않았을 것이다. 김중근이 면허를 딴 지 반년도 안 되었을 때였고 평택의 대중목욕탕 공사 현장에서 돌아오는 길이었다. 아버지가 김중근에게 처음 운전석을 넘긴 날이기도 했다.

"너도 알지? 목욕탕 차질 없이 오픈시켜야 대금 받는 거."

아버지는 피해자가 입원한 병원에 과일 바구니를 사 들고 가면서도 김중근에게 다짐을 받았다.

"모자란 애한테 운전대를 맡긴 제 불찰입니다."

아버지는 병상 앞에 무릎을 꿇었다.

피해자의 코에 꽂힌 줄이 고압 산소 탱크에 연결돼 있었다. 용접 작업 구경할 때나 보던 물건이었다. 용접봉 끄트머리에 파란 불꽃을 피워내던 탱크. 고압 산소 탱크는 피해자의 콧구멍 속에, 머릿속에 파란 불꽃을 일으키고 있었다. 심박 측정기에도 파란 불꽃을 그려냈다. 김중근은 병실 구석 벽에 이마를 대고 섰다. 용접 불꽃을 보안경 없이 맨눈으로 보면 눈이 먼다는 얘기가 있다. 혼수상태이던 피해자는 보름 뒤 사망진단을 받았고 김중근은 열 달 동안 교도소에 갇혀 지내야 했다.

출입문을 닫고도 열차가 출발하지 않는다. 2분이 지나도록 움직이는 기미가 없다.

"앞차와의 간격 조정으로 출발이 잠시 지체되고 있습니다. 승객 여러분의 양해 바랍니다."

3분 40초 만에 안내 방송이 나온다. 궁금증이 풀린다. 지하철도 사람이나 자동차와 마찬가지로 최소한의 거리를 둬야 한다. 승객들은 휴대폰만 들여다보고 있다. 김중근도 점퍼 주머니에서 휴대폰을 꺼낸다. 비닐 위생 장갑이 부스럭거린다. 위생 장갑을 낀 손으로 휴대폰 화면을 터치하니 반응이 없다. 한 자리 떨어져 앉은 젊은 여성이 튕기듯 일어나 앞 칸으로 건너간다. 아버지의 아웃도어 점퍼에는 칼라가 없다.

"여자 만나러 갈 땐 카라 있는 옷을 입어야 돼."

암 병동에 입원하기 전날, 어머니는 칼라가 있는 옷을 죄다 꺼내 하나하나 빳빳하게 다려놓았다.

어머니 말이 옳았다. 칼라 있는 옷이었다면 젊은 여성 승객은 자리를 옮기지 않았을 것이다. 괜찮다. 오늘 외출의 목적은 구애 활동이 아니니까.

김중근은 어머니가 다려놓은 와이셔츠를 받쳐 입고 어머니 장례를 치렀다. 호반 장례식장은 처음부터 장례식장으로 지은 건물처럼 완전히 다른 모습이 돼 있었다. 버킹엄 웨딩홀의 흔적은 로비 바닥에만 남아 있었다. 인조대리석에 웅장하게 새겨져 있던 영국 왕실 문장.

"식장 이름을 잘 지었어. 찰스 황태자 결혼식 빰치네."

"신부는 다이애나 비 저리 가라구만."

피로연에서 한 테이블에 앉은 친척들이 떠들었다.

"찰스 왕세자예요. 황태자가 아니라."

김중근이 조그마한 목소리로 말했다.

"뭐라고?"

혼주라도 된 양 하객들에게 일일이 술을 따르던 큰아버지가 불그레한 얼굴로 물었다.

"다이애나 왕세자빈은 찰스 왕세자와 1996년 이혼하고 1997년 파리에서 파파라치를 피해 과속하던 벤츠가 지하 차도 기둥을 들이받는 바람에 사망했어요."

김중근이 또박또박 대답했다. 제아무리 벤츠 S클래스라도 과속하면 안전을 보장할 수 없다.

왁자하던 테이블이 한순간 잠잠해졌다.

"중근아."

어머니가 김중근의 어깨를 짚으며 말했다.

"중근이?"

큰아버지가 동그래진 눈으로 물었다.

“개명했어요. 아버님이 애 사주랑 안 맞는 이름을 지어주셔서 요전에 바꿨어요.”

어머니가 변명조로 대꾸했다. 어머니 얼굴이 코스타리카 블루진의 몸통처럼 새빨갰다.

마침내 열차가 출발한다.

어머니가 첫 면회를 온 날이었다. 투명 칸막이 너머로 어머니가 펴 보인 종이 위에는 한자 세 글자가 붓글씨로 적혀 있었다.

“무거울 중에 뿌리 근. 너는 오늘부터 중근이다.”

이런 말도 덧붙였다.

“개구리밥처럼 동동 떠 있는 인생이라 묵직하게 뿌리를 내려줘야 된대.”

실수로라도 옛 이름을 입 밖에 내지 않던 어머니가 의식을 잃기 직전 김중근의 손을 찾으며 중얼거렸다.

“정아, 정아…… 엄마가 미안해. 엄마가……”

너무 오랜만이라 못 알아들을 뻔했다. 개명 전 이름은 기정이었는데 어머니는 매번 끝 자만 부르곤 했다. 김중근이 된 뒤로는 근이라 부르는 일은 없었다.

열차가 멈춘다. 내리는 사람은 없고 김중근이 탄 칸에는 다섯 명이 올라탄다. 십대로 보이는 남자애 셋은 일행이다. 김중근 옆에 줄줄이 앉는다. 빈자리가 적지 않지만 세 명이 나란히 앉을 곳은 여기뿐이다. 넉넉했던 사회적 거리가 갑자기 제로가 된다. 바로 옆에 앉은 남자애는 마스크가 흘러내려 콧구멍이 고스란히 드러난 상태다. 김중근이 무증상 감염자일 수 있다. 바이러스에 감염되는 것보다 전파자가 되는 게 더 무섭다. 운전대를 잡는 게 두려운 이유도 다르지 않다. 누군가를 다치게 할까 봐.

열차 출입문은 여전히 열려 있다. 김중근은 자리에서 일어나 열차에서 내린다. 플랫폼 벤치에 앉아 다음 열차를 기다린다. 열차가 출발하지 않는다. 출입문마저 계속 열어둔 채로.

5분이 지나자 몇몇 승객이 열차에서 내려 개찰구 쪽으로 계단을 오른다. 남자애 셋도 열차에서 내린다. 김중근은 열차에 올라 원래 자리에 가 앉는다.

얼마 후 안내 방송이 나온다.

"다시 한번 양해 말씀드립니다. 전동 휠체어 사용자들이 동대문역에서 승하차를 반복하며 시위를 벌이는 관계로 열차 출발이 지연되고 있습니다. 급한 용무가 있는 분들은 다른 교통수단을 이용하시기 바랍니다."

시간을 확인해보니 운전면허 시험장 업무 마감까지는 일곱 시간 12분 남았다. 일정은 좀 늦어질 테지만 의문이 풀렸다는 점에 만족한다. 승객이 다수 내린다. 김중근이 탄 칸에서만 넷.

따라 내려야 할까. 공간에 여유가 생기는 건 방역에 도움이 되는 일이지만 마음이 불안해진다. 오른손만 비닐 위생 장갑을 벗는다. 휴대폰 화면을 터치하려면 어쩔 수 없다. 카카오맵으로 다른 경로를 알아본다. 택시는 10분 소요에 4,800원 예상. 벽산 아파트 103동에서 1137번 지선버스를 타면 도보 7분 포함 23분 예상. 도보는 계단 1회 포함 29분 예상. 자전거는 자전거도로 이용 시 13분 예상. 전동 휠체어 모양은 선택 메뉴에 아예 존재하지 않는다. 그래서 시위를 벌이는 걸까. 전동 휠체어에 타고 있으면 감염에 취약할 텐데. 비말은 중력 때문에 아래쪽으로 향하니까.

지하철은 도보 12분 포함 16분 소요되는 것으로 나온다. 물론 지체되는 시간이 빠진 계산이다. 택시와 버스는 가외의 교통비가 든다. 지하철과 달리 아버지의 어르신 패스도 쓸 수 없다. 동선을 새로 짜기보다 그냥 기다리는 편이 낫다. 가만히 있기라면 어머니 배 속에서부터 김중근이 가장 잘하는 일이다. 어머니 말에 따르면 그랬다.

어머니 배 속에서의 일은 몰라도 어머니가 보광사라는 절에 데려간 날은 또렷이 기억난다. 목욕탕에 이발소에 새 넥타이까지, 때 빼고 광을 내야 한다며 어머니답지 않게 부산을 떨었다. 다니는 절에 참한 처자가 있다고 했다. 그날 김중근은 난생처음 예불을 드리고 낯선 이들과 한 상에서 밥까지 먹어야 했다.

"음식이면 음식, 바느질이면 바느질, 손끝이 야무져 못 하는 게 없습니다. 이 아이가 온 뒤로 불단의 부처님도 신수가 훤해지셨답니다."

공양주 보살이 점심상 한편에 나란히 앉은 여자를 치켜세웠다. 손톱 반달이 유난히 희고 또렷한 여자였다.

"우리 애는 배 속에서부터 조용했어요. 10년 치성 끝에 들어선 애를 까맣게 모를 정도였죠."

어머니도 질세라 자랑 아닌 자랑을 늘어놓았다.

김중근은 고개를 숙인 채 묵묵히 숟가락질만 이어갔다. 누군가 자신에 대해 말하면 심장이 빠르게 뛰었다. 몸뚱이를 감싸고 있는 보호막이 벗겨지는 것 같았다. 말하는 사람이 어머니라고 예외일 수 없었다. 어머니라서 더 몸 둘 바를 몰랐다. 어미 코스타리카 블루진은 갓 부화한 올챙이를 업고 천적을 피해 높은 잎사귀 사이에 숨는다. 김중근은 부처님 귓속에라도 숨고 싶었다.

"고추장도 이 아이가 담근 거예요. 비빔밥을 공양한 불자님마다 돈 주고 사 가겠다며 난리랍니다. 어떠세요, 입에 맞으신가요?"

고추장은 대웅전 뒤란에 핀 동백처럼 붉었다. 김중근은 비빔밥 속으로 숨고 싶었다. 고추장과 나물과 밥알이 한 몸으로 뒤섞인 비빔밥 속에서는 안전할 것 같았다. 그러나 어머니는 말을 멈추지 않았다.

"우리 애는 주는 대로 잘 먹어요. 입때껏 뭐 해달라고 한 적이 없어요."

김중근은 심장이 터져버릴 것 같았다. 뱀의 아가리에 들어간 코스타리카 블루진이 독을 뿜어낼 시점이었다. 김중근에겐 독이 없다. 코스타리카 블루진은 독을 갖고 태어나지는 않는다. 독초를 먹어 조금씩 몸 안에 축적한다. 김중근은 종지에 담긴 고추장을 푹푹 떴다. 한 숟갈, 두 숟갈, 세 숟갈…… 종지가 바닥을 보일 때까지. 김중근은 고추장 범벅이 된 비빔밥을 꾸역꾸역 입안에 밀어 넣었다. 가지고 태어나지 못한 독이 땀구멍마다 스멀스멀 배어 나올 때까지. 멋모르고 삼킨 뱀이 코스타리카 블루진을 토해낼 때까지.

하나둘 승객이 줄어 어느새 혼자가 된다. 상황을 모르고 올라탄 몇이 안내 방송을 듣자마자 부랴부랴 내리지만 김중근은 미동도 않는다. 언제 출입문이 닫히고 열차가 출발할지 모른다. 영원한 생명의 별로 향하는 은하철도 999도 한번 놓치면 다음은 기약할 수 없었다. 영원한 생명의 별에는 아버지가 가야 하는데. 아버지의 어르신 패스 없이는 김중근도 열차를 탈 수 없다. 아버지의 고령 연금이 끊기면 용궁 빌라에 계속 있기도 어렵고 봉고 코치를 잠깐 빼줄 경유도 주유소에서 사 올 수 없다.

어느 순간 출입문이 닫힌다. 열차가 천천히 움직인다. 여기는 고가 구간. 열차가 허공을 달리는 것 같다. 다음 행성 이름은 노원이다. No One. 아무도 없는 행성. 아직까지는 아버지를 찾는 사람이 없다. 휴대폰 화면에 카카오맵을 띄워 도봉 운전면허 시험장 위치를 재확인한다. 노원역 9번 출구로 나가 직진하다 사거리에서 횡단보도를 건너 우회전.

"다음 정차할 별은 노원, 노원입니다. 내리실 문은 오른쪽입니다."

열차가 속도를 줄인다. 휴대폰 화면을 끄고 비닐 위생 장갑을 다시 낀다. 열차가 완전히 멎고 김중근은 플랫폼에 발을 디딘다. 중력이 떠나온 별과 크게 다르지 않다. 9번 출구로 나가 직진하다 미리 점찍어둔 미용실 문을 밀고 들어간다. 미용사가 디지털 체온계로 체온을 잰다. 휴대폰에 QR코드를 띄워 태블릿 PC에 인증한다. 이런 일은 실제로 일어나지 않는다. 머릿속으로 상상해본 장면일 뿐. 미용실에서 감염자가 나오면 김중근은 물론 김중근의 밀접 접촉자인 아버지까지 코로나 검사 대상이 될 것이다. 김중근은 몰라도 아버지가 검사 대상이 되는 일은 없어야 한다. 머리카락을 집에서 직접 자른 이유였다. 이미 몇 번 잘라보았다. 옆머리는 귀가 훤히 드러나고 앞머리는 눈썹에 닿지 않는다. 운전면허증 사진 규정대로다. 미용실을 그냥 지나쳐 사거리까지 직진한다. 횡단보도를 건너 우회전한다.

10시 방향에 도봉 운전면허 시험장이 나타난다. 지도와 현실 세계가 딱 맞아떨어진다. 이 행성은 안전하다.

도봉 운전면허 시험장 출입문 바로 안쪽에서 열 감지 카메라가 입장객의 체온을 재고 있다. 36.7도. 집에서보다 0.3도 높지만 정상 체온 범위 내다. QR코드도 등록해야 한다. 이곳에서 신규 확진자가 발생하면 김중근은 물론 김중근의 밀접 접촉자인 아버지까지 코로나 검사 대상이 될 것이다. 김중근은 몰라도 아버지가 검사 대상이 되는 일은 없어야 한다.

바이러스는 자체 세포분열 능력이 없어 숙주의 세포분열에 편승해야 살아남는다. 그리고 새로운 숙주로 건너가야 종족을 번식할 수 있다. 원하는 게 무엇인지 알면 상대가 누구든, 무엇이든 두려움이 줄어든다. 김중근은 바이러스의 눈으로 사위를 둘러본다. 대기석에는 한 자리 건너앉도록 중간중간 착석 금지 표시가 돼 있다. 창구에도 투명 아크릴판이 비말 전파를 차단하고 있다. 사각지대가 포착된다. 민원서류 작성대에 비치된 볼펜을 돌려가며 쓰고 있다. 손이 주 감염경로라는 사실을 모르는 걸까. 바이러스가 회심의 미소를 지을 법하다.

"볼펜을 돌려 쓰면 코로나 바이러스가 좋아합니다."

김중근은 접수창구에 다가가 얘기한다. 아버지가 코로나 검사 대상이 되는 일은 어떻게든 미연에 막아야 한다. 접수창구 직원이 컴퓨터 모니터에서 눈을 떼고 김중근을 쳐다본다.

"네?"

"저기 문서 작성대 말입니다. 볼펜 돌려 쓰기는 코로나 바이러스가 좋아할 일입니다."

"번호표 뽑으셨어요?"

"아직 안 뽑았는데요."

"번호 뜨면 오세요."

접수창구 직원의 눈길이 비닐 위생 장갑을 낀 손에 잠시 머물다 일감으로 재빨리 돌아간다. 옆 창구 앞에 서 있던 민원인도 김중근을 위아래로 빠르게 훑어본다. 이내 익숙한 눈빛이 떠오른다. 코스타리카 블루진이라는 걸, 다른 종류의 개구리라는 걸 알아차린 눈빛. 시선을 거두고 한 발짝 비켜선다. 김중근에게서 감지한 게 무엇이든 그것이 건너갈 수 없는 거리로 멀어진다.

김중근은 지하층으로 내려간다. 서류 작성에 앞서 사진부터 찍어야 한다. 사진실 한편에 무인 즉석 사진기가 비치되어 있다. 의자를 돌려 높이를 조절한 다음 똑바로 앉는다. 두 번 촬영해 마음에 드는 하나를 선택할 수 있다. 첫번째는 살짝 웃고 있는 것처럼 보인다. 아무 표정도 없는 두번째를 택한다. 확인 버튼을 누르고 18초 뒤 사진 여섯 장이 출력된다. 인터넷 후기를 통해 숙지한 대로다. 사진실 바로 옆에 붙은 신체검사실로 간다.

신체검사는 시력검사가 전부다. 예상대로 검사관은 0.8 라인부터 짚는다. 두번째 숫자는 6. 다음 줄 첫번째 숫자는 3. 그다음 줄 두번째 숫자는 2. 더 아래는 몰라도 된다. 김중근은 눈앞의 시력검사표가 아니라 암기해 온 시력검사표를 읽는다. 살다 보면 안 보인다는 대답이 용납되지 않는 시력검사가 있다. 오늘이 바로 그날이다.

"운전은 눈이 아니라 머리로 하는 거야."

아버지는 자기 머리를 툭툭 치며 말하곤 했다.

올해 나이 마흔다섯. 얼굴에 달린 눈은 몰라도 머릿속 눈은 아직 쓸 만하다. 양안 시력 1.0으로 통과. 1층으로 다시 올라가 운전면허 적성검사 제1종 보통 신청서를 작성한다. 사진도 붙인다. 번호표를 뽑고 대기석에 앉아 기다린다.

전광판을 주시하고 있는데 아버지 갤럭시 폰이 울린다. 진동모드로 바꾸는 걸 깜박했다. 공공장소에서 통화하는 행위는 예의에 어긋난다. 건물 밖으로 뛰쳐나가며 전화를 받는다.

"차 좀 빼줘요."

잔뜩 곤두선 목소리. 같은 전화를 이미 여러 번 한 것처럼 골이 나 있다.

"지금은 곤란합니다."

"왜요?"

“볼일이 있어 외출 중입니다.”

“차를 짱 박아놓고 나가버리면 어쩌라는 거야?”

“아버지 봉고입니다.”

“그런데 왜 아들 번호를 적어놨어?”

아버지 번호라는 말을 하려면 아들이 받는 이유까지 설명해야 한다. 아들이 받는 이유는 설명하기 어렵다.

“됐고. 차주한테 연락해서 빨리 빼.”

“곤란합니다.”

“왜? 대체 뭐가 곤란하다는 거야?”

사내가 고래고래 소리친다. 사실대로 말할수록 사내는 더 화를 내지만 역시 사실대로 말할 수밖에 없다.

“연락할 수 없습니다. 이게 아버지 갤럭시 폰입니다.”

“지금 나랑 장난해? 내가 만만해 보여? 거기 어디야?”

김중근은 사내를 볼 수 없다. 사내가 만만해 보일 리 만무하다. 전화기 너머 사내는 코스타리카 블루진을 알아보지 못한다. 독이 있는 개구리라는 사실을 모른다. 코스타리카 블루진과 상대하고 있다는 것을 알려줘야 한다.

김중근은 아랫배에 잔뜩 힘을 주고 말한다.

“도봉 운전면허 시험장 본관 1층 대기 번호 381번. 빨간 아웃도어 점퍼에 남색 카고 바지입니다.”

“하! 너 이 새끼 꼼짝 말고 기다려!”

전화가 뚝 끊긴다.

김중근은 자꾸만 출입구 쪽을 돌아본다. 새로운 입장객 한 명 한 명을 경계 태세로 살핀다. 사납게 짖는 개는 물지 않는다. 짖는 행동은 두려움의 발로이거나 주인에게 도움을 청하는 신호다. 〈세상에 나쁜 개는 없다〉에서 들은 얘기를 떠올려도 두려운 마음을 떨칠 수 없다. 먹이사슬의 세계는 끝없이 진화한다. 최근에는 코스타리카 블루진의 독에 면역이 생긴 뱀이 출현했다. 자리를 뜨지 않기 위해 김중근은 이를 악문다.

381. 놈에게 알려준 번호가 뜨는 순간 주위를 둘러본다. 다행히 수상한 낌새는 감지되지 않는다.

"마스크 좀 벗어보시겠어요?"

창구 직원이 신청서에 붙인 사진과 실물을 번갈아 바라보며 말한다.

본인 확인이 필요하다는 점에는 반박의 여지가 없다. 김중근은 마스크를 인중까지 내린다.

"제대로 벗으세요."

창구 직원이 쏘아붙인다. 김중근은 마스크를 턱밑까지 내린다. 무인 즉석 사진기 앞과는 느낌이 전혀 다르다. 알몸이 된 것 같다. 이름, 주소, 휴대폰 번호, 이메일 계정, 운전면허 번호, 시력, 최근 6개월 내 사진까지 한 손에 쥔 낯선 시선을 무방비 상태로 받는다. 교도소 입소할 때가 떠오른다. 알몸으로 앉았다 일어서는 동작을 수차례 반복하고 항문 검사까지 받아야 했다.

창구 직원이 시선을 거두기 무섭게 김중근은 마스크를 끌어올린다. 아버지 체크카드로 수수료를 지불하고 16분 기다려 새 운전면허증을 받는다. 대기 번호 381번을 찾는 이는 여전히 없다. 차 빼달라는 전화가 또 걸려 오기 전에 어서 아버지 곁으로 돌아가야 한다.

용궁 빌라 101호에 들어서자마자 김중근은 비누로 손부터 씻는다. 손에 달라붙은 코로나 바이러스의 천적은 비누에 포함된 계면활성제다. 외피를 보호하는 지방질을 잘게 분해해 바이러스를 무장해제시킨다. 체온을 잰다. 체온계를 귓구멍에 넣고 버튼을 누르면 삑 소리와 함께 숫자가 뜬다. 37.4도. 도봉 운전면허 시험장에서보다 0.7도 올랐다. 다시 재봐도 똑같다. 코로나 의심 체온에 근접했다. 마스크를 턱밑까지 내린 여파다. 코로나 바이러스 감염의 대표적 초기 증상으로는 발열과 후각 저하가 있다. 사과식초병 뚜껑을 열고 코에 대본다. 다행히 톡 쏘는 냄새 속에 사과 향이 느껴진다. 타이레놀을 한꺼번에 두 알 복용한다. 김중근이 코로나 의심자가 되면 김중근의 밀접 접촉자인 아버지도 코로나 검사 대상이 된다. 김중근이 코로나 양성 판정을 받는 건 상관없지만 아버지가 검사 대상이 되는 일은 없어야 한다.

마스크에 비닐 위생 장갑까지 착용하고 안방에 들어간다. 아버지는 외출 직전 모습 그대로 누워 있다. 체온계를 아버지 귀에 꽂고 작동시킨다. 21.5도. 안방 보일러 온도조절기 숫자와 같다. 아버지는 안방과 한 몸이 되었다. 비유적으로도 과학적으로도 그렇다. 외출 전에는 안방도 아버지도 22도였다. 0.5도 내려갔다. 내려가는 건 괜찮다. 올라가는 게 위험하다. 코로나 바이러스도 아버지와 김중근을 갈라놓지 못할 것이다.

집 밖으로 나가 아버지 봉고 코치가 주차된 골목을 살핀다. 봉고 코치 후면에 산타페가 바짝 붙어 있다. 운전석에는 아무도 없다. 산타페 뒤로도 차가 줄줄이 주차되어 있지만 사람이라곤 그림자조차 보이지 않는다. 재빨리 봉고 코치에 올라 시동을 건다. 골목 어딘가에 봉고 한 대 들어갈 자리 정도는 있을 것이다. 골목 양편에 주차된 차들을 피해 조심조심 빠져나간다.

갑자기 뒤에서 경적이 울린다. 언제 나타났는지 택배 차가 바짝 뒤따르고 있다. 언덕길을 조금 내려가면 십자로가 나타난다. 택배 차는 대로 쪽으로 직진하거나 우회전해 마을버스가 다니는 이면도로에 합류할 것이다. 십자 모양은 안전하다. 어느 방향으로든 피할 수 있기 때문이다.

십자로에서 좌회전하려다 멈칫한다. 마주 오는 차가 있다. 우선권은 직진 차량에게 있다. 택배 차가 다시 경적을 울린다.

김중근은 머릿속 경로를 급히 수정한다. 직진해서 대로를 타다 마을버스가 다니는 이면도로로 우회전해 올라와 한 번 더 우회전하면 되돌아올 수 있다. 예정에 없던 일이지만 긴장하지만 않으면 된다. 처음 면허를 딸 때도 도로 주행을 한 번에 통과했다. 인파를 헤치며 길을 걷는 일보다는 수월했다. 도로표지판과 신호등 불빛은 사람들 표정처럼 복잡하지 않다. 도로 위에선 규칙만 지키면 안전하다. 그날 봉고 나인에 친 사람도 무단횡단이었다. 그런 사람은 쳐도 괜찮다는 얘기가 아니다. 김중근은 사람을 친 적이 없다. 아니, 아버지는 김중근을 운전석에 앉힌 적이 없다. 언제나 조수석, 봉고 나인이 사람을 친 순간에도 김중근의 자리는 조수석이었다.

"너만 가만있으면 돼. 아무 일도 없을 거다."

구급차를 기다리는 동안 아버지가 말했다.

큰길로 접어드는 순간 아버지의 갤럭시 폰이 진동한다. 배사장. 연락처에 저장된 번호다. 사흘 연속 걸려 오는 전화. 대체 무슨 용건일까. 이번에도 받지 않으면 집으로 찾아올지 모른다. 김중근은 오른손 비닐 위생 장갑을 이로 물어 벗겨내고 통화 버튼을 터치한다.

"김 사장, 통화가 왜 이리 힘들어?"

"아버지는 주무시는데 무슨 일이죠?"

"아들인가? 나 통장인데 코로나 백신 접종 동의서를 받아야 해서.”

“아버지는 거동이 힘들어 백신 못 맞습니다.”

“집에서 맞아도 돼.”

“당뇨랑 혈압 때문에 안 맞겠다고 하셨어요.”

아버지마저 돌아가시면 김중근은 고아가 된다. 아버지는 김중근보다 오래 살아야 한다. 아버지가 김중근만 남겨두고 떠날까 무섭다. 그래서 밤새 안방 문을 활짝 열어둔다. 자다 깰 때마다 안방에 누워 있는 아버지를 한눈에 볼 수 있도록.

“김 사장이랑 직접 얘기하고 싶은데.”

“아버지가 언제 일어나실지 모릅니다.”

김중근은 전화를 끊고 전원도 꺼버린다. 아버지 말대로 어른의 일이란 가족을 만들고 지키는 것. 아버지가 사고 현장에서 운전자를 바꿔치기한 것도 가족을 지키기 위해서였다. ‘운전대를 잡다’는 어떤 일에서 주도적 역할을 한다는 뜻의 관용구다. 그때처럼 지금도 김중근이 운전대를 잡을 수밖에 없다. 아버지를 지켜야 한다.

통화에 정신이 팔린 사이 마을버스가 다니는 이면도로를 지나쳐버렸다. 용궁 빌라로 돌아가는 길을 놓쳤다. 당황하면 안 된다. 사고 직후의 아버지처럼 운전대에 머리를 박거나 손을 떨거나 하면 안 된다. 침착해야 한다. 겁에 질린 김중근이 집 전화기 앞으로 불러낸 어머니, 몇 마디 듣자마자 아버지를 바꾸라고 말하던 어머니처럼 침착해야 한다.

"너만 가만있으면 돼. 아무 일도 없을 거다."

그것은 어머니의 말, 어머니가 아버지 입을 빌려 김중근에게 한 말. 아버지가 다 죽어가는 얼굴로 어머니 말에 귀를 내주고 있던 2, 3분, 김중근은 심장이 빠르게 뛰면서 속이 울렁거려 멀미를 할 뻔했다. 누군가 자신에 대해 말할 때면 어김없이 그러하듯. 통째로 삼켜지는 느낌. 옴짝달싹할 수 없이 숨통이 조여드는 느낌. 어미에게 집어삼켜진 코스타리카 블루진처럼.

김중근은 내비게이션 화면에서 집 모양을 누른다. 잠시 후 기계음이 안내를 시작한다. 전방에 사거리가 나타나지만 직진하라는 지시다. 다음 사거리에서도 차를 돌리라는 얘기는 없다. 이상하다. 유턴 신호도 그냥 지나친다. 계속 직진. 뭔가 잘못됐다. 내비게이션의 집은, 아버지의 집은 어디인가? 아버지가 집으로 등록해놓은 곳은 대체 어디인가? 그곳이 어디든 용궁 빌라가 아님은 분명하다. 용궁 빌라가 멀어진다. 아버지에게서 점점 더 멀어지고 있다.

돼지가 하는 일

산체스가 내 인생의 사이드미러 속으로 걸어 들어온 그날을 잊을 수 있을까. '인터내셔널'이라는 수식어가 무색하게 내국인 손님만 태우고 다닌 지 사흘 만이었지. 벌써 일곱 해라니, 인천공항 택시 승강장에 죽치고 앉아 뒤적이던 오늘의 운세가 글자 하나하나 새긴 듯 또렷한데.

'귀인이 나를 알아보고 내가 귀인을 알아보니 순풍에 돛단배라.'

처음엔 아메리칸인 줄 알았어. 다짜고짜 판문점에 갈 수 있느냐고 물어왔거든. 팬문좀. 익숙한 CNN 리포터 발음 그대로. '코리아' 앞에 따박따박 '사우스'를 붙이는 서양인 열에 아홉은 미국인이더라. 이태원에서 태운 한 손님은 혀 꼬부라진 소리로 연신 '평양'을 외쳤단다. 한강 다리 밑에나 떨궈버릴까 하다 "웨얼 아 유 프롬?" 물으니 댈러스라는 거야. 댈러스 하면 카우 보이지. 말 안 했던가? 미식축구 중계로 영어를 독학했잖아, 내가. 미터기 속 말이 혀를 빼물고 쓰러지도록 슈퍼볼 얘기에 열을 올렸어. 딸네가 사는 오스틴에는 안 가봤더구나. 지도상으로는 엎어지면 코 닿을 거리던데. 나도 아직이긴 하지만.

댈러스. 보통은 국적을 대기 마련인데 미국인들은 도시명으로 답하곤 하지. 중국 애들 중에도 더러 있어. 베이징, 상하이, 칭다오. 미국이랑 맞먹을 만큼 컸다 이거지. 하긴 6·25 때 이미 맞장을 떴지. 중국어? 인해전술로 밀고 내려오는 유커도 유커지만 새로운 언어를 익히는 즐거움도 쏠쏠했다. 외국어 하나 깨우칠 때마다 또 다른 우주가 깨어나는 법. 네 살배기 손녀딸 인사말도 못 알아듣던 나로서는 달 착륙만큼이나 위대한 도약이지. 낯선 모국어의 이방인과 교감하는 일을 기적이라 부르지 못한다면 그 말에는 어떤 뜻도 없는 거야.

"노 프라블럼."

반사적으로 나온 대답에 산체스의 눈이 커지더구나. 국경 지대는 이상 없느냐며.

북한군이 연평도에 기습적으로 포탄을 쏟아부은 지 나흘 뒤였어. 남지나해에서 기동 중이던 미 항공모함 전단이 급히 선수를 튼다, B52 편대가 폭탄을 가득 싣고 출격 명령이 떨어지기만 기다린다, 동해상으로 접근한 잠수함에서 토마호크 미사일을 발사해 주석궁을 타격할 수도 있다…… 신문 헤드라인만 보면 당장 6·25가 재발한대도 이상할 게 없었지. 실은 꺼림칙했다. 붉은 자막 일색인 테레비 뉴스 앞에 붙박여 있자니 가슴만 벌렁거려 눈 딱 감고 운전대를 잡았지만 한강 이북은 가급적 피하고 싶었어. 다리가 끊기는 날에는 꼼짝없이 발이 묶일 테니까.

임진각(판문점은 내비게이션에서 검색되지 않더라)을 목적지로 설정하며 거긴 뭐 하러 가느냐고 물었더니 명함을 건네더구나. 미구엘 후안 산체스. 종군기자가 될 각오로 왔다며 비장한 표정을 지어 보이지 뭐냐. 이름 위에 적힌 '판타스마 FANTASMA'는 몸담던 신문사였겠지.

명함 주인을 다시 보지 않을 수 없었어. 짙은 갈색 눈썹에 확연한 쌍꺼풀, 선이 진한 얼굴이 한눈에도 라틴계였지. 말은 또 어찌나 빠르고 격정적인지 양철 지붕을 때리는 소낙비가 따로 없었어. 여기 오느라 급히 만들었다, 명함 없는 사람에게는 길도 안 가르쳐준다던데 사실이냐, 황당한 소리를 쏟아내길래 명함을 맞교환하며 정중히 말했지.

"이름을 나눠 가졌으니 이제 한배를 탄 거야."

순간 산체스의 눈동자 너머가 환해지는 게 느껴졌다. 밝아진 눈으로 명함을 더듬더듬 읽더구나.

"초이워언배."

"콜 미 초이."

내가 웃는 얼굴로 말했지.

"콜 미 산체스."

산체스 역시 사람 좋은 미소로 화답했어.

"웰컴 투 코리아."

한 박자 늦은 인사를 건네며 나는 악수를 청했다. 일전을 앞둔 전우처럼.

산체스를 떠올리고 있노라니 타이핑 소리가 배경음처럼 귓가에 맴도는구나. 택시를 움직이자마자 산체스가 백팩에서 주섬주섬 꺼내 익숙한 동작으로 무릎 위에 펼친 물건은 노트북컴퓨터였다. 크고 두툼한 IBM 노트북.

"스패니시?"

통성명 전에 물었어야 할 질문이었지.

"콜롬비아."

깍지 낀 두 손으로 우두둑 소리를 내며 무덤덤하게 대꾸하더구나.

문득 침묵이 찾아왔다. 당사자는 개의치 않는 눈치였지만 왠지 무슨 말이라도 건네야 할 것 같았어. 상상해봐, 대한민국에서 왔다는 답이 떨어지기 무섭게 콜롬비아 택시 운전사가 말문을 닫아버리는 상황을. 그럼에도 선뜻 입을 떼지 못했다. 뇌리를 스치는 이미지라고는 마약, 게릴라 따위뿐이었어. 망토를 걸친 콧수염 사내가 떠오르긴 했지만 그 커피 광고가 콜롬비아인지 멕시코인지 헷갈렸고.

다행스럽게도 머리 한구석에 접힌 지도 하나가 깃발처럼 펼쳐졌다. 전쟁기념관이었던가. 참전국이 붉게 표시된 세계지도를 본 곳은. 38선 이남의 적화를 막기 위해 유엔의 이름으로 피흘린 나라들. 콜롬비아는 남미 유일의 참전국이었지. 6·25 때 도와줘서 고맙다고 하자 자기가 아니라 작은아버지가 들어야 할 소리래.

"작은아버지는 간밤에 꾼 악몽을 들려주듯 말하곤 했어. '북쪽에서 불어오던 찬바람만 떠올리면 지금도 심장에 서리가 인다. 담배 끝에서 타 들어오는 불씨가 안 보일 정도로 퍼붓던 눈은 어떻고. 실은 눈 자체가 난생처음이었어. 정말이지 악마 같은 추위였다. 쇠붙이에 맨살이 닿을라치면 그대로 달라붙었지. 방아쇠에서 손가락이 떨어지지 않아 항복은 불가능했어. 손가락을 잘라내거나 봄이 오기 전에는. 장갑 없는 포병은 포탄 따라 대포 속까지 들어가야 할 판이었지. 총 맞아 죽은 사람보다 동사자가 더 많았다면 말 다 한 거 아냐? 탄창마저 얼어붙는 형편이라 장전할 총알을 머금고 있어야 했어. 한번은 지독한 눈보라 속에서 백병전이 벌어졌는데 중공군인지 북한군인지 남한군인지 분간이 안 되는 거야. 국적을 물어가며 싸울 수도 없고. 수인사보다는 일단 개머리판부터 휘두르고 볼 수밖에. 한데 엉기면 개머리판도 무용지물. 급한 대로 입안의 총알을 발사하려는 찰나, 목 졸린 채 버둥거리던 눈사람이 숨넘어가는 소리로 외치더구나. 사, 사우스 코리아. 도, 돈 킬. 순간, 총알 하나가 목구멍으로 넘어가고 말았어. 별의별 짓을 다 해봤지만 감감무소식. 올리브유를 목구멍 가득 들이부어도, 자석 위에 궁둥이를 까고 앉아 용을 써도 소용없었지. 60여 년이 다 되도록 말야. 다시 가보고 싶은 마음은 굴뚝같지만 비행기에 오를 수가 없구나. 금속 탐지기를 통과하지 못할 테니.'"

나는 어깨를 잔뜩 움츠리고 있는 자신을 발견하지 않을 수 없었다. 혹한의 전장 한복판에 내던져진 것처럼.

"초이는 한국전쟁 겪었어?"

산체스가 물었어.

6·25라면 내게도 할 말이 없지 않았다. "일곱 살이었어" 하고 운을 떼니 산체스는 자세를 고쳐 잡고서 노트북을 바짝 끌어당겼어. 명함 속 직업이 실감 나는 순간이었지. 즉석 인터뷰에 임하는 기분이랄까. 나도 모르게 마른침이 넘어가더구나.

"뭐가 제일 무서웠어?"

이어지는 질문. 기사 한 줄 읽어본 적 없지만 산체스가 제대로 된 기자임을 직감했다. 서양 사람들은 이렇게 말하지. 굿 퀘스천. 문자 그대로 좋은 질문이었어. 가볍게 툭 흘리는 듯하면서도 흉중 저 깊이 스며 있는 핵심을 길어 올리는 마중물 같은 질문. 전보를 쥔 우체부가 문을 두드리듯 확신에 찬 타이핑 소리까지. 고희를 앞둔 운전석 사내는 어느새 일곱 살 무렵으로 돌아가 있었다.

죽음? 밤하늘을 가로지르는 화염에 헤벌쭉 벌어진 입을 다물지 못하는 나이였어. 진짜 무서운 건 굶주림. 보릿고개 꼭대기에서도 누구 하나 죽으면 쑥개떡 한 조각 얻어먹을 수 있었는데 전쟁 터지고는 일가족이 거적때기 밑에 검푸른 발로 드러누워도 좁쌀 한 톨 구경할 수 없더라. 창자에 빈주먹이라도 밀어 넣고 싶어지는 날엔 개똥까지 구워 먹었다. 그래도 대길이(기르던 똥개 이름이야)는 끝까지 지켰어. 펄펄 끓는 가마솥으로 들어갈 뻔한 게 한두 번이 아니었지만. 창자가 등가죽에 착 들러붙어 이대로 숨이 끊기나 겁이 나고, 차라리 죽음으로 허기에서 놓여날까 몹쓸 생각이 고개 들 때조차 이를 악물고 말렸어. 등하교 10리 길동무를 잃으면 학교에 영영 돌아가지 못할 것 같았거든.

어느 참담한 꿈엔들 예감이나 할 수 있었을까, 그런 존재가 눈앞에서 산산조각 나는 장면을, 서너 걸음 앞에서 정신없이 들쥐를 쫓다 지축을 흔드는 폭발음과 함께 한순간 사라지는 모습을. "대길아, 대길아!" 목이 터져라 외쳤지만 낑낑거리는 기미조차 들리지 않았어. 내 목소리만 귀에 웅웅거릴 뿐. 흐려지는 눈앞에 어른거리던 것은 내장이었을까. 갓 쪄낸 순대처럼 몽글몽글 김이 피어오르던 그 핏빛 물체는.

집에서는 초상 치르는 줄 알았다더라. 한나절이 지나도록 반송장 상태였으니까. 사경을 헤매던 나를 이승으로 끌고 온 건 어렴풋이 입가로 흘러든 정체 모를 액체였다. 기름지고 들큼한 국물. 익숙한 살냄새라는 걸 모르지 않으면서도 벌떡 일어나 허겁지겁 들이켠 뜨거운 한 모금. 눈물이 앞을 가렸지만, 콧물이 숨을 막았지만 기갈 들린 듯 멈출 수 없었어. 마지막 한 방울까지 싹싹 핥다 못해 혀마저 꿀꺽 삼킬 뻔했지. 지옥의 아궁이로 지어낸 천국의 맛.

금시초문일밖에. 누구에게도 들려준 적이 없으니. 특히 젊은 사람들한테는. '저 꼰대가 또' 하는 표정을 못 알아볼 만큼 눈이 망가지진 않았거든. 솔직히 혼자서만 간직하고 싶었다. 주둥이 함부로 놀리면 부정 탈까 봐. 웃기는 소리로 들리겠지만 나를 지켜준다고 믿었거든. 지뢰를 대신 밟아준 것으로도 모자라 영혼의 한 사발까지 내어준 대길이가.

무엇 때문인지 산체스 앞에서는 혀가 깃털처럼 가벼워지더구나. 외국인과 말 섞을 때면 평소보다 말랑해지긴 한다만 비밀스러운 개인사마저 침을 튀길 정도는 아니었는데. 있던 사람도 떠날 판국에 지구 반 바퀴나 날아와줘서? 형제의 나라 기자한테 이야깃거리 하나라도 얹어주고 싶어서? 확실한 한 가지는 자판 두드리는 소리가 멋지 않았다면 입을 다무는 일도 없었으리라는 점이야.

갑작스러운 정적에 나는 백미러부터 찾았다. 눈은 커지고 입은 살짝 벌어진 모습이, 눈물겨운 사연에 감동한 건지 기르던 개를 먹었다는 대목에 충격받은 건지 아리송했어. 시선이 딱 얽히니 공연히 민망해지더구나. 코리안은 아이 콘택트에 익숙지 않잖니. 눈길을 똑바로 받는 대신 엉뚱한 소리가 튀어나오고 말았다.

"만취 상태로 소변을 보면 나도 모르게 한쪽 다리가 들려."

백미러 속 산체스의 얼굴이 점점 일그러지더구나. 너무 나갔나, 인터뷰를 망쳤나, 실없는 노인네로 오해하면 어쩌나, 애먼 운전대만 으스러져라 쥔 채 전방을 노려보고 있는데 뒤에서 천둥소리가 들려왔어. 손수건에 코를 푸는가 싶더니 목젖이 튀어나오도록 웃는 거야. 안전핀이 뽑혀나간 뇌관처럼. 덩달아 웃지 않을 수 없었지. 존중받는 느낌이었거든. 내 6·25든, 내 대길이든, 내 인생이든, 그 무엇이든. 눈가에 이슬이 맺히도록 웃고 났을 때는 산체스가 뒷자리 아닌 옆자리에 앉은 것만 같았다.

제대로 된 기자답게 산체스는 질문을 멈추지 않았다. 어깨동무해오는 말처럼 들린다고 아무 소리나 돌려줄 수는 없었지. 뒷덜미를 내준 사람처럼 단어 하나하나 신중히 골랐어. 존중받은 만큼 존중해주는 게 도리. 택시나 몬다고 종 부리듯 대하는 승객들한테 질려 인터내셔널 택시 모집 공고를 다 읽기도 전에 이거다 싶었으니까. 차 돌릴 데 없는 막다른 골목에서도 미안해하기는커녕 문지방 앞까지 가달라 하고, 차에 오르기 무섭게 코를 움켜쥐며 엄동설한에 차창을 끝까지 내리고, 앞차부터 타시라는 한마디에 승차 거부로 신고해버리는 인간들이라니! 물론 영어도 자신 있었지. 딸애가 불러줄 날을 대비해 틈틈이 실력을 쌓았거든.

무슨 얘기를 하던 참이었지? 그래, 질문. 의미심장한 한 문장을 태연히 품고 있는 포춘쿠키 같은 산체스의 질문. 즉흥적인 듯해도 허투루 넘길 소리는 하나도 없었어. 원래 이렇게 차가 많으냐는 일상적 물음도 마찬가지. 자유로가 밀리긴 했어. 트래픽 잼이야 어제오늘 일이 아니었지만 가다 서다 하는 쪽이 상행선만이라면 얘기가 달랐지. 콜롬비아 민완 기자의 질문에는 송곳 같은 의아함이 담겨 있었던 거야. 왜 전방으로 가는 길만 막혀?

"출근 시간도 아닌데 사고라도 났나?"

"국경으로 출근한다고?"

"국경 못 미처 회사들이 제법 있어."

"군수회사?"

"출판사."

"어메이징!"

외마디 감탄사가 차 안에 울려 퍼졌어.

"펜 이즈 스트롱거 댄 건!"

무슨 선언문이라도 공표하듯 또박또박 외치며 산체스가 내 어깨를 두드렸단다. 라틴계 특유의 연극적인 호들갑이 싫지는 않았다. 싫긴, 괜히 허리가 쭉 펴지더구나.

"출판도시로 불러."

"뷰티풀! 탱크를 맨몸, 아니 책으로 가로막는다. 시적인 발상이야!"

산체스가 두 손을 허공에 들어 보이며 외쳤어. 꿈보다 해몽. 홍대 인근 땅값이 치솟아 옮겨 간 것으로 알고 있었지만 입 밖에 내지는 않았다. 해석은 자유고 마침 자유로를 달리는 참이었잖니. 어쩌면 전보다 더 힘차고 빨라진 타이핑 소리 때문이었는지도. 듣고 보니 그럴듯했어. 산체스의 말은 처음에는 갸웃거리다가도 되새길수록 주억거리게 되는 구석이 있었지. 몇 마디 더 오간 뒤 작가임이 밝혀진 순간 역시나, 한 것도 그래서였고. 데뷔하고 5년 동안 책을 열 권이나 냈다는 소리에는 좀 놀랐지만. 왕성한 생산력의 비결이 뭐냐고 물으니 '건기에 한 권, 우기에 한 권'이라고 답하더구나.

"나는 계절마다 한 편씩인데."

"너도 소설가야?"

산체스가 반색하며 물었다.

"시인이야, 시조 시인."

"쉬이조오?"

어디서부터 어떻게 설명해야 할지 막막했어.

"코리안 하이쿠."

다행스럽게도 산체스는 고개를 끄덕여줬다.

"왜 계절마다 한 편이지?"

산체스가 미소를 지으며 물었어.

동인지가 계간이어서라고 곧이곧대로 답하기는 싫더구나.

"앞산이 옷을 갈아입는 순간에만 시상이 떠오르거든. 우리 집에서는 너도 1년에 네 권 쓸 수 있어."

"내전만 없다면."

산체스가 웃음기를 거둬들이며 대꾸했다. 중요한 무언가를 잠시 놓치고 있던 사람처럼. 한담이나 나누고 있을 때가 아니었지. 산체스는 작가의 몸이 아닌 특파원 신분으로 태평양을 건너왔으니까. 운전대를 고쳐 쥐는 열 손가락이 시조 시인의 팔에 달린 게 아니었듯.

북상할수록 풍경마저도 엄중해졌어.

"저 철망은 뭐야?"

강변에 나타난 철책을 놓치지 않고 산체스가 물었다.

"몰래 침투하는 북한군 막으려고. 강 건너가 북한 땅이야."

"저기?"

산체스가 카메라(망원렌즈까지 달려 있었지)를 순식간에 집어 들며 물었어.

"더 북쪽으로 가면."

산체스가 가리킨 곳은 김포였어. 카메라를 맥없이 내려놓는 모습 때문이었을까. 슬슬 초소가 나타날 때가 됐는데…… 나는 쫓기는 기분으로 전방을 노려보았다.

"산체스, 초소!"

내가 반갑게 소리쳤어.

"오!"

산체스는 카메라를 냉큼 집어 들고 연신 셔터를 눌러댔다. 묵직한 덩치와 달리 소리가 사뭇 경쾌하더구나.

"군인은?"

산체스가 렌즈에서 눈을 떼며 물었어.

아닌 게 아니라 초소는 텅 비어 있었다. 바리케이드도 길 한쪽으로 치워진 채였고. '일촉즉발의 한반도' 같은 타이틀 아래 실림 직한 그림은 아니었어.

"최전방으로 불려 갔어."

내가 서둘러 대꾸했다. 이런 말까지 덧붙이며.

"휴가병들도 전원 귀대했고."

비상경계령이 떨어졌다니 허무맹랑한 소리는 아니었어. 일일이 다 전하지는 못했지만 더한 풍문도 많았지. 주한 미군 가족들은 오키나와로 이송되었다더라, 타워팰리스 지하 주차장이 텅 비었다더라……

"뭐라고 적혀 있어?"

텅 빈 초소가 사이드미러에서 한 점이 되어 사라질 때쯤 산체스가 물었다.

철책에 플래카드가 걸려 있었거든.

'통일 대박 수도권 최후의 금싸라기 땅'.

멀리서도 눈에 확 들어오는 핏빛 글자였지.

"안보만이 살길이다."

셔터 소리가 마음에 걸렸지만 글자 그대로 옮기면 안 될 것 같았어. 대상을 알 수 없는 짜증이 스멀스멀 올라오기 시작한 건 그때부터였지. 초소가 재차 나타날 때마다, 새로운 플래카드('요양 병원 건립 결사반대' '전원주택 단지에 납골당이 웬 말이냐')가 시야에 들어올 때마다 눈앞이 아득해지더니 나중에는 내가 이러려고 인터내셔널 택시로 갈아탔나 자괴감마저 들었어.

내비게이션 화면에 모습을 드러낸 '임진각' 세 글자가 숨어 있던 마지막 담배만큼이나 반갑더구나. 6·25 때 활약한 탱크와 비행기며, 바스러질 듯 새빨갛게 녹이 슨 경의선 기관차며, 상판을 통째로 잃고 교각만 덩그러니 남은 다리며, 이 모두를 전운처럼 희붐하게 감싸고 있는 옅은 안개까지, 실물도 그간의 실망을 만회하기에 부족함이 없었다. 긴박한 사이렌이라도 효과음으로 깔리면 완벽했겠지만 소리라고는 전시물 앞마다 단체 사진 대형으로 늘어선 한국 노인들이 낙오자를 부르는 외마디뿐.

백척간두의 적막 탓이었을까. 반가움은 차츰 희미해지고 가슴 안쪽이 어느새 물기로 젖어왔어. 익숙한 목소리에 스스로 놀랐을 때는 젖은 자리에서 샘솟아 오르는 시구를 노랫가락처럼 읊고 있었지.

"왜가리 훨훨 날아 남과 북 넘나들고, 임진강 흘러 흘러 서해로 모이는데……"

가슴 떨리는 영감의 순간이 얼마 만이던지. 피날레를 앞두고는 호흡을 가다듬어야 했다. 갑자기 목이 메어오지 뭐냐. 자유로는 여기까지란 말인가. 겨레의 척추에 쇠말뚝이 박혀 있구나.

산체스는 눈을 지그시 감고 있더구나. 시조를 접한 적도 없고 우리말이라고는 한마디도 알아듣지 못하지만 방해하면 안 된다는 사실을 본능적으로 안 거야. 나도 따라 눈 감으니 산체스의 마음이 심장 위로 포개지는 듯했어. 깃털에 덧대어지는 깃털처럼, 물방울을 끌어안는 물방울처럼. 그러니까 거문고 선율에 담긴 백아의 마음을 갈피마다 읽어내는 종자기처럼.

"오늘도 늙은 철마는……"

시조는 완성할 수 없었어. 난데없이 귀싸대기를 때리듯 들려온 유행가 때문이었다.

"사랑해 널 이 느낌 이대로 빽 그려왔던 헤매임의 끝 빽 이 세상 속에서 반복되는 슬픔 빽 이젠 안녕 빽 수많은 알 수 없는 길 속에 희미한 빛을 빽 난 쫓아가 빽 언제까지라도 함께하는 거야 빽 다시 만난 나의 세계."*

확성기로 트는지 중간중간 쇳소리가 끼어들었지.

"브라보!"

산체스의 환호.

멋지게 마무리하고 싶었지만 한번 끊긴 시상은 좀처럼 되살아나지 않았다.

"어떤 의미야?"

산체스가 물었어.

"시는 번역이 불가능한 거야."

산체스가 고개를 주억거리며 엄지를 치켜세우더구나.

분단의 현장에는 외국인도 많았다. 예외 없이 무리 지어 움직이고 있었어. 매점에서 하나둘 빠져나온 일단의 백인 노인들조차 통화 중인 젊은 한국 여자 앞으로 모이더구나. 관광버스 일색이던 주차장에서 목덜미를 스치던 쌔한 느낌이 모종의 위

* 소녀시대의 노래, 「다시 만난 세계」.

화감으로 변하는 순간이었다. 왠지 모르게 불안했지. 반면 산체스는 물 만난 고기 같았다. 쉴 새 없이 카메라 셔터를 누르고 아무나 붙들고 녹음기를 들이밀었어. 통역을 자처한 이 몸도 바빠졌지. "북한군 포격에 한마디 하자면?" 대답은 비슷비슷했다. '천인공노할 일.' '본때를 보여줘야.' 나였대도 크게 다르지 않았겠지만 산체스는 슬슬 흥미를 잃어가는 눈치였어. 급기야 질문이 좀 묘해지더구나. "다음 생에는 무엇으로 태어나고 싶어?" 뜨악해하거나 생각해본 적 없다는 반응이 대부분이었지. 잘생긴 남자로 태어나고 싶다던 어느 할매, 뭘 또 태어나느냐고 아들놈이 키우는 푸들로나 태어나면 모를까 하며 미간을 찌푸리던 할배 정도가 기억에 남을 뿐.

언제부턴가 산체스는 녹음 버튼도 안 누르더라.

"젊은이들은 다 어디 간 거야?"

산체스가 주위를 두리번거리며 중얼거렸다.

그러더니 주차장에 막 들어선 버스에서 교복 차림 학생들이 우르르 내리자 득달같이 달려가지 뭐냐.

일본에서 온 수학여행단이더구나. 다이조부. 문제없었다. 일본어 자격시험도 앞두고 있었거든. '닛본'이라는 소리에 당황은커녕 속으로 콧노래가 나왔지. 긴가민가한 단어마저 그날따라 혀에 착착 감겼어. 그 시국에 웬 수학여행? 조토마테구다사이. 대부분 서울에 남아 고궁 견학 중이었고 일부만 판문점을 보러 온 거였어. 일체의 불상사에 대한 책임은 전적으로 본인이 진다는 각서에 부모 도장까지 받고서.

"안 무서워?"

산체스가 물었어.

번번이 '무섭지만 아무래도 이번 기회가 아니면' 식의 단조로운 답을 영어로 옮겨야 했다. 변기에 앉아 볼일 보는 순간에도 이어폰을 빼지 않고 연마한 실력을 펼쳐 보일 찬스였는데 말야. 이번에도 산체스의 입에서 알쏭달쏭한 질문이 튀어나오는 데는 그리 오랜 시간이 걸리지 않았어.

"유령의 존재를 믿어?"

있는 그대로 통역해준 게 실수였어. 다들 슬금슬금 피하지 뭐냐. 내가 유령이라도 되는 것처럼. 정작 당사자는 두 손을 바지 주머니에 찔러 넣은 채 북쪽 허공의 한 점만 뚫어져라 응시하고 있더구나. 희뿌연 장막 너머에 도사린 무언가의 실체를 캐내려는 사람처럼. 좌석에 엉덩이가 완전히 닿기도 전에 '팬문좀'을 외치던 표정으로.

유감스럽게도 판문점에는 발을 들이지 못했다. 언제 총성이 울릴지 모르는 적색 상황이라 민간인의 출입이 일절 금지되어서라고 말할 수 있다면 좋겠지만 현실은 좀 달랐어. 라이방 쓴 위병에게 방문 신청서부터 접수하라는 소리를 들어야 했지. 외국인은 사흘, 한국인은 두 달 전 전문 여행사를 통해 신청해야 한다나.

“왓스 롱?”

산체스가 어리둥절한 표정으로 물었어.

“노 프라블럼!”

내가 호기롭게 외쳤다.

탑승 일성으로 판문점에 갈 수 있느냐고 물어왔을 때 휴대폰으로 검색부터 했다면 낭패는 면했을 텐데. 후회는 나중 얘기. 그 순간에는 무조건 되게 하자는 일념뿐이었어. 단순 관광도 아니고 특별 취재인데 어떻게 안 되겠느냐, 목숨 바쳐 자유 대한민국을 지킨 형제의 나라다, 북한의 만행을 전 세계에 알리기 위해 지구 반대편에서 날아온 사람한테 이럴 수는 없다, 발이 손이 되도록 매달리는데 눈썹도 꿈틀하지 않더구나. 슬금슬금 부아가 치밀었다. 어른이 말하면 눈 맞추는 시늉이라도 해야지 새파란 녀석이 자전거 바퀴만 한 시커먼 안경알을 끼고 앉아서, 날도 가뜩이나 궂은데……

“헌병대 소속인가? 요즘도 판문점 근무자는 키로 뽑나? 우리 때는 170센치 이상이었는데. 당시로는 농구 선수감 소리를 듣고도 남을 신장이었지. 북쪽 애들보다 1밀리라도 커 보여야 했던 거야. 그래서인지 매끼 스테이크를 먹인다는 소리가 있었어. 고기 구경 좀 해볼까 싶어서 자원했는데 168이지 뭐야. 믿기지 않았어. 신검 서류에는 분명히 170이었거든. 훈련소에서 줄어들지 않고서야. 맞아. 주린 배를 움켜쥔 채 박박 기는 동안 키를 까먹은 거야. 쑥쑥 자라기는 언감생심 본키 유지하기도 힘들 만큼 못 먹던 나날이었어. 철모가 수박으로, 탄창이 양갱으로 보였다니까. 전날 한 그릇만, 아니 한술만 더 뜰 수 있었어도 탈락하는 일은 없었을 텐데. 지금이라도 들여보내주면 평생의 한을 풀어주는 거야."

라이방은 쓰다 달다 대꾸는커녕 미동도 없었다. 가려진 눈으로 비웃고 있는 것만 같았지. 물정 모르는 구닥다리라고. 라이방의 번드르르한 흑막 위로 텅 빈 초소며 부동산 플래카드며 마음에 주름을 낸 장면들이 주마등처럼 스치더구나. 야간 경계 중에 창자가 끊기는 듯한 허기를 달래려 녹다 만 흙투성이 눈을 입안으로 미친 듯 밀어 넣던 장면도.

불현듯 천불이 일었다. 배 한번 곯아본 적 없는 애송이가 역전의 용사를 무시해도 유분수지. 그 뒤로는 가물가물하구나. 살짝 흥분 상태였거든. 관등 성명 대라, 부대장 이름이 뭐냐, 목소리가 좀 높아졌던가. 정신 차리고 보니 허리춤이 산체스에게 붙들려 있지 뭐냐. 함부르크에서 온 일가족이, 애리조나 출신 퇴역 군인들이, 오사카의 중학생들이 공동 경비 구역의 안개 속으로 줄지어 녹아드는 모습을 망연히 지켜볼밖에.

보여주는 거라고는 어슴푸레한 능선의 윤곽뿐인 전망대 망원경 앞에서 산체스는 한동안 걸음을 떼지 못했다. "갓 뎀 포그" 하고 중얼거리는데 내가 다 미안하더구나. 왜가리라도 돼서 등에 태워 날아가고 싶은 심정이었지.

"휴전선 저쪽은 아군의 반격으로 초토화됐어. 찍소리도 못 낼 만큼."

산체스의 뒤통수에 대고 내가 말했어.

그 와중에도 관광버스가 속속 밀려들었다. 국방색 얼룩무늬로 도장된 한 승합차에는 '안보 투어 일절(DMZ·판문점·연평도 환영)'이라는 문구가 대문짝만하게 적혀 있고. 눈을 아무리 고쳐 떠도 어제오늘의 신문 1면 그림(대통령이 파일럿 점퍼 차림으로 벙커에서 회의하고, 항공모함에서 전투기들이 줄지어 이륙하는)과는 판이했지.

"이쪽은 이쪽대로 국민들 불안해할까 봐 겉으로는 평상시처럼 움직이고 있어. 겁에 질린 개나 짖지, 진짜로 무는 개는 조용한 법이잖아."

내가 알 수 없는 열기에 달떠 덧붙였어. 스스로에게 들려주는 말이기도 했지. 앙가슴께 무겁게 걸려 있는 무언가를 누그러뜨리기 위해.

망원경에 망부석처럼 붙어 있던 산체스의 배에서 갑자기 꼬르륵 소리가 나더구나.

"뭐 좀 먹을까?"

내가 물었다.

"비빔밥?"

산체스가 반문했어. '팬문좀'보다 또렷한 발음이었지. 눈길은 이미 주차장 주변 식당가로 향해 있었고.

"출판도시로 가. 곧 점심때라 한국 젊은이들 많이 볼 수 있어."

내가 못 박듯 대꾸했어.

뜨내기 관광객 상대하는 집 음식이야 안 봐도 비디오잖니.

"북한 탱크 포문에 이마를 맞댄 남한 에디터들!"

고국으로 타전할 기사 제목이라도 불러주듯 산체스가 소리쳤다.

손목시계를 보며 도착 시각을 가늠하는 잠깐 사이 산체스는 저만치 앞장서 걷고 있었어.

비빔밥과 에디터. 두 매듭을 한꺼번에 풀기 위한 선택은 출판도시 근처 복합 쇼핑몰 1층의 푸드 코트였다. 액셀을 밟은 덕에 12시 못 미처 밥냄새를 맡을 수 있었어. 여전히 텅 빈 초소가 이번에는 도움이 됐지. 입구 카운터에서 비빔밥 두 그릇 주문하고 안쪽에 자리 잡았다. '남한 에디터들'은 아직이었고.

"초이는 다음 생에 무엇으로 태어나고 싶어?"

산체스가 불쑥 물었어.

"다음 생은 잘 모르겠고 비빔밥 트럭 몰고 미국을 횡단하는 게 꿈이야."

"비빔밥 트럭?"

"딸애가 텍사스 오스틴에서 한식당을 하는데 날 닮아서 손맛이 좋은가 봐. 이 몸이 사단에서 넘버원 취사병이었거든. 내 비빔밥 나오는 날은 사단장이 헬기를 타고 날아왔어. 비빔밥의 핵심은 밥. 밥알 하나하나 살아 있게 짓는 나만의 비법이 있지. 자유의 여신상 앞에서도, 나이아가라폭포 밑에서도, 그랜드캐니언 골짜기에서도 최고의 비빔밥을 즐길 수 있게 할 거야. 상호도 지어놨어. 루시 비빔밥. 딸애는 들은 척도 안 하지만."

"루시?"

"손녀 이름."

지갑을 꺼내 아이 사진을 보여줬다.

"예쁘네."

"사위가 백인이라 인형 같지. 실물이 훨씬 낫대."

"아직 못 봤어? 몇 살인데?"

답이 얼른 떠오르지 않아 당황스러웠다. 마침 죽은 듯 엎드려 있던 진동 벨이 진저리를 쳐대기 시작했어. 책상물림이라고 이마에 씌어진 고만고만한 젊은 애들이 삼삼오오 몰려왔고.

비빔밥을 받아 오니 낯빛 희멀건 애들이 옆 테이블에 둘러앉았고 산체스의 손에는 어느새 노트북이랑 녹음기가 들려 있더구나. 여자 셋, 남자 하나. 다들 입은 굳게 다문 채 휴대폰만 들여다보고 있었어. '전사자 명단을 확인하는 민간인들.' 이런 타이틀도 무리가 아닐 법한 분위기였지. 목숨 걸고 날아온 산체스조차 섣불리 말을 못 붙이지 뭐냐. 이 몸이 총대를 멜 수밖에. 하지만 "에헴" 하는 헛기침도, "저기"라는 노크의 말도 동심원 하나 만들어내지 못한 채 무거운 정적 속으로 가라앉고 말았다.

"레이디스 앤 젠틀맨!"

숟가락으로 밥그릇까지 두드리고서야 겨우 시선을 끌어올 수 있었지.

"에디터들인가?"

"그런데요?"

건너편의 단발머리가 경계하는 목소리로 대꾸했어.

"이분은 콜롬비아 최대 일간지 『판타스마』 특파원으로 전쟁 위기를 취재하러 오셨어. 식사하는 동안 간단히 인터뷰하고 싶으시대. 언더스탠?"

다들 멀뚱멀뚱 바라만 보더구나. 먼 자리의 둘은 다시 휴대폰으로 눈길을 가져갔고. 그럼에도 나는 산체스에게 고개를 끄덕여 보였어. 조금이나마 만회하고 싶어서였지. 판문점 초소 문턱을 넘지 못한 건 내 탓이 아니지만 무엇 때문인지 빚진 기분을 떨쳐낼 수 없었거든. 작은아버지의 참전만으로는, 당사자의 뜨거운 취재 열까지 보태도 온전히 설명하기 힘든 부채감이 있었어.

"포격 사태에 대해 어떻게 생각해?"

산체스의 녹음기에 다시 불이 들어왔지.

떠넘기는 듯한 침묵 끝에 단발머리가 마지못해 입을 열었어.

"북한이 또 북한 했죠."

옆자리 여자애가 쿡쿡댔어.

"전쟁 날까 겁나지 않아?"

"야근 안 해도 되고 좋죠."

이번에는 너나없이 까르르 웃더구나.

"무슨. 피란 열차에서 마감시키겠지."

청일점 남자애가 중얼거리자 여자애들 입에서 동시에 한숨이 새어 나왔다. 인터뷰가 삼천포로 빠지고 있었지.

우물쭈물하는 나를 산체스가 빤히 쳐다보지만 않았어도 잠자코 있었을 거야.

"북한 애들은 굶기를 밥 먹듯 해서, 포탄도 힘이 없어 여기까지 못 날아올 거래."

입꼬리를 끌어 올리며 대답했지만 없는 얘기를 지어내려니 죽을 맛이었다.

속사정도 모르고 산체스는 특유의 호기심 어린 진지한 표정으로 질문을 이어갔어.

"최전방에서 책을 만드는 건 어떤 기분이야?"

우리말로 옮기는데 괜히 아슬아슬하더구나.

"북한 잠수함보다 잠수 타는 남한 필자가 더 무섭죠."

대놓고 터뜨리는 웃음소리.

순간, 온몸의 피가 거꾸로 솟는 듯했다. 듣자 듣자 하니…… 김정일이 핵미사일을 만드는 판국에 웃음이 나와? 핵미사일 날아오면 오늘은 핵퇴근입네, 만세라도 부를 건가? 두개골 안쪽 어딘가에 대고 누군가가 성냥을 그어대는 느낌이었어. 한마디 않고 배길 수 없었지.

"귀한 음식 앞에서 왜 깨작거려. 오던 복도 달아나게. 밥알을 세고 앉았네, 세고 앉았어. 그래가지고 어디 책 한 권, 아니 한 페이지라도 제대로 만들겠어?"

에디터들은 일제히 밥그릇에 이마를 박고 묵묵히 젓가락을 놀리기 시작했다. 나라는 존재가 보이지도 들리지도 않는 것처럼.

나에게 눈길을 주는 건 산체스뿐이었지. '왓스 고잉 온' 하는 눈빛이었지만.

"비벼서 먹어야 돼, 밥이랑 나물이 고루 섞이게. 이리 줘봐."

산체스의 밥그릇으로 손을 가져가려는 찰나.

"병신."

낮게 중얼거리는 소리에 뒤돌아보지 않을 수 없었다. 무채색 옷차림 일색인 젊은 애들이 구부정한 자세로 시선은 휴대폰에 고정한 채 숟가락이며 젓가락이며 포크며 꾸역꾸역 입으로 가져가고 있었어. 환청? 기어들어가는 목소리였지만 두 귀에 똑똑히 와서 박혔다. 잇새로 침 뱉듯 뇌까리는 말. 분노나 적개심이라곤 약에 쓰려도 찾아볼 수 없는 소심한 목소리. 절망적 무력감이 뼛속까지 스며 있었지. 악성의 병균처럼. '다 같이 돼지는 건 괜찮아'로 통역해도 무방할 만큼. 인민군이 쳐들어오면 저 아이들의 나라는 속절없이 밀리겠구나. 저 약해빠진 아이들의 6·25에는 낙동강 저지선도, 인천상륙작전도 기대 난망이구나. 부릅뜬 두 눈에 힘이 빠져나가면서 고개가 스르르 제자리로 돌아오고 말았다.

이상한 일도 다 있지. 정신은 백지장처럼 아연한데 손은 자동으로 움직이기 시작하더구나. 생사의 갈림길에서 벌떡 일어나 들큼한 국물을 벌컥벌컥 들이켜던 때처럼. 꺼져가는 무언가를 붙들려는 사람처럼.

"콩나물이 씹히는 맛이 없네. 너무 푹 삶았어."

내가 숟가락을 소리 나게 내려놓으며 말했다.

밥그릇은 반도 못 비운 채였지.

산체스가 숟가락질을 멈추고 나를 쳐다보더구나.

나는 자리에서 벌떡 일어났어.

"어디 가?"

"제대로 취재해야지. 연평도는 아직도 포연이 자욱할 거야. 뱃길 끊기기 전에 도착하려면 서둘러야 해."

내가 비장의 카드를 꺼내 들듯 말했다.

"여언피잉도오?"

산체스가 무슨 외국어 책 제목이라도 읊듯 물었어.

나는 뒤도 안 돌아보고 푸드 코트를 빠져나왔다. 연평도든 울릉도든 거기만 아니라면 어디든 상관없었지. 내비게이션이 인천 여객 터미널행 안내를 시작하기도 전에 도망치듯 출발했어. 당연히 김포대교를 이용했지. 경로 이탈 경고음 끝에 내비게이션 화면 속 쐐기 모양의 내 차가 허허벌판으로 내동댕이쳐졌대도, 행주대교 쪽으로 멱살이 끌려갔대도 그 다리를 그냥 지나치지는 않았을 거야. 일분일초라도 빨리 한강 이남으로 건너가고 싶었으니까.

다리 남단에 접어든 것만으로도 시야가 몇 뼘은 넓어지더라. 자유로를 되짚어 내려간 만큼 남쪽으로 더 달렸을 때는 편의점에 걸린 플래카드도 눈에 들어왔지.

'로또 명당. 1등 12회, 2등 47회.'

대기 줄이 매장 진열대를 휘돌아 문밖까지 이어졌어.

물론 오늘의 운세가 때맞춰 기억나지 않았다면 담배를("커피도" 하고 산체스가 외쳤어) 핑계로 차에서 내리는 일은 없었겠지. 산체스에게 여섯 개의 숫자를 청하지도 않았을 테고.

"복권?"

산체스가 은근한 목소리로 물었다.

역시 눈치가 남다른 친구였지.

“꿈에 돼지가 나왔거든. 부글부글 끓어오르는 검붉은 흙더미에서 돼지 한 마리가 펑 솟구쳐 오르는 거야. 터질 듯 부풀어 오른 거대한 돼지였어.”

변명조로 대꾸했지만 며칠 전에 꿈을 꾼 건 사실이었어.

“콜롬비아에 이런 속담이 있어. 돼지가 하는 일에는……”

어깨를 으쓱해 보이는가 싶더니 산체스는 넘겨받은 내 휴대폰에 손 가는 대로 숫자를 입력하며 중얼거리더구나. 하나둘 모습을 드러내는 행운의 숫자에 집중하느라 귓등으로 흘려듣고 말았지만.

편의점 안으로 발을 들이자마자 빗방울이 떨어지기 시작했다. 등 뒤로 사람들이 여전히 길게 늘어선 채였지.

“제일 비싼 커피로 골라 와. 내가 살게.”

곁에 딱 붙어 있던 행운의 요정에게 내가 말했어. 커피 아니라 커피 농장이라도 사주고 싶은 마음이었지만 일단 그걸로 만족해야 했지.

복권, 담배, 캔 커피 값을 치르고 돌아서니 산체스는 그새 안쪽 스탠딩 테이블에 노트북을 펴놓고 자판을 두드리고 있지 뭐냐. 내가 눈 한 번 감았다 뜨는 사이에도 노트북을 꺼내 들 친구였지. 가히 기자 정신의 화신이었어.

“기사 제목이 뭐야?”

캔 커피를 건네며 내가 물었다.

"소설 쓰는 중."

산체스가 태연스레 대답했어.

일순 손바닥을 가득 채우던 온기가 썰물처럼 빠져나가는 듯했다. 커피는 또 어찌나 달던지. 속이 아릴 정도였어.

기대를 저버린 건 그뿐이 아니었어. 문득 밖을 보니 비상등 상태로 세워둔 차가 온데간데없지 뭐냐. 화들짝 놀라 빗속으로 뛰어나갔지. 저 멀리 견인차 꽁무니에 매달린 택시가 눈에 들어오더라. 사거리에서 신호 대기 중이었어. 튕기듯 달리기 시작했다. 있는 힘 없는 힘 다 쥐어짜 다리를 놀렸어. 빗줄기는 눈동자까지 들이치고, 진로를 어지럽게 막아선 우산살에 귀가 쓸리고, 들뜬 보도블록에 걸려 고꾸라지고, 등 뒤에서는 "마이 배기지!" 외마디 절규가 줄기차게 들려오고…… 전쟁이 따로 없었지.

그렇다고 속도를 반의반 박자도 늦출 수는 없었다. 견인차가 일시 정지에서 풀려나면 다음 기회란 없으니까. 빗물에 젖어드는 눈을 연신 깜박이며, 사거리 허공에 붙박인 신호만 주시한 채 죽기 살기로 뛰었어. 산체스는 언제부터 소설을 쓰고 있었나 궁금해하며. 식당에서부터였을까, 임진각을 떠나고서였을까, 택시에 처음 올라탄 순간부터였을까, 자문하며. 견인차가 그 자리에서 꼼짝 않기를 간절히 바라는 마음으로. 하지만 신호등이 바뀌고 앞바퀴 들린 택시가 파란불 너머로 달아나버리자 거짓말처럼 홀가분해지더구나.

발 뭐라는 콜롬비아 작가 인터뷰 때 물어봐라, 산체스와 아는 사이냐고. 당숙과 한반도에서도 가장 위태로운 화약고를 나란히 누빈 사람이라고. 말 나온 김에 하나 더. 서울국제작가축제 참가자로서 이번 북한 미사일 사태에 대해 어떤 견해를 갖고 있는지도 알아봐라.

『수퇘지』. 새로 번역된 소설책 광고가 너희 신문에 실렸더구나.

'마르케스의 재림이라는 찬사가 아깝지 않은 경이로운 작품세계. 세르반테스 메달을 최연소로 거머쥔 악마적 재능.'

마르케스, 그 양반 네이버에서 찾아보니 노벨문학상까지 받았던데 그럼 산체스도? 조만간 세계 최고 작가 반열에 오르는 거냐?

첫눈에 알아봤다. 타이핑 소리부터 예사롭지 않았어. 마음 깊숙한 거문고 줄까지 홀리듯 마수를 뻗쳐 오는 게, 단순히 문자보다는 영혼의 음표라도 새겨 넣는 것 같았지. 산체스의 시옷 자도 소개되지 않은 시절이었지만. 이럴 줄 알았으면 사인이라도 받아둘걸. 출판사에 얘기해서 책 좀 받아보면 좋겠는데. 왠지 이 몸을 모델로 한 인물 하나쯤 등장할 것도 같거든.

내가 산체스를 알아보았듯 산체스도 나를 알아보았을 테니까.

참, 허리에서 끊긴 속담의 뒤도 궁금하구나.

돼지가 하는 일에는 무엇이 어떻다는 겐지.

그분이 오신다

“글이 죽어라 안 써질 때는 어떻게 하나요?”

문화센터 창작 워크숍이나 출간 기념 북토크 같은 자리에서 어김없이 받는 질문이다. 처음 몇 번은 대충 얼버무리고 말았지만 언제부턴가 나만의 모범 답안이 생겼다.

“집을 바꾸세요.”

글자체를 바꿔보라는 말만큼이나 가볍게 툭 던져놓고 기다린다. 워크숍이니 토크니 도란도란한 단어가 무색하도록 잔잔하기만 하던 수면 아래 조용한 파문이 일기를. 이사를 해보세요,라고 표현했다면 결코 일지 않았을 어떤 반응을. 그러다 조용히 번지는 호기심의 맨 바깥 동심원이 발목에 와 닿는 순간 릴을 감듯 본론을 풀어놓기 시작한다.

“저는 2년마다 집을 바꿉니다.”

이쯤이면 졸음기에 겨워 희끄무레하던 눈빛마저 셀카를 찍을 때처럼 또렷해지고, 적대적 무관심으로 무장된 팔짱조차 비밀번호가 입력된 빗장처럼 스르르 풀리게 마련이다.

"전세 기간이 끝나면 무조건 다른 집을 알아봅니다. 재계약한 적이 한 번 있었는데 갑자기 글이 안 써지더라고요."

정말? 하는 표정들이 눈에 띄면 칠부 능선에 오른 셈이다. 이사가 단골 카페를 바꾸는 일은 아니니까.

"카페에 나가도 보고, 독서실까지 끊어봐도 글 한 줄 안 써지는 거예요. 그렇게 두 해를 송두리째 날리고 이사를 했는데 짐을 풀자마자 문장이 술술 나오는 거 있죠. 그간 지력이 다한 밭과 씨름이라도 한 것처럼."

이야기가 끝났을 때 몇 사람이나 고개를 끄덕였는지는 중요하지 않다. 중요한 것은 주변 공기의 밀도가 한결 높아졌다는 사실뿐. 그렇게까지 해야 하느냐고 따지는 사람은 없었다. 이사를 했는데도 여전히 죽어라 안 써진다고 항의해오는 사람 역시. 내 얘기가 사실이 아니면 또 어떠랴. 누구 말마따나 영감을 찾는 건 아마추어나 하는 짓이고 프로페셔널은 그냥 책상 앞으로 가는 법. 내 경우엔 제대로 된 책상이 아니어도 상관없었다. 부엌 식탁이든 무릎 위든 노트북을 올려놓을 수만 있으면 어떤 글이라도 쓸 수 있었다.

그런 내게 단 한 줄, 단 한 단어도 써지지 않는 때가 올 줄 상상이나 했겠는가.

"그분이 오셨나 봐?"

자다 깬 아내가 화장실로 향하며 말했다.

"어, 그분께서 퇴근을 안 하시네."

노트북 앞에서 넋을 놓고 있던 나는 손을 황급히 자판으로 가져갔다. 화면에서는 태양과 그것을 에워싼 행성들이 우주가 팽창하는 속도만큼 빠르게 암흑을 가르며 어딘가로 달려가고 있었다. 인터넷에 떠도는 영상을 저장까지 한 이유는 코스모스의 신비에 대한 경이로움도, 지구 위에 발붙인 티끌만 한 존재의 허무 섞인 겸손도 아니었다. 내가 너무 오랫동안 멈춰 서 있다는 사실을 부정할 무언가가 필요했기 때문이다. 나는 두 해째 개점휴업 상태였다.

신년 탁상 달력에 '마감'이라는 즐거운 비명을 써 넣을 일이 없었을 때만 해도 간만에 한숨 돌릴 기회다 싶었다. 꿈속에서도 자판과 씨름해온 나날. 장기근속 휴가라도 받은 셈 쳤다. 뒤를 돌아보는 게 무리라면 곁이나마 흘긋 둘러보는 시간을 갖기로 했다. 그것이 혼자만의 착각으로 밝혀지는 데 그리 오랜 시간이 걸리지 않았지만.

아쿠아리움에 놀러 가자는 깜짝 제안에 아홉 살짜리 아들은 기뻐 팔짝팔짝 뛰기는커녕 눈을 동그랗게 뜨며 물었다.

"아빠, 소설가 잘린 거야?"

김 빼는 소리는 아내라고 다르지 않았다. 여행이나 갈까 물었더니 측은해하는 얼굴로 말했다.

"그래. 어디 가서 며칠 바람 좀 쐬면서 소재라도 하나 건져 와."

탁상 달력이 한 번 더 바뀌도록 마감은 없었다. 원고 달라는 기별이 폭죽은 못 돼도 성긴 별 무리에 더해지는 또 하나의 별처럼 꾸역꾸역 이어진 지난 십수 년이었는데. 편집자들이 다 모여 안식년을 주기로 결의하지 않고서야.

어쩌면 청탁이 없어서 글을 못 쓰는 게 아니라 글을 쉬고 있어서 청탁이 안 오는지도 몰랐다.

나는 노트북을 켰다. 프로페셔널답게 영감도 마감일도 없이. 갓 내린 커피를 입장권 삼아 현실 이편과 저편의 경계에서 커서의 깜박임에 집중하노라면 이내 탭댄스를 추고 있는 손끝이 느껴져야 했으나…… 자판 위의 열 손가락은 춤은커녕 꼼지락거릴 기미조차 없었다. 그나마 움직이는 건 슬그머니 휴대폰 위에 올라가 있는 검지 하나. 세상에서 나를 알아주는 건 유튜브 알고리즘뿐이었으니. 검색한 적도 없는데 관심사인 줄 어떻게 알고 손수 집 짓는 사람들 동영상을 띄워놓았을까. 한 장 한 장 벽돌 올라가는 모습에 한눈팔려 있노라니 몇 시간이 훌쩍 지나 있었다.

남극 빙하가 녹는 모습을 담은 다큐멘터리도 그랬다. 나는 얼음 대륙의 가장자리가 돌고래 울음소리를 내며 쪼개져 내리는 장면을 보고 또 보았다. 그러다 보면 애당초 노트북을 왜 켰는지, 깜박하는 게 불가능한 목적조차 남극점처럼 아득해지고 말았다. 하지만 망각했던 본분이 소스라치듯 떠오르며 머리끝이 쭈뼛해지는 순간이 찾아오기도 했다. 이대로 영영 못 쓰게 되는 건 아닐까, 자연선택의 냉혹한 정글에서 도태되는 건 아닐까, 악몽에서도 접하지 못한 두려움이 생생한 현실로 덮쳐왔다. 하루 공칠 때마다 핏속에 흐르는 이야기 DNA가 한 줌씩 증발하는 것만 같았다.

응급 지혈이라도 하듯 나는 개미지옥으로 유혹하는 붉은 아이콘을 삭제했다. 내친김에 인터넷 차단기가 설치된 독서실로 작업 공간을 옮겼다. 입실 내내 휴대폰을 압수해주는 곳이었다. 도망칠 구멍이 없어서인지 상대적으로 비싼 요금 때문인지 공기부터 풀을 먹인 듯 팽팽했다.

유튜브는 핑계에 불과했던 걸까. 온종일 빈 화면만 노려보다 노트북을 덮자면 쓰는 법을 깡그리 잊어버린 듯한 공포에 사로잡히지 않을 수 없었다. 오죽하면 내 소설 필사까지 시도해보았을까.

『올해의 젊은 작가 단편선』에 실린 초기작이자 비평적 조명을 받은 첫 작품이기도 했다. 초심으로 돌아간다는 뜻도 없지 않았지만 내심 '젊은'이라는 관형어에 방점이 찍혀 있었다. 내

나이 서른일곱에 쓴 대표작, 무언가에 들린 듯 쉼표 없이 휘몰아 쓰던 순간이 엊그제 같은데 지천명을 코앞에 둔 중년 작가라니. 『올해의 중년 작가 단편선』이 있대도 발표작이 없어서 명함조차 못 내밀 테지만.

"타자 속도는 빨라지겠죠."

필사가 소설 습작에 도움이 되느냐는 질문에 시큰둥하던 나였다. 가장 나답지 않은 방법이랄까, 일종의 극약 처방조차 효과가 없었다. 누렇게 바랜 신국판 종이를 넘길 때마다 풀썩이는 먼지에 재채기만 터져 나왔다.

"쯧!"

칸막이 너머에서 씹어뱉듯 뇌까리는 소리가 들려왔다. 가녀리고 앳된 목소리 깊숙이 서린 맹렬한 혐오의 기운이 나를 얼어붙게 만들었다. 그 목소리만이 아니었다. 칸막이 아래 웅크린 모두가 살의에 가까운 적의를 뿜어내고 있었다. 가슴이 턱 막혀오고 숨쉬기가 힘들었다. '이것도 소설이냐. 베어진 나무만 불쌍하다.' 내 소설집 아래 달린 인터넷 서점 한 줄 평을 맞닥뜨렸을 때처럼.

독서실에서 어떻게 빠져나왔는지는 기억에 없다. 정신을 차리고 보니 길가에 쭈그리고 앉아 플라타너스 밑동에 뭔가를 새기고 있었다. 내 이름 석 자였다.

다음 날 나는 독서실 출근 대신 운동화 끈을 고쳐 매고 근처 공원으로 나갔다. 북미 원주민들은 사냥에 앞서 사냥감에게 양해를 구했다지. '사슴아, 사슴아, 내 가족이 굶어 죽지 않으려면 너를 죽여야만 한다. 미안하다.' 나무가 응답해주기를 간구하며 날마다 기도했다. 상수리나무야, 너도밤나무야, 편백나무야, 층층나무야, 자작나무야…… 아무리 나무를 붙들고 흔들어 보아도 돌아오는 건 방향감각을 잃은 날벌레나 영역 표시를 위해 달려드는 반려견이 컹컹대는 소리뿐이었다.

"어떡해? 흉사가 있었던 집이래."

아내의 목소리가 불안하게 떨리고 있었다. 새로 이사 갈 아파트 얘기구나, 직감하면서도 나는 묘한 흥분을 느꼈다.

"흉사?"

"안 좋은 일이 있었나 봐."

"안 좋은 일?"

아내가 내뱉은 말을 나도 모르게 되새김질하고 있었다.

"자세한 건 몰라."

두려운 무언가를 어쩔 수 없이 입에 올리는 사람의 거리낌이 수화기 너머에서 고스란히 전해왔다.

"엘림 부동산에서 올 수리 매물이 나왔다며 연락했더라고. 이미 계약했다니까 몇 동 몇 호인지 묻고서는 이상한 소리를 하지 뭐야. 거긴 꺼림칙해서 일부러 안 보여줬다나. 무슨 소린가 싫어 곧바로 뉴타운 부동산에 물어봤지. 잠깐만. 뉴타운에서 전화 온다."

뉴타운 부동산은 우리가 계약한 곳이었다. 먼저 찾아간 곳은 엘림 부동산이었지만. 엘림과 뉴타운, 두 부동산은 아파트 단지 상가에 나란히 자리하고 있었다.

애당초 집 구경은 내 관심 밖의 일이었다. 어떤 집이든 내겐 이사한다는 사실 자체가 중요했다. 아파트야 거기서 거기 아닌가. 향을 따지고 층을 고른 쪽은 아내였다.

"같은 남동향인데 두 배는 환한 것 같지 않아?"

"그나마 어둑어둑한 부엌방이 자기 서재로는 딱이다."

아내가 새 서식지를 물색하는 동안 내 눈길을 끈 대상은 집이 아니었다. 거실 한 면 가득 벽걸이 텔레비전처럼 걸려 있던 가족사진이었다. 부부가 중앙에 나란히 앉고 두 자녀가 날개처럼 양 배후에 선 구도부터 한껏 격식을 차린 옷차림까지 금빛 액자만큼이나 전형적인 스튜디오 사진. 외출하려던 참이었는지 안주인은 정장을 완벽히 갖춰 입은 채 소파 끄트머리에 손님처럼 앉아 있었다.

그 집에서 무슨 일이 일어난 걸까?

무언가 맹렬히 궁금해지기는 실로 오랜만이었다. 궁금증을 못 이겨 거푸 전화를 걸었지만 아내는 계속 통화 중이었다.

"어떻게 이럴 수 있지?"

그날 저녁 아내는 상기된 얼굴로 퇴근했다.

"무슨 일인데?"

"뉴타운 부동산 통해서 물어봤는데 천벌 받을 소리래. 거기 사는 동안 좋은 일만 생겼대. 남편 사업도 대박 나고, 애들도 미국으로 유학을 갔다나. 새 아파트가 당첨되는 바람에 어쩔 수 없이 내놓은 거래."

분양 얘기는 얼핏 들은 것도 같았다.

"엘림 부동산에서 잘못 알았을 수도 있잖아."

"당연히 다시 물어봤지. 집주인이 펄쩍 뛴다는데 어찌 된 노릇이냐고. 더 말해줄 수 없대. 모르는 게 약이라나. 그러면서 뭐라는지 알아? 어차피 공동묘지 터였대, 단지 전체가."

"거참."

아파트 보러 간 사람을 앉혀두고 전원주택 예찬 일색일 때부터 이상한 사람이다 싶었다.

"아파트는 쭉 전세로 사시고 매입은 정원 있는 주택으로 하세요. 내가 살아보니 정원 있는 집에서 살아야 해. 맨땅에서 쑥쑥 올라오는 초록이들 보고 있으면 천국이 따로 없어. 에덴동산의 동산이 영어로 가든인 거 아시죠?"

애는 몇인지, 직장은 어디인지, 초면이 아니더라도 가려야 할 질문을 서슴없이 던지더니 묻지도 않은 자기 얘기까지 주절 주절 늘어놓았다.

“다른 집 알아볼까?”

아내가 혼잣말인 듯 물었다.

“계약금은?”

아내의 연봉에 맞먹는 금액이자 내 책 40쇄는 족히 찍어야 쥘 수 있는 돈이었다. 돈도 돈이지만 그 집을 포기하고 싶지 않았다. ‘흉사’라는 단어가 일깨운 어두운 활기가 허망하게 사그라지도록 내버려둘 수 없었다. 나는 쫓기듯 휴대폰을 꺼내 들었다.

“집주인한테 당신이 직접 물어볼래?”

아내가 넌지시 물어왔다.

“펄쩍 뛰더라며? 사실대로 얘기해주겠어?”

내가 전화한 곳은 이사 갈 아파트 단지 관리 사무소였다.

“확인해줄 수 없습니다.”

휴대폰 저편의 사내는 내 얘기가 채 끝나기도 전에 잘라 말했다. 집주인처럼 그런 말도 안 되는 소리를 어디서 들었느냐고 따졌다면 덜 수상쩍었을까. 기계음처럼 들리는 말투만큼이나 부자연스러운 반응이었다.

“그런 걸 어떻게 압니까? 경찰서도 아니고.”

계속 캐묻자 사내는 일방적으로 전화를 끊었다.

“알면서 말 안 해주는 거 같은데.”

스피커폰으로 듣고 있던 아내가 확신에 찬 얼굴로 말했다. 목소리에 분노가 서려 있었다.

"당신, 경찰 친구 있지 않아?"

아내가 분을 삭이며 물었다. 물음표가 붙어 있었지만 내게는 거역할 수 없는 명령으로 들렸다. 경찰대학에 진학한 고등학교 동기가 하나 있기는 했다. 나도 깜박한 존재를 아내가 기억하고 있다는 사실이 놀라웠다. 일면식은커녕 지나가듯 언급한 게 전부라서 더 그랬다.

"번호가 안 바뀌었나 모르겠네."

나는 연락처 검색창에 동기 이름을 입력하며 중얼거렸다. 송년 모임에나 가야 보는 사이였으니 거의 4년 만의 연락이었다. 부동산과 주식 일색이던 화제에 골프가 추가되면서 한 번 두 번 거르다 보니 어느새 그리되고 말았다.

다행인지 불행인지 번호는 그대로였다. 쉬쉬하는 사람들 보란 듯 진상을 드러내고픈 마음이 큰 만큼, 상상의 여지를 계속 남겨두고픈 알 수 없는 열망도 작지 않았다. 동기는 연락을 기다리고 있었다는 듯 신호음이 가기 무섭게 전화를 받았다. 나는 밀린 인사를 나누며 안방으로 자리를 옮겼다.

"나야 상관없는데 애 엄마는 신경이 많이 쓰이나 봐. 지금처럼 찜찜한 상태보다는 차라리 무슨 일인지 정확히 아는 편이 낫다고, 불상사가 있었다면 거기 합당한 애도라도 해야 되지 않겠느냐고."

안방 문을 닫는 것도 모자라 나는 목소리까지 낮췄다. 생각지도 못한 말이 술술 나왔다. 완전히 죽은 건 아니었다, 노트북 앞에서는 옴짝달싹 않던 창작 본능이. 어쩌면 흉사라는 충격요법이 심정지 상태에 빠진 창작 혼을 흔들어 깨웠는지도 모른다.

"못 들었구나. 제주도 내려와서 키위 농사 짓고 있어. 둘째 녀석 아토피가 너무 심해서."

"미, 미안하다. 그런 줄도 모르고."

나는 그쯤에서 전화를 끊고 싶어졌지만 동기는 간만의 통화를 이어가고 싶은 눈치였다.

"계약 취소 소송이라도 걸까 봐 잡아떼나 보네. 끔찍한 일이면 소송도 가능하긴 한데."

"끔찍한 일?"

"설마 그런 일은 아니겠지만, 왜 뉴스에 나온 사건 있잖아. 고독사 한 노인이 반려견한테 얼굴을 반쯤 뜯어 먹힌. 그게 우리 관할이었거든."

"아무리 굶주렸어도……"

"사료가 포대째 바닥에 쏟아져 있었는데 말이야. 몇 년이 지나도 지워지지가 않아. 코가 있던 자리에 거무튀튀한 구멍만 남은 얼굴이. 구멍에서 구물구물 기어 나오던 구더기들이. 노인네가 한여름에 보일러를 틀어놨더라고."

"냄새가 지독했겠네."

"지금도 그 장면만 떠올리면 멀쩡한 콧구멍을 불로 지지고 싶어져."

제주행의 이유가 둘째 아이 아토피만은 아닌 듯했다. 무슨 말이든 해줘야 할 것 같았지만 마땅한 얘기가 떠오르지 않았다. 그래서 그 집에 이사 간 사람이 소송이라도 걸었다는 거냐고, 본론으로 돌아가 물을 수도 없었다.

"형사 사건이든 단순 사건 사고든 사망자 본인 주민등록번호 없이는 조회가 불가능하대."

나는 거실로 돌아가 아내에게 동기의 말을 옮겼다.

"어디 더 알아볼 데 없을까? 나야 출근하면 그만이지만 당신은 종일 집에 있는 날이 많잖아."

아내가 속내를 꺼내 보였다면 나도 솔직히 얘기할 수 있었을까. 이대로 작가 경력이 끝장날까 두렵다고, 그 집에서 있었다는 흉사보다 그게 몇 배 더 무섭다고. 하지만 배려라는 라켓으로 공을 떠넘기는 아내 특유의 화법은 이번에도 어김없었다.

"괜찮아, 난."

아내 마음속에 똬리 틀고 있는 두려움을 남편이기 전 소설가로서 백분 이해했지만, 어쩌면 그랬기에 외면하고 말았다. 미안하게도 아내 얼굴에서 두려움의 그림자가 짙어질수록 다시 글을 시작할 수 있을 거라는 희망의 빛은 점점 더 또렷해졌다.

“정말 괜찮겠어? 밤늦도록 그 방에 혼자 있을 수 있겠어?”

아내는 또다시 자신의 두려움을 내게 떠넘겼다.

“무슨 일이었는지 몰라도 불행이 전염병은 아니잖아.”

계약서에 재차 날인이라도 하듯 나는 힘주어 대답했다. 왜 ‘그 방’이냐고, 부엌방의 주인을 불상사의 장본인으로 넘겨짚는 근거가 뭐냐고 되묻지 않았다. 피할 수 없는 불안과 두려움이라면 방에 가두는 선택도 나쁘지 않았기에. 내가 아내였대도 안방이나 아이 방보다는 부엌방을 택했을 테니까.

이사 예정일보다 보름이나 빨리 문제의 아파트에 발을 들일 수 있었던 건 집주인이 짐을 미리 뺀 덕이었다. 현관문 비밀번호는 도배와 수리를 핑계로 부동산을 통해 넘겨받았다.

신축 단지 입주에 데드라인이 있는 것도 아닌데 왜 서둘러 나가야 했을까. 얼마나 끔찍한 일이었기에. 낯선 숫자 열을 입력하고 있자니 심장이 쿵쾅거렸다. 폴리스 라인이라도 몰래 넘어가는 기분이랄까.

“소설가는 프로파일러가 돼야 해요. 범죄자의 마음에 자신을 겹쳐볼 수 있어야 한다는 거죠. 언제, 어디서, 어떻게, 그리고 왜. 한 편의 소설 쓰기는 완전범죄를 계획하고 실행하는 과정과 놀랍도록 일치합니다."

순진한 작가 지망생들에게 팔아왔던 약을 직접 복용해볼 기회였다.

살림살이가 들어차 있을 때보다 집은 오히려 좁아진 느낌이었다. 가족사진이 걸려 있던 자리에는 빛바랜 직사각형이 또렷했다. 역시나 한두 해 전 찍은 게 아니었다. 안주인의 옷차림이 내내 기억에 남았던 건 가족사진 속 차림새 그대로였기 때문이다. 짙은 남색의 H라인 치마 정장에 목을 여러 번 둘러 묶은 듯한 하얀 리본 타이. 이곳에서 무슨 일인가 일어났으리라 확신하는 이유이기도 했다.

너무 클래식해서 현실감이 떨어졌달까. 그녀는 사진 속에서 나이를 먹다 집을 보여주기 위해 어쩔 수 없이 액자 밖으로 걸어 나온 사람 같았다. 이상하게 들리겠지만 달리 표현할 길이 없다. 아내에게는 말해봤자 불안만 더 키울 테고.

깊이 심호흡을 한 다음 나는 부엌방으로 향했다. 현장 감식반처럼 최소한의 동선으로 구석구석 살폈다. 유감스럽게도 수상한 흔적은 없었다.

방 한가운데 가부좌를 틀고 앉아 무언가 그림이 그려지기를 기다렸다. 무릎이 굳도록 정자세를 유지했는데도 그림은커녕 구도선 하나 그어지지 않았다.

얼마나 그러고 있었을까. 문득 겨드랑이가 서늘해져왔다. 해가 들지 않아 바닥이 찼다. 가부좌를 풀고 이번에는 안방으로 자리를 옮겼다. 오전의 안방은 구경 왔을 때보다 훨씬 밝았다. 나는 벽에 등을 기대고 앉아 노트북을 꺼냈다. 백팩에는 몇 주째 짊어지고만 다니는 묵직한 서류 봉투도 있었다. 문중 종손되는 어른이 난생처음 써보았다는 소설 원고. 집필에 방해된다고 어머니 맹장 수술도 안 알린 아버지였던 터라 한번 읽어나 보라며 떠안긴 물건이 부담스럽기만 했다.

집에 서린 어떤 기운 때문이었을까. 카페나 독서실이었다면 백팩에서 꺼내지도 않았을 서류 봉투를 뜯고 있는 자신을 발견하게 된 것은. 원고와 함께 흰 규격 봉투 하나가 들어 있었다. 반듯반듯 접힌 편지지를 펴니 손을 벨 듯 빳빳한 5만 원짜리 신권이 열 장이나 나왔다.

'군사부일체라, 예로부터 스승을 새로 모시면 여염집 봉황인 씨암탉을 산 채로 금침 보자기에 싸 가는 법이네만 변화된 시류를 외면할 수만은 없어 현대에 맞는 성의를 준비했네. 약소하다 섭섭해 말고 신사복이라도 한 벌 맞추시게. 모름지기 작가는 만인의 스승이니 의관을 정히 함이 옳지 않겠는가. 혹시 아는가. 금번 양복을 입고 노벨문학상을 받으러 가는 날이 오게 될는지.'

물론 편지의 마지막 몇 줄에 이르기 위해서는 어린 시절 아버지와 얼마나 막역하게 자랐는지, 가문을 일으키려 동분서주하던 나날 '간질'처럼 찾아오던 창작욕 때문에 얼마나 고뇌했는지도 알게 되어야 했다.

뜨거운 인생.

스프링 제본 겉장에 큼지막한 궁서체로 인쇄된 제목이었다. 불현듯 서늘한 요의가 느껴졌다.

첫 문장은 안방 화장실 변기에 앉아 읽었다.

'눈 내리는 기척에 눈을 뜨니 댓돌 위에 새하얀 호랑이가 한 마리 서 있었다.'

호랑이에 대한 묘사는 다음 페이지에서도 끝나지 않았다. 귀부터 꼬리까지 생김새뿐 아니라 눈이 녹으며 본래 모습을 드러낸 털 하나하나까지 공들여 그려내고 있었다. 눈이 다 녹은 뒤에도 여전히 백호였지만 얼룩 빛깔이 무지개색이었다. 무지개 무늬 백호는 방을 빙빙 돌다 문득 걸음을 멈추더니 대들보에 매달린 메주를 집어삼키기 시작했다. 백호의 겨드랑이에 날개가 돋아난 건 메주가 하나만 남았을 때였다. 백호는 댓돌로 내려서서 늘어지게 기지개를 켜는가 싶더니 눈발이 날리는 허공으로 훌쩍 솟구쳤다. 눈 내리는 밤하늘 위로 무지개가 섰다. 뜨거운 인생이 잉태되는 순간이었다.

꿈도 곤란한데 태몽으로 스타트라니. 문화센터 수업 과제물이었다면 한 글자도 더 읽지 않았겠지만, 한 점 의심도 주저도 없이 직진하는 문장들이 묘하게 나를 자극했다.

—태어난 시간, 새벽 5시 맞지?

아내가 보낸 카톡이었다. 우연치고는 절묘한 타이밍이 아닐 수 없었다.

—점집인데 빨리 답 줘.

자기 생시도 매번 장모에게 확인하는 아내가 점집이라니 별일이었다.

답문을 보내고 고개를 들다 문손잡이에 눈길이 멎었다. 흔한 레버형이었는데 옆에 당연히 있어야 할 잠금 핀이 보이지 않았다. 핀이 빠졌다면 남은 구멍이라도 있어야 할 텐데, 구멍 비슷한 흔적조차 없었다.

엉뚱하게도 잠금 핀은 바깥쪽 손잡이에 달려 있었다. 손잡이 안팎을 뒤바꿔 달았나 생각했지만, 실수는 아닌 게 안방 문도 마찬가지였다. 그런데 나머지 방들은 또 정상적으로 안쪽 손잡이에 잠금 핀이 있었다. 안방 문과 거기 딸린 화장실 문만 밖에서 잠글 수 있도록 개조하지 않고서야……

얼마 만이던가. 관자놀이가 간질간질한 게 신호가 오고 있었다. 글 샘의 수로를 꽉 틀어막고 있던 잠금장치가 풀리는 신호. 마음은 이미 새 문서 창을 노트북 화면에 불러내고 있었다. 부리나케 뒤따라간 몸이 간만에 자판을 제대로 두드려 가래떡 같은 문장을 하나 뽑아냈다.

'그 집 안방에 누군가 갇혀 있었다.'

보라. 더운 김이 모락모락 피어오르는 저 매끈하고 찰기 어린 자태를. 감탄 어린 쾌재도 잠시, 행여 영감이 달아날까 봐 머릿속 괄약근에 재차 힘을 모으는데 갑자기 화면이 나가버렸다. 아! 단말마의 외마디가 절로 터져 나왔다. 심장이 멎었대도 그토록 놀라지는 않았으리라.

배터리 부족이라니. 백 퍼센트 충전 상태로 집을 나선 것 같은데. 확실한 건 백팩 무게를 줄이겠다며 전원 어댑터를 빼놓았다는 사실. 쓸데없이 두툼하기만 한 원고는 고이 모셔 오면서 말이다. 벽에 머리를 찧고 싶은 심정이었다. 휴대폰 메모장을 열어 문장을 이어가려 했지만 노트북이 꺼지는 순간 화들짝 둥지를 뜬 뮤즈는 끝내 돌아오지 않았다.

"'또 짐을 싸네.' 연화 보살님이 내 얼굴을 물끄러미 들여다보더니 그러는 거야."

점집에 다녀온 아내는 홀가분한 목소리였다.

"노랗게 염색한 머리에 눈썹 문신까지, 왠지 사짜 같아서 기대도 안 했는데 자세를 똑바로 하게 되더라고."

연화 보살 앞이기라도 하듯 아내는 허리를 꼿꼿이 폈다.

"남편 역마살이 흉하게 놓여 액을 당하기 쉬운데 용케 천을귀인 배우자를 얻었네. 남편은 삼장법사 손바닥에서 노는 손오공이야. 그냥 다 품어. 남편이 구름이라면 자기는 하늘이야."

이 대목에서 아내는 말을 멈추고 나를 빤히 바라보았다. 동의라도 구하는 듯, 아니 내 동의 같은 건 필요 없이 자기 확신에 찬 눈빛.

내 팔자가 천방지축 원숭이라니. 연화 보살. 이름부터 미심쩍은 이의 헛소리는 물론이고 그것을 녹음기처럼 전하는 아내의 태도에 거부감이 일었지만, 전세 계약금을 포기하더라도 그 집에는 못 들어간다 소리만 쏙 들어가면 어디냐 싶었다.

"구름 중에도 중음 편운이라 구천을 떠도는 그분들이 사랑방인 양 꼬인대. 걱정 마. 내가 버티고 있어서 해코지는 못 해. 때 되면 알아서 나갈 테니 문만 잠그지 말래."

아내 얼굴에서 두려움의 그늘이 말끔히 걷혀서였을까. 내 입에서 앞뒤 없는 말이 튀어나온 것은.

"안방 문이 밖에서 잠그게 돼 있더라고."

"아파트가 오래돼서 손볼 데가 많을 거야. 안방 도배도 해야 하고. 업자를 알아봐야겠네."

그런 뜻이 아니라고 정정할 겨를도 없이 아내는 휴대폰을 들고 안방으로 사라졌다.

다음 날 그 집으로 향하는 내 백팩에는 노트북 전원 어댑터에 보조 배터리까지 들어 있었다. 어제는 양반다리를 하느라 무릎도 저리고 허리도 뻐근했는데 마침 동 앞에 듀오백 의자와 접이식 티 테이블이 버려져 있었다. 빨간색 경고 문구가 적힌

A4 용지가 붙은 채로.

'CCTV 정밀 추적 중! 무단 투기자는 자수하여 가출한 양심 찾으시오!'

주위를 두리번거리며 의자에 몸을 실어보았다. 한쪽으로 쏠리는 감이 없지 않았지만 등판은 단단히 버텨주었다.

집 안으로 들어가자마자 나는 창문, 방문 할 것 없이 활짝 열었다. 공기가 텁텁한 느낌이었다. 집필실은 안방으로 정했다. 이번만큼은 아내의 직감이 틀렸다. 비극의 무대는 부엌방이 아닌 안방. 무서운 어떤 일은 거기에서 벌어졌으리라. 안방 창가에 티 테이블을 폈다. 다리 한쪽이 짧은지 상판이 기우뚱했다. 문중 어른의 원고로 괴니 수평이 딱 맞았다. 첫 문장의 마법일까. 꽉 막힌 혈이 뚫린 듯 모든 일이 술술 풀려가는 느낌이었다. 노트북을 올려놓고 전원을 켰다. 낡은 티 테이블과 의자만 덩그러니 놓인 빈방은 이제껏 글을 써온 어떤 공간보다 영감을 자극했다.

'그 집 안방에 누군가 갇혀 있었다.'

미처 저장하지 못하고 휘발된 어제의 문장부터 다시 불러왔다.

'분명 가족 중 한 사람이었다.'

'그가 가족 중 한 사람인 것은 가족 말고 누구도 몰랐다.'

다음 문장들이 꼬리에 꼬리를 물었다. 내 머릿속에서 끄집어낸다기보다 누군가 불러주는 것을 받아쓰는 기분이었다. 목격자 진술처럼 생생한 목소리를 따라잡느라 손끝이 뜨거워졌다.

쾅.

천둥 같은 소리에 자판 위에서 춤추던 손길이 멈칫했다. 안방 문이 저절로 닫힌 것이었다. 문짝이 떨어져나갔대도 이상하지 않을 만큼의 굉음이었다. 나는 본능적으로 자리에서 일어나 손잡이를 잡아당겼다. 문은 꿈쩍도 안 했다. 두 손을 다 써보아도 마찬가지였다. 닫히는 서슬에 잠긴 모양이었다. 며칠 전 동기에게 들은 얘기가 떠올랐다.

"집 전체가 완벽하게 밀봉되어 있었어. 문틈, 창틈 한 군데 빠짐없이 포장용 테이프로. 시취가 새어 나갈까 봐 그랬나. 아랫집 욕실 천장으로 구더기가 기어 나오지 않았다면……"

창밖 햇살은 봄에서 여름으로 넘어가는 높이인데도 몸이 으슬으슬했다. 나는 창문을 넘어 베란다로 나간 다음 거실을 돌아 안방 문 앞에 섰다. 짐작대로 잠금 핀이 저절로 눌려 있었다. 문손잡이를 쥐고 돌렸지만 말을 듣지 않았다. 어깨로, 온몸으로 밀어보아도 문틀에 꽉 낀 듯 문은 미동조차 없었다. 부엌방이었다면 꼼짝없이 갇힐 뻔했다. 꺼내달라고 어딘가로 전화하지 않을 수 없었겠지. 시끄럽게 119에 할 수도 없고, 아내에겐 뭐라고 변명해야 했을까?

그때였다. 문 너머에서 휴대폰이 울렸다. 방에 갇힌 벨 소리는 어딘가 모르게 음산한 느낌이었다. 나는 좀 전의 동선을 되짚어 안방으로 돌아갔다. 발신인은 아내였다.

"다른 집이래. 동을 착각했대."

"무슨 소리야?"

"방금 엘림 부동산에서 전화 왔어. 흉사가 있었던 데는 다른 집이라고."

"진짜?"

"별일이 다 있지? 이사를 너무 많이 다녔나 봐. 아예 땅 사서 새집을 짓든가 해야지. 지금 좀 바빠서. 나중에 다시 통화해."

모든 일이 일단락됐다고 여기는 건가. 아내는 마침표를 찍듯 전화를 뚝 끊었다.

아내는 몰라도 내겐 아무것도 끝나지 않았다. 끝은커녕 또 다른 시작이었다.

몇 시간이 지나도록 커서는 제자리걸음이었다. 억지로 새 문장을 잇대었다 지우기를 반복했다. 연결이 매끄럽지 않았다. 잃어버린 리듬을 되찾을까 싶어 맨 앞에서부터 찬찬히 읽어봐도 남이 쓴 글처럼 어색했다. 전혀 감정이입이 되지 않았다.

불쑥 대상을 알 수 없는 분노가 치밀었다. 혼자 가만히 삭일 수 없는 종류의 분노였다. 나는 휴대폰 '최근 통화 목록'을 열고 맨 위 이름을 터치했다.

"어떻게 그런 걸 착각해?"

차분히 말하려고 했지만 끓어오르는 화를 감출 수 없었다.

"그동안 마음고생한 건 억울하지만 다행이지 뭐. 엘림 부동산도 어찌나 미안해하는지. 거기 동 배치가 별나다나. 이사 앞두고 액땜한 셈 치자. 길일을 받아놨으니 너무 걱정 말고."

전화를 끊기 무섭게 지도 앱을 열었다. 현 위치와 그 주변이 자동으로 표시되었다. 아파트 단지 속 직사각형들은 남동향과 남서향이 지그재그식으로 엇갈리며 늘어서 있었다. 엘림 부동산 애기와 달리 특별히 이상한 구석은 찾아볼 수 없었다. 입장이 곤란해져 말을 바꾼 게 분명했다. 뉴타운한테 한 소리 들었으리라. 동업자들끼리 지켜야 할 묵계를 무시할 수 없었겠지. 갈 곳 모르고 공회전하던 분노가 조금은 누그러지는 듯했다.

지도를 닫으려는 찰나, 동 숫자가 기묘하다는 사실을 깨달았다. 103동 다음이 105동이었다. 113동 다음도 114동이 아니라 115동. 4로 끝나는 동이 아예 없었다. 절망적 두려움이 엄습해왔다. 흉사가 있었다는 말을 들었을 때도, 어떤 끔찍한 일이 벌어졌나 빈집에 앉아 상상할 때조차 두려움은 내 것이 아니었건만.

이럴 수는 없다. 정말이지 나한테 이럴 순 없었다. 나는 무언가를 부정하듯 집 밖으로 뛰쳐나갔다. 물론 베란다를 통해 안방부터 빠져나가야 했지만. 904호여야 할 옆집은 905호였다. 엘리베이터에 올라타 확인해보니 3층 위도 5층이었다. 4라는 숫자가 병적으로 금지된 단지라니. 엘림 부동산이 없는 얘기를 지어낸 건 아니었다.

칠흑 같은 터널 속으로 한 줄기 빛이 비쳐 든 건 엘리베이터에서 내리던 순간이었다. 현관문 상단에 열십자 모양 스티커가 붙어 있었다.

엘림 교회.

십자가 귀퉁이마다 한 글자씩 새겨진 네 글자. 엘림 부동산, 엘림 교회. 소설가의 눈에 우연이란 없다. 부동산 상호치고 종교색이 짙다 싶더니. 할렐루야. 십자가가 반갑고 고마운 날이 올 줄은 꿈에도 몰랐다.

엘림 부동산 중개인은 이 집을 몇 동 몇 호 숫자가 아니라 신앙심으로, 신앙이 얽어준 인간관계로 아는 사이일 것이다. 세상에 없는 동 배열이라도 절대 착각할 수 없다. 심각한 사연이 숨어 있으리라. 다른 부동산은 아무렇지 않게 보여주는 집을 굳이 안 보여준 데도, 흉사의 내용을 끝까지 감춘 데도. 자기 구역이니 도어 록 비밀번호로 봉인된 사정을 속속들이 알고 있겠지. 형제자매의 연으로도 감싸줄 수 없는, 신의 뜻을 거스르는 악마적인 무언가가 있었음에 틀림없다. 아니, 있어야만 했다.

거부할 수 없는 위험에 이끌리듯 나는 지도를 다시 들여다보았다. 동에 매겨진 숫자에 집중하느라 놓친 단지 전체의 윤곽이 그제야 눈에 들어왔다. 숫자는 곁가지, 주의를 분산시키는 장치에 지나지 않았다. 10년, 아니 평생을 눌러산대도 눈치챌 수 없는 은밀한 표지, 위에서 굽어보아야만 그려지는 무시무시한 형상이 거기 새겨져 있었다.

"코랑 볼 한쪽 뜯겼을 뿐인데 전혀 사람 같지 않은 거야. 한순간이라도 누군가의 얼굴이었던 적이 있었나 싶을 만큼. 얼굴이라기보다 그것은…… 그것이……"

독거노인이 자신의 죽음을 봉인하려 했던 이유를 알 것도 같았다. 아니, 봉헌이라고 해야 맞을까.

단지 터가 본래 공동묘지였다지 않는가. 묘석 하나하나 모여 무언가의……

나는 노트북 앞으로 돌아가 기도하듯 두 손을 자판 위에 올렸다. 그리고 기다렸다. 길 잃은 어린양처럼 몸을 떨며 기다렸다. 그분이 오시기를. 어리석은 내 불신으로 자리를 잠시 비워야 했던 그분이 새벽처럼 돌아오시기를.

얼마나 그러고 있었을까. 어느 순간 나는 계시라도 받은 듯 첫 문장을 고치고 있었다. '누군가'를 '무언가'로.

'그 집 안방에 무언가 갇혀 있었다.'

거듭난 첫 문장을 나는 두려운 마음으로 바라보았다.

커서가 '무언가' 속에서 검은 심장처럼 박동하고 있었다.

타인의 삶

아버지의 마지막은 아버지답지 못했다.

아니, 마지막에야 비로소 소설가의 아버지다웠다.

부고를 전해 들은 친지들마다 되묻기 일쑤였다. 어머니가 아니고? 만성 신부전에 치매까지 앓는 분은 어머니였고 아버지는 그리 위중한 상태도 아니었으니. 아버지는 급성폐렴으로 입원 후 회복 중이었다. 아버지답게 가셨네, 자식들 애먹이지 않고 깨끗하게 떠나셨네, 다들 한마디씩 보탰다. 친지들 말대로 흐트러진 신발 한 짝도 견디지 못하는 분이었다. 늘 목에 걸치고 있던 줄자처럼 정확한 삶. 샛길 하나 없이 곧기만 해 졸음이 밀려오는 길 같은 인생.

1밀리미터까지 줄자로 재서 쓴 듯한 소설.

한 평론가의 리뷰를 읽는 순간 깨달았다. 틀에 갇힌 내 소설의 근원이 아버지였음을. 충격은 몇 해가 지나도록 가시지 않았다. 어떤 글에서도, 사석에서조차 양복장이 아들이라는 사실을 내비친 적이 없었기에. 아등바등 샛길로 달아났다고 생각했는데 결국 아버지와 나란히 달리고 있었다니. 이조차 나의 착각이었을까. 정작 모든 틀을 뛰어넘는 마지막 문장을 남긴 사람은 내가 아니라 아버지였다.

"자식들 다 부르래요, 의사 선생님이."

휴대폰 화면에 '주간 간병인'이라는 글자가 뜨는 순간 짜증이 밀려왔을 뿐, 간병인에게 들을 수 있는 최악의 소식이 기다릴 줄은 꿈에도 몰랐다. 밤새 보호자 침대에 웅크리고 있다 교대한 지 불과 두 시간 만이었다.

처음에는 무슨 뜻인지 못 알아들었다. 병세가 호전되어 중환자실에서 일반실로 옮긴 지 이틀째. 화장실을 수시로 들락거리긴 했지만 호흡곤란 증세도 거의 없었다. 새로 구한 야간 간병인이 오늘 밤부터나 가능하대서 구멍 난 하룻밤이었다. 이튿날 아침 출근하지 않아도 되는 사람은 3남매는 물론 배우자까지 통틀어 나뿐이었다.

"확실한 거야?"

마지막 주 월요일은 은행 창구가 터져 나가는 날이라던가. 여동생의 목소리는 벌써 피로에 절어 있었다.

"그럼, 돌아가신 뒤에 전화해?"

나도 모르게 날 선 목소리가 되고 말았지만 실은 나도 간병인에게 따지듯 물은 터였다. 아침 죽도 다 드셨는데 뭔가 착오가 있는 것 아니냐고.

"먼 길 떠나시는 양반들이 그래요. 스님들 공양 끝낸 발우처럼 밥알 한 톨 안 남긴다니까요. 자식들 부르려고 그랬는지 덥수룩하던 수염도 깨끗하니 미셨던데요."

간병인은 비밀 얘기 하듯 속삭였지만 내가 면도기를 대령한 장본인이었다.

자는 줄 알았던 아버지가 부스스 일어나 난데없이 면도기를 찾은 것은 자정이 반시간쯤 지난 즈음이었다. 오밤중에 웬 면도냐, 날 밝으면 하자고 해도 막무가내였다. 가습기며 찜질 팩, 심지어 목침까지 필요한 것들을 병실로 나르는 동안에도 면도기 차례는 오지 않았던 걸까. 아버지의 전기면도기는 어느 구석에서도 보이지 않았다.

끊임없이 서랍을 여닫는 아버지를 견디다 못해 일거리로 가져간 시 번역 원고를 덮고 병실을 나섰다. 구내매점에 불이 꺼져 있어 병원 근처 편의점까지 갔다.

"3중 날은 없더냐?"

부축을 받으며 화장실로 향하면서도 아버지는 깐깐한 한마디를 잊지 않았다. 매사에 그런 식이었다. 꼼꼼하게 바느질된 양복 상의 단춧구멍처럼 성긴 틈이라곤 없었다.

"양복 상의는 단추를 채우지 않을 때도 태態가 딱 떨어져야 해. 단추를 수백 번 채웠다 끌러도 라인이 살아 있어야 돼. 재봉틀을 쓰면 그런 태가 안 나와."

손바느질이 끝난 양복은 형광등에 비춰 보는 과정을 거쳐야 했다. 단춧구멍으로 빛이 조금이라도 새어 든다 싶으면 아버지는 실밥을 모조리 풀고 첫 땀부터 다시 시작하곤 했다.

남동생은 계속 전화를 안 받아 결국 문자만 남겼다.

—아버지 위중.

전송 버튼을 누르려다 지우고 새로 썼다.

—아버지 임종 요망.

동생들에게 허둥지둥 연락을 돌리면서도 어머니는 까맣게 잊고 있었다.

"반백 년 가까이 같이 사신 분들인데. 내가 모시고 갈게."

치매 증세로 요양 병원에 들어간 지 석 달째인 어머니를 상기시킨 건 아내였다. 때마침 수업을 마치고 나오는 참이어서 연락이 닿았다.

중환자실에 누운 아버지는 그새 완전히 다른 사람이 되어 있었다. 시신처럼 창백한 낯빛에 몸피도 눈에 띄게 쪼그라든 느낌. 목에서 빠져나와 인공 심폐기를 한 바퀴 돌아 팔뚝으로 들어가는 붉은 피만 아직 숨이 붙어 있음을 보여주었다. 피가 아닌 다른 무언가가 몸에서 빠져나가는 것 같았다.

"어르신, 눈 떠보세요! 큰아드님 오셨어요!"

간병인이 아버지의 어깨를 흔들었다.

"아버지, 저예요. 도경이에요. 장남 도경이."

내 목소리에 눈꺼풀이 파르르 떨리는가 싶더니 아버지가 곁눈으로 나를 봤다. 동생들이 잘못했을 때도 나부터 무릎 꿇리던 눈빛. 이내 아버지의 마른 입술이 달싹였다. 머리를 숙여 아버지 입 가까이 귀를 가져갔다.

"형은, 네 형은?"

점점 가빠지는 숨소리를 뚫고 가까스로 뱉어낸 말.

그것은 아버지가 남긴 마지막 말이었다. 장남인 내 귀에 대고 아버지는 분명 그렇게 물었다. 남동생은 도착은커녕 답신도 없었다.

내가 잘못 들었거나 아버지가 남동생으로 착각했을 수도 있었다. 도형. 남동생 이름은 나와 마지막 자 초성만 달랐다. 목소리마저 비슷해 한참 통화하다 이름을 바꿔 부르는 일도 종종 있었다. 그럼에도 모르는 중년 남성이 빈소에 들어올 때마다 유심히 살피는 나 자신을 발견했다. 아버지의 아들. 배다른 형. 그런 단어는 감히 떠올리지 못하면서도 낯선 얼굴에 아버지의 유언 아닌 유언을 겹쳐보고 있었던 것이다.

사내는 나 혼자 빈소를 지키고 있을 때 나타났다. 동생들은 회사 손님을 응대하기 바빠 빈소에는 거의 나 혼자였다. 사내가 눈에 띈 것은 옷차림 때문이었다. 흰 줄무늬가 희미하게 들어간 감색 양복이 지난 세기에나 입었을 법한 구식이었다. 어깨선이 한껏 과장된 스리 버튼에 칼라도 너무 넓었다. 왜소한 상체를 보완할 때 쓰는 패턴이었다.

"진짜 양복장이는 몸에 양복을 맞추는 게 아니라 양복에 몸을 맞추는 법이다."

소심하고 어눌한 평소 모습과 달리 자기 일에 관해서라면 자부심이 넘치던 아버지였다. 자신의 작품 세계를 설명하는 예술가처럼.

연배로나 입성으로나 동생들 지인 같지는 않았다. 왕래가 없던 먼 친척인가. 향을 피우고 영정을 한참 들여다보는 게 외가 쪽 같지는 않았다. 긴장이라도 한 걸까. 커다란 슬픔을 삼키고 있던 걸까. 검정 넥타이까지 매고 불붙인 향도 두 번 원을 그린 다음 꽂을 만큼 격식을 갖추더니 정작 절은 한 번만 올렸다. 나와 맞절한 뒤에도 멀찍이 선 채 다가오는 기색이 없었다.

"여긴 어떻게……"

인사를 건네려 하자 고개만 꾸벅하고 빈소를 허둥지둥 빠져나갔다. 소설가의 본능이 사내를 뒤따르라고 등을 떠밀었다. 빈소를 비워도 되나 잠시 망설이다 나가보니 사내는 보이지 않았다.

혹시 미라보라사에서 지은 양복일까.

"미라보라사는 내가 지어준 이름이야. 미라! 보라! 사라! 모르긴 해도 간판 때문에 찾아온 손님도 적지 않을 거야. 명동 한복판에 걸어도 손색없는 이름이지. 너희 아버지 뜻대로 런던 양복점이라 했으면 너희 대학도 못 보냈겠지. 내가 일찍이 원양어선을 타 견문이 좀 트였기에 망정이지……"

고색창연하게만 여겨지던 양복점 이름의 탄생 비화를 알려준 사람은 악어 당숙이었다. 한번 붙들리면 놓여나기 힘든 장광설이 장례식장에서는 더했다. 예전에도 동생들은 슬금슬금 도망가고 술상 머리에 나만 남아 있곤 했다. 어린 내게도 계산은 있었다. 흥이 오르면 당숙은 갈색 장지갑을 꺼내 용돈을 쥐여줬다. 나일강에서 잡은 악어가죽으로 만든 지갑이라고 했다.

악어 당숙의 말은 어디까지 진짜이고 어디까지 허풍인지 분간하기 어려웠다.

"수길이가 곰손인데도 손재주는 좋았어. 국제기능올림픽에 나갔으면 금메달은 떼어놓은 당상이었지."

"수길이요? 수 자, 용 자 아니고요?"

"개명한 거 몰랐냐? 본이름은 수길이었어. 빼어날 수에 길할 길. 양복점 시다 하던 애가 뭔 바람이 불었는지 법적으로 성인이 되자마자 이름을 바꾸더라. 돌림자인 길할 길을 얼굴 용 자로. 요새 말로 얼짱이 된 거지. 한번은 마네킹이 걸치고 있던 더

블 재킷을 벗겨 입고 충무로까지 갔다, 배우 하겠다고."

소설 쓴다는 얘기에 처자식 굶겨 죽일 일 있느냐고 버럭 소리친 사람이. 내 머리로는 그려지지 않는 그림이었다.

"돌림자는 손대는 거 아니다. 길할 길 그대로 뒀으면 사업도 대박 나고 10년은 더 살았을 텐데."

"국제기능올림픽은 왜 안 나가셨대요?"

"고소공포증이 있어서 비행기를 못 탔어."

그러고 보니 아버지는 해외에 나간 적이 없었다. 바다는 신물이 난다며 제주도 여행조차 고개를 흔들었다. 뒤미처 떠오르는 기억이 있다. 어린이날마다 3남매를 유원지에 데리고 가서도 관람차에는 우리만 태웠다. 두 명씩 마주 앉는 캐빈에 매번 한 자리를 비워둔 것이 정말 고소공포증 때문이었을까.

"혹시 아버지 위에 일찍 죽은 형이 있었나요?"

내가 넌지시 물었다.

"또 소설 쓰냐? 근데 무슨 예술가상 받았다는 소설 제목이 뭐랬지?"

악어 당숙은 열 번도 더 물은 얘기를 다시금 물었다. 수상작이 아니라 후보작이라고 몇 번을 말해도 소용없었다.

아버지는 분명 '내'가 아니라 '네'라고 했음을 나도 모르지 않았다. 혹시 아버지한테 감춰둔 아들이 있느냐고 고쳐 묻고 싶었지만, 오대양 육대주를 누비던 얘기에 발동이 걸리는 바람에 기회가 없었다. 그런 일이 있었대도 사실대로 말해주지 않았겠지만.

실은 아버지에게 직접 물었어야 할 말이었다. 40여 년 전 웬 까까머리 중학생을 집에 데려왔을 때 저 형은 누구냐고. 아니, 수수께끼 같은 마지막 말을 듣자마자 곧바로 물었어야 했을까. 그때 그 형 말이냐고. 어쩌면 나는 형이라는 단어를 들은 순간부터 세월을 거슬러 그 중학생을 떠올리고 있었는지도 모르겠다.

일가 피붙이라고 했던가. 고향 사람 부탁이라며 얼버무렸던가. 뱃길로 두 시간 넘는 섬 출신에 7남매 중 맏이인 아버지였기에 우리 집은 객식구가 끊일 날이 없었다. 아버지나 어머니나 딱 부러진 얘기가 없었음에도 그냥 형이라 부르며 따른 이유였다. 이제 그 두 사람 중 누구에게도 온전한 대답을 기대할 수 없었다.

정작 그 질문을 받은 사람은 조문 온 세검정 이모였다. 어머니보다 고작 다섯 해 위인데도 젊어 돌아가신 외할머니 대신 혼주석에 앉아 계시던 분이었다. 세 이모 중에서 서울에 사는 유일한 이모이기도 했다.

"세검정입니다."

동네 이름을 대며 전화를 받는 것부터 특별하게 다가왔다.

"형은 아니고 누나 있었던 거 아니?"

세검정 이모가 체머리는 조금 떨면서도 눈을 똑바로 맞추며 되물었다.

"누나요?"

"태어나고 세 밤도 못 넘겼지만. 신혼 때부터 제집 드나들듯 하던 시댁 사람들이 오죽 많았으면 애가 들어선 줄도 몰랐을까. 평생 그 고생을 시키더니 아픈 아내를 두고 저렇게 먼저 가 버린다니."

"어머니는 왜 그 얘기를……"

세검정 이모가 갑자기 표정을 바꾸며 내 말을 잘랐다.

"언제였더라? 세검정은 검정이 왜 세 개나 되느냐고, 밤이 세 배 어두워 세검정이냐고 물었던 것 기억나니? 그때 이미 나는 네가 작가가 될 줄 알았다. 외가 쪽 피를 물려받은 게 분명했으니까. 나도 여고 시절 학교 대표로 백일장에 불려 다녔거든."

이모는 여전히 나와 눈을 맞추고 있었지만 내 얼굴 너머 어딘가를 보는 것 같았다.

문득 이모에게 받은 결혼식 선물이 떠올랐다. 화려한 금박 포장에 싸여 있던 파카 만년필. 축의금 대신 선물을 놓고 간 것도 별났지만 진짜 잊지 못할 이유는 따로 있었다. 만년필 몸통에 내 이름이 아닌 당신 이름이 영문 필기체로 새겨져 있었다.

어쩌면 세검정 이모에게 만년필을 받았어야 할 사람은 내가 아니었을지도 모른다. 세 개의 검정이라는 표현은 40여 년 전

우리 집에 며칠 와 있던 아이, 아니 중학생 형 입에서 나온 것이기에.

"그 형 기억나?"

남동생에게 얘기를 꺼낸 것은 조문 시간이 끝나갈 무렵, 맥주 캔 하나씩 들고 마주한 자리에서였다.

"그 형?"

"우리 어렸을 때 일주일인가 열흘인가 집에 와 있던 중학생 형."

"글쎄. 며칠 묵은 사람들이 한둘이라야지. 미라보 여관이나 다름없었잖아."

남동생 말대로 사촌들부터 그냥 아는 형님의 자식들까지 잠깐 거쳐 간 형들이 적지 않았지만, 그 형이 머물던 며칠은 집 안 기류부터 달랐다. 어머니는 가정방문 때처럼 세세한 부분까지 안 쓰던 신경을 썼다. 계란말이에 김까지 끼워 모양을 내고, 양은 냄비째 내오던 김치찌개를 사기그릇에 따로 떠 주는 식이었다. 형의 교복 바지도 칼주름이 잡히도록 다려놓곤 했다. 가장 커다란 변화는 아버지의 눈빛이었다. 1밀리미터까지 재던 눈초리가 1센티미터쯤으로 느슨해졌달까.

"네가 장래의 판사님이구나. 망치질 잘하게 생겼네."

늘 비스듬하게 눌러쓰고 있던 교복 모자 때문이었을까. 한쪽 입꼬리만 올리며 웃는 특유의 표정 때문이었을까. 스스럼없이 악수를 청해오던 모습이며 굳게 잡은 손의 촉감은 어제처럼 생생했지만 얼굴 생김새는 가물가물했다. 아홉 살 기억에 아로새겨진 것은 그 형의 이름도 얼굴도 아닌 분위기였다. 어른스러우면서도 불량하게 느껴질 만큼 자유롭던 분위기.

"여러 물감을 뒤섞어 검정색 만들었던 거 기억 안 나?"

맥주를 한 모금 마시고 내가 동생에게 물었다.

"형이 그랬잖아, 마술이랍시고."

동생의 대답이 의아했다.

사물은 반사하는 빛의 파장을 제 색깔로 갖는다, 검정은 모든 파장을 다 흡수해서 블랙홀처럼 어둡다, 라고 일러준 장본인은 분명 내가 아니라 그 형이었다.

"존재는 밀어내는 빛을 제 색깔로 갖게 되는 법이야."

그 형은 훨씬 멋지게 표현했지만.

남동생은 그 형의 존재가 아예 기억에 없는 눈치였다. 난생처음 담배를 입에 물려준 사람이라는 말은 굳이 꺼낼 필요도 없었다. 그 며칠 동안 만끽했던 해방감 역시. 마른기침으로 얼굴이 벌게지면서 아홉 살의 내가 뿜어낸 것은 담배 연기가 아니라 어떤 바람이었다. 그 형이 진짜 내 친형이었으면. 아버지의 부담스러운 기대와 엄한 눈빛에서 놓여날 수만 있다면.

아버지는 내가 넥타이를 매고 출근하는 사람이 되기를 원했다. 양복점을 굳이 법원 앞으로 이전한 것도 무언의 압력이었다. 그게 아버지 스타일이었다. 말보다 줄자로 틈새 없이 재단해 옴짝달싹 못 하게 하기.

"내가 줄자를 들이대면 법원장이라도 차렷 자세로 있어야 한다. 법복을 벗어도 판사님으로 보일지는 내 손끝에 달렸으니까."

법대에 가야 한다는 소리를 아버지는 입 밖에 낸 적이 없지만, 나는 번번이 장래 희망란에 아버지가 원하는 직업을 채워 넣곤 했다. 지나친 복종은 복수심을 불러일으킨다던가. 내가 소설가가 된 것도 일종의 복수였을까.

중학교 때였다. 미술 선생에게 미술부에 들라는 권유를 받았다고 했더니 아버지는 미술 시간이 있는 요일은 아예 학교를 못 가게 했다. 내 입에서 그림을 그리지 않겠다는 말이 나오는 데는 결석 한 번이면 충분했다.

"아버지 마지막은 어떠셨어?"

남동생이 잠긴 목소리로 물었다.

"조용히 가셨어. 아버지답게."

나는 자리에서 일어서며 대답했다. "네 형은?" 머릿속에 맴도는 한마디를 지우려 애쓰며.

남동생으로 착각했으리라. 작가적 상상력을 동원해보아도 그런 비밀이 숨겨져 있을 사람이 아니었다. 손만 뒤집어도 훤히 드러나는 손금 같은 인생. 아침저녁으로 박박 닦아 속속들이 들여다보이는 미라보라사 쇼윈도 같은 인생. 온종일 그물만 손질하던 열다섯 살 아버지가 탈출하듯 건너온 항구도시. 거기서 아버지를 사로잡은 것은 넥타이를 매고 일하는 재단사였다. 넥타이가 성공의 상징이었던 사람.

내가 아는 아버지는 넥타이 매듭처럼 고지식한 사람이었다. 가봉한 옷을 걸쳐보러 오지 않으면 재봉 작업으로 넘어가지 않았다. 완성된 옷을 다른 사람이 찾으러 와도 본인이 입은 태를 확인해야 된다며 그냥 돌려보냈다. 그런 아버지에게 숨겨둔 아들이라니. 쇼윈도 양복을 훔쳐 입고 상경해 영화배우가 되려 했다는 일화만큼이나 허황된 얘기였다.

사내가 다시 모습을 드러낸 것은 다음 날 오전이었다. 토요일이라 이른 시간부터 조문객의 발길이 이어졌다. 고등학교 동기들을 접객실로 데려가는데 구석 자리에서 홀로 소주잔을 기울이는 뒷모습이 눈에 들어왔다. 설마 또 왔을까 하면서도 힘이 잔뜩 들어간 양복 어깨심이 분명 사내 같았다.

고등학교 동기들과 대화하는 내내 자꾸만 그쪽으로 눈길이 갔다. 희끗희끗하지만 빽빽한 뒷머리가 아버지를 닮은 것도 같았다. 고모들이 둘러앉은 테이블 옆자리였다. 알은척하는 사람 하나 없는 걸 보니 친가 사람도 고향 사람도 아니었다.

조문을 두 번이나 와야 할 인연은 대체 어떤 것일까. 무슨 말을 건네며 맞은편에 앉을까 궁리하며 일어서는 찰나, 접수대를 지키던 처남이 나를 찾았다. 빈소 입구에 몇 년 만인지 모를 대학 동기의 얼굴이 보였다.

"외무 고시도 괜찮지."

오로지 법대뿐이던 아버지가 2지망으로 붙은 영어영문학과에 선뜻 등록금을 내주며 선심 쓰듯 한 말이었다. 내 머릿속에는 영어가 아닌 문학뿐이었지만, 소설가가 된 뒤로도 아버지는 미련을 버리지 못했다. 본가에 내려간 어느 명절이었다. 고등학생 때 읽었던 책 한 권이 책상 한가운데 놓여 있었다. 『자기 앞의 生』. 무심코 넘겨보니 책날개에 붉은 줄이 그어져 있었다. 소설가이자 외교관이었다는 작가의 이력 아래. 아버지가 내용을 알고나 있을까 궁금할 따름이었다. 그것은 아버지를 부정하는 아들 얘기였으니.

대학 동기를 데리고 접객실로 가니 그새 사내가 보이지 않았다. 상 위도 깨끗했고 깔고 앉았던 방석조차 상다리 안쪽에 얌전히 쟁여져 있었다.

"여기 있던 사람 언제 갔어요?"

나는 사내가 빠져나간 공간에 자리를 잡으며 옆 테이블에 앉은 막냇고모에게 물었다.

"누구?"

"혼자 술 마시던 사람요."

"누가 있었나?"

막냇고모가 마주 앉은 둘째 고모에게 물었다.

"네 아버지라도 왔다 간 거 아니냐?"

울었는지 술기운 탓인지 둘째 고모는 눈자위가 붉었다. 밑으로 여섯인 고모 중에서도 아버지를 가장 따르는 여동생이었다. 둘째 고모가 내게 소주잔을 건넸다.

"오빠가 동생들 뒷바라지하느라 노총각으로 늙을 뻔했어. 막내까지 시집보내고 장가간다던 사람이다, 네 아버지가. 40 안에 자식 못 보면 동생들이 화를 입는대서 마음을 바꿨지. 그 점괘 아니었으면 너도 세상 구경 못 했을 거야."

역시 처음 듣는 얘기였다. 내가 모르는 전혀 다른 사람의 인생을 듣고 있는 것 같았다. 진짜 삶은 삶이 끝난 뒤에야 드러나는 것인가. 아버지의 마지막 말도 마지막 순간이었기에 가능했던 것일까.

"정말 못 봤어요? 어깨 뽕 잔뜩 들어간 양복이었는데?"

나는 고모들에게 다시 물었다.

"고모부가 네 결혼식 때 얻어 입은 양복을 입고 왔다. 그 오래된 걸 오빠 작품이라면서. 아침부터 혼자 퍼마시더니 어디 처박혀 있는지."

막냇고모가 흘러내린 완장을 끌어 올려주며 말했다.

그러고 보니 어제 사내의 눈길도 내 팔에 채워진 완장을 더듬는 듯했다.

장례 첫날 빈소에 딸린 내실에서 상복으로 갈아입고 나오니 장례지도사가 큰아들이 누군지 물었다. 삼베 완장과 삼베 리본을 든 채로.

"고인이 남자분이시니 완장 위치는 왼쪽입니다. 검은 줄 두 개는 장남, 하나는 차남, 민짜는 사위."

장남과 차남은 왜 한눈에 알아보아야 되는지 묻고 싶었지만, 나는 고개만 끄덕였다. 사내도 완장의 줄에 담긴 뜻을 모르지 않았던 걸까. 40여 년 전에 스쳐간 아홉 살 꼬마를 거기에서 찾고 있었던 걸까. 장남이라는 사실을 확인했다면 왜 수인사도 없었을까. 어쩌면 남동생이 그의 존재를 까맣게 잊고 있듯 내가 자신을 기억하지 못하리라 지레짐작했는지도 모른다.

실제로 그 자리에 앉았는지조차 의심스러웠음에도, 아니 그랬기에 나는 사내를 더 강렬하게 의식하고 있었다. 완장에 쳐진 두 개의 검은 줄을 새삼 무겁게 느끼며.

어머니를 요양 병원에서 기어이 모셔 온 것은 입관식 때문이었다. 어제는 여동생이 갔다가 무슨 장례를 두 번이나 치르느냐고 소리쳐 그냥 돌아서야 했다. 가족회의 끝에 마지막이니 어떻게든 모셔 오기로 뜻을 모았다.

이번에는 내가 갔다. 장례식 얘기는 꺼내지 않고 데이트나 하자며 꼬드겼다. 데이트라는 말에 어머니의 눈이 반짝했다. 감정 표현에 인색한 남편과 살아야 했던 어머니가 나에게만 보여주던 눈빛. 늘 그래왔듯 나는 못 본 척 시선을 피하며 짐을 챙겼다.

빈소에 돌아와보니 새까만 차림의 여남은 명의 남녀가 추도 예배를 올리고 있었다. 당사자는 물론 상주들 중에도 교인이 없는데 누가 불렀는지 의아했다.

어머니는 아버지 영정을 흘끗 보더니 황급히 돌아 나가려 했다. 내 구두를 꿰어 신고 내빼는 어머니를 붙들어 빈소에 딸린 내실로 모시고 갔다.

"입기 싫다, 시커먼 옷."

입고 있는 바지 위에 상복 치마를 두르려는 여동생의 손길을 어머니는 거칠게 내쳤다. 나는 여동생에게 고개를 저어 보였다. 모든 걸 다 아는 듯 빈소 쪽을 등진 채 우두커니 앉아 있는 어머니. 아버지가 돌아가셨다는 사실이 그제야 실감 났다.

"해보다 더 밝은 저 천국, 믿음만 가지고 가겠네. 믿는 자 위하여 있을 곳, 우리 주 예비해두셨네. 며칠 후 며칠 후 요단강 건너가 만나리. 며칠 후 며칠 후 요단강 건너가 만나리."

벽 너머에서 들려오는 노랫말이, 특히 후렴구가 귀에 거슬렸다. 어머니가 멀쩡해 보여 더 마음이 쓰였다. 무슨 말이라도 건

네지 않으면 내가 견딜 수 없을 것 같았다.

“미라보 다리. 영화 「애수」에 나오는 다리 있잖아. 그 영화 본 날 청혼했다. 앰배서더 호텔 레스토랑에서. 나중에 양복점 간판도 그 영화에서 따왔지 뭐냐. 양복점 하면서도 매달 25일만 되면 빳빳한 신권이 든 봉투를 갖다줬어. 장사꾼은 생활이 불안정해서 싫다며 퇴짜를 놨더니 평생을 그러더구나.”

왜 미라보라사였느냐는 물음에 어머니는 꿈꾸는 표정이 되어 추억의 앨범을 펼쳤다.

“아, 그러셨어요.”

그 호텔은 서울에 있지 않았느냐, 친척들 월급날마다 돈을 빌리러 다니지 않았느냐는 물음을 삼키며 맞장구를 쳐주었다. 어머니 정신이 온전치 않은 게 확실해서였을까. 입가에 맴돌던 질문을 주저 없이 꺼낼 수 있었다.

“그 형은 누구였어요? 나 아홉 살 때 아버지가 데려와서 열흘인가 같이 지냈던 중학생 형?”

어머니가 갑자기 나를 빤히 쳐다보았다. 당황하는 표정 같기도 하고 화가 난 표정 같기도 했다.

“첫아들 낳은 치사로 양장 한 벌 얻어 입었다. 얼마나 꼼꼼하게 재고 또 재던지. 나란 사람을 하나 더 만들어내는 줄 알았어. 그 옷만 입으면 지나가는 사람마다 안 돌아보는 사람이 없었다. 둘째랑 막내 낳고는 못 얻어 입었어.”

어머니가 내 손을 덥석 잡았다. 한 손으로 손바닥을 맞대고 다른 한 손으로 손등을 덮는 방식, 손 하나를 완전히 감싸는 방식으로. 나한테만 그런 식이란 건 결혼 후 아내 말을 듣고서야 알았다.

"예배가 끝났나 보네요."

나는 슬그머니 손을 빼며 몸을 일으켰다.

"우리 교회 성도님이셨어요."

추도 예배를 마친 사람들로부터 아버지가 집 근처 교회에 다닌 사실을 알게 되었다. 두 해 전이라면 어머니 통원 치료 때문에 가게를 정리하고 서울로 이사 온 즈음이었다. 맞춤 양복이 지나간 시대의 화석이 된 후, 양복 재단 대신 수선 일을 하면서도 줄자를 꿋꿋이 목에 걸고 있던 아버지. 미라보라사라는 간판도 끝까지 바꾸지 않았던 아버지. 그런 아버지도 새롭게 마음 기댈 곳이 필요했을까. 교회라니. 그럼, 대학생이 되어 상경하던 기차에서 발견한 편지 봉투는 대체 무엇이었나.

서울 가서 지켜야 할 것.

—데모하지 말 것.

—교회 믿는 여학생 사기지 말 것.

이 돈으로 올라가다 각기 우동 한 그릇 사 먹어라.

만 원짜리 새 지폐 열 장이 나온 편지지에 적힌 몇 줄. 맞춤법도 틀린 두번째 당부를 가늘어진 눈으로 한참 들여다보았던 기억이 또렷하다. 데모 금지야 그렇다 쳐도 교회 믿는 여학생 운운은 실소를 금할 수 없는 얘기였으니. 그래놓고도 마음에 드는 미팅 상대에게 어김없이 종교를 묻던 나였다.

그날 밤에도 아버지는 기도를 올리고 있었던 걸까. 면도쯤은 아직 혼자 힘으로 할 수 있다며 나를 한사코 화장실 밖에 세워둘 때부터 좀 이상했다. 한참이 지나도 기척이 없어 문을 열어보니 아버지는 타일 바닥에 무릎 꿇은 자세로 세면대 끄트머리를 붙든 두 손에 이마를 얹고 있었다. 기력이 달린 게 아니라 기도하는 자세였을까. 코밑과 턱밑 수염을 절반만 깎은 채로 무슨 기도를 올렸던 걸까. 슬하에 둘 수 없었던 진짜 장손을 눈감기 전에 한 번만 보게 해달라고?

사내가 세번째로 모습을 드러낸 것은 입관식이 거의 끝나갈 무렵이었다. 분이 덧발린 허연 얼굴로 삼베 수의에 포옥 감싸인 아버지가 너무 낯설어 준비해둔 작별의 말조차 쉽게 나오지 않았다. 맨 먼저 아버지를 떠나보내고 몇 걸음 물러나 있을 때 통유리 너머 참관 공간에 서 있는 사내가 보였다. 기도문을 외는 교인들 머리 위로 목을 길게 뺀 채 뭔가 할 말이 있는 눈으로 아버지가 누워 계신 쪽만 바라보고 있었다.

잠시라도 한눈을 팔면 또 사라져버릴까 봐 나는 사내에게서 눈을 뗄 수 없었다. 나도 모르게 한 발 한 발 사내 쪽으로 다가가던 걸음을 멈춰 세운 건 장례지도사였다.

"장남분, 봉인하셔야지요."

다들 관 뚜껑에 손을 얹은 채 나만 기다리고 있었다. 한 번도 돌아보지는 않았지만 봉인이 진행되는 내내 사내의 눈길이 느껴졌다. 껄끄럽지만 뿌리칠 수 없는 시선의 종착지는 아버지가 아니라 내가 서 있던 자리였는지도 모른다. 아버지의 얼굴을 영원한 어둠으로 덮는 자리.

아버지의 수염은 깨끗이 깎여 있었다.

살다 보면 그런 밤도 통과하게 된다. 서로 깨어 있다는 걸 알면서도 눈 꾹 감고 지새우는 하룻밤. 눈을 붙이지 못해서가 아니라 눈을 뜨지 못해 기진해버리는 하룻밤. 화장실에서 나와 병실로 돌아간 이후 동이 틀 때까지 아버지와 나는 한마디도 나누지 않았다. 잠든 것처럼 아무 기척도 없이. 밭은기침과 코골이만 비현실적으로 들려오는 4인실의 어둠 한구석에 나란히 누워 벌인 기이한 신경전이었다.

남은 절반의 수염을 깎지 않겠다는 아버지에게 나는 왜 화난 사람처럼 굴었던가. 뭐든 시작하면 어떻게든 끝을 보아야 직성이 풀리던 아버지. 전혀 아버지답지 않은 모습을 견딜 수 없었다. 나는 갑갑한 보조 침대에 모로 누운 채 역자 교정을 보다 덮은 시만 애써 떠올리고 있었다. 아버지와 단둘이 보내야 하는 밤을 위해 일부러 챙겨 간 일거리. 내게 있어 영시는 아버지의 줄자와 가장 거리가 먼 세계였기에.

저 좋은 밤 속으로 순순히 들어가지 마세요.
노인들은 저무는 날에 발끈하여 소리쳐야 하는 법.
빛이 꺼져감에 분노하고 분노하세요.

지혜로운 자들도 마지막에 어둠이 마땅하다는 걸 알게 되지만
자신들의 어떤 말도 번개를 쪼갠 적이 없기에 그들은
저 좋은 밤 속으로 순순히 들어가지 않아요.

관 뚜껑이 천천히 아버지의 얼굴을 덮었다. 창백한 눈꺼풀 위에 은화처럼 얹혀 있던 빛이 완전히 꺼졌다. 거기에는 어떤 분노도 없었다.

내가 교정지를 붙들고 끝까지 고심한 대목은 마지막 구절이었다.

그러니 아버지, 슬픈 언덕 위 당신은
지금 부디 모진 눈물로 저를 저주하고 축복해주세요.
저 좋은 밤 속으로 순순히 들어가지 마세요.

빛이 꺼져감에 분노하고 분노하세요.

'슬픈 언덕'으로 직역한 'the sad height'를 '슬픔의 언덕'으로 고쳐야 할지 고민 중이었다. 아버지와의 마지막 밤을 나는 그런 식으로 견디고 있었다.

입관 의식을 마치고 돌아보니 사내가 보이지 않았다. 부리나케 나가 찾아 헤맸지만 출구로 이어지는 복도 어디에서도 자취를 발견하지 못했다. 뭔가에 홀린 기분이었다. 귀밑으로 흘러내리는 땀만 아니었다면 꿈이라고 의심했을지도 모른다. 이틀 밤을 꼬박 새운 혼미해진 정신에 끼어든 백일몽이라고.

화장실에 들러 얼굴에 찬물을 거푸 끼얹었다. 마지막으로 면도한 게 언제였나. 코밑이며 턱선이 거뭇거뭇했다. 부스스한 머리에 핏발 선 눈자위가 여전히 화난 사람의 얼굴이었다.

순간, 거울 속으로 눈에 익은 양복이 보였다. 칸막이 문 위로 반쯤 걸쳐진 낡은 재킷. 두 어깨를 온전히 편 상태로. 그 중학생 형도 세수할 때나 땀나는 일을 할 때면 교복 상의를 얌전히 벗어두었다. 양복 케이스에 담는 양복처럼 세로가 아니라 가로로 포개어. 아버지가 지은 양복 안주머니 단추 바로 밑에는 어김없이 미라보 세 글자가 보라색 흘림체로 수놓아져 있었다. 옷자락만 들춰 보면 확인할 수 있는 일이었다. 거울 속 양복을 노려보던 나는 흠칫했다. 거기 아버지의 얼굴이 있었다. 두려운 무언가를 밀어내면서도 깨끗이 내려놓지 못하는.

수도꼭지를 잠그고 서둘러 자리를 떠야 했다. 저 두려움의 높이에 걸린 양복 주인이 칸막이 문을 열고 나오기 전에.

나는 아버지의 비밀이 사실이 아닐까 두려웠다. 원래 알던 대로 비밀 하나 없는 아버지일까 봐.

나중에 찾아보니 영화 「애수」에 등장하는 다리는 워털루 다리였다. 아버지 유품을 정리하다 검색해보고 알게 되었다. 미라보라사가 왜 미라보라사였는지, 그 곡절은 다시 안개 속에 묻혔다. 「애수」의 미라보 다리로 내버려둘걸 하는 후회도 들지만, 아버지의 삶이 배를 깔고 엎드려 풀어야 할 십자말풀이로 다가오는 순간만큼은 예외였다. 이제는 나 말고 누구도 기억하지 못하는 그 중학생 형을 떠올릴 때는 더더욱.

그 일주일인지 열흘인지의 어느 날, 담배에 불을 붙이던 라이터로 편지지 가장자리를 그을리는 형을 발견했다. 뭐 하는 거냐고 묻자 형은 한쪽 입꼬리를 끌어 올리며 대답했다.

"정성 들여 쓴 사연을 공부나 하라며 아버지가 불태울 예정이거든. 아들은 불꽃에서 건져낸 사연 뒷면에 이 얘기를 쓸 예정이고."

처음에는 무슨 소리인가 했다. 그것은 심야 라디오 프로그램에 보낼 편지였다. 공개 구애하는 내용을 앞면에, 편지지가 재가 될 뻔한 사정을 뒷면에 적어 넣을 때야 비로소 고개를 끄덕일 수 있었다.

"이러면 소개되지 않을 수 없지."

형은 마술의 비밀을 귀띔해주듯 눈을 찡긋해 보였다. 소설가가 된 계기를 묻는 질문에 첫사랑의 실패 운운하고 다녔지만 이제 보니 그때였던 것 같다. 가짜 사연을 천연덕스레 지어내던 형에게 매료된 바로 그 순간.

형이야말로 내가 갖지 못한 무언가를 체취처럼 뿜어내던 사람이었다. 그 장면 속으로 돌아가노라면 누군가의 삶을 도둑처럼 훔쳐 사는 기분에 빠져들고 만다. 그리고 반나마 타버린 편지지 앞면에 쓴 구애의 글은 어떤 시를 인용하며 시작했는지도 모른다.

> 미라보 다리 아래 센강이 흐르고
> 우리 사랑도 흘러간다.
> 왜 이다지 생각나는 걸까.
> 기쁨은 언제나 고통 뒤에 오는 것.
> 밤이여 오라, 종이여 울려라.
> 세월은 흐르고 나는 남는다.

아버지의 죽음과 무관한 얘기지만, 문제의 시구는 '슬픈 언덕'에서 '슬픔의 높이'로 고쳐 번역했다. 추상명사를 겹쳐 쓰는 건 피해야 할 일임에도 왠지 후자여야 할 것 같았다.

'그러니 아버지 당신은 슬픔의 높이에서, 부디 지금 저를 모진 눈물로 저주하고 축복해주세요.'

하나 더 고백하자면, 수염을 마저 민 사람은 나였다. 아무리 이를 악물어보아도 반만 남은 수염이 눈꺼풀에서 지워지지 않았다. 수염이 싹 밀리고 드러난 얼굴은 갈 데 없는 내 얼굴이었다. 아들의 얼굴에 아버지의 얼굴이 있는 게 아니다. 아버지의 얼굴에 아들의 얼굴이 있다.

오! 아버지, 나의 숨겨진 아들!

수염이 깎이는 내내 아버지는 순순히 눈을 감고 있었다. 남겨진 아들은 다만 궁금할 따름이다. 무기력하게 턱을 내어준 몇 초, 아버지는 아들을 저주하고 있었는지 축복하고 있었는지. 아니면 둘 다였는지.

튜브

빌딩 숲 사이로 달이 더 커 보이듯 망망대해의 수평선은 해변에서보다 훨씬 가까워 보인다. 선베드에 누워 뻗은 발꿈치로 팽팽하게 와 닿을 만큼.

'캄차카! 내 영혼의 수평선까지 9박 10일.'

여행사에서 내건 캐치프레이즈 탓이었을까. 발꿈치에 걸린 초록빛 띠가 발목을 감아채 훅 잡아끄는 기분. 그대로 끌려가지 않은 건 마침 들려온 선내 방송 덕분이었다.

"주영광 고객님, 5층 리셉션으로 와주십시오. 분실물을 보관 중이오니 주영광 고객님께서는 방송을 들으시는 즉시 5층 리셉션으로 와주시기 바랍니다."

잘못 들을 수 없는 세 글자. 내 이름이었다.

나는 반사적으로 주머니에 손을 가져갔다. 지갑은 그대로였다. 여권? 객실에 두고 왔던가? 생각나면 언제든 한잔하려고 일부러 챙긴 듯도 한데. 술도 술이지만 여권 없이는 내일 아침 두번째 기항지, 블라디보스토크의 ㅂ 자도 구경할 수 없었다.

어느새 나는 선베드에서 몸을 일으키고 있었다.

"저…… 분실물……"

리셉션에 도착하자마자 용건부터 꺼냈다.

"불신물?"

세일러복 차림의 금발 여자가 광고에서 오려낸 듯한 미소를 지으며 물었다.

역시 다락방은 있어야겠다, 수납 공간이 부족한 거 아니냐, 화장실 채광창은 없애는 편이 낫겠다, 의뢰인의 변덕에 누더기가 된 땅콩 주택 도면 위로 자꾸만 덧대어지던 이미지. 선상의 선베드에 몸을 맡긴 반라의 남녀가 만면에 띠고 있던 바로 그 미소.

"무슨 일이세요, 고객님?"

때마침 들려온 한국말에 고개가 저절로 돌아갔다.

목 단추까지 채운 줄무늬 와이셔츠, 글래디에이터 샌들 속 흰 양말. '고객님'이라는 존칭이 아니더라도, 앙가슴에 매달린 아이디카드 없이도, 휴가와는 거리가 먼 상태임을 한눈에 알아볼 수 있었다.

"아까 방송에서……"

"아버님께서 오셨네요."

"네?"

여행사 직원이 데스크 아래에서 꺼낸 물건은 예상 밖이었다.

성인 남자는 머리만 겨우 들어갈 사이즈의 물놀이용 튜브.

선내 방송의 주인공이 내가 아님은 의심의 여지가 없었다.

"제 거 아니에요."

"주영광 어린이 아버님 아니세요?"

"제가 주영광인데요?"

"본인이시라고요?"

"동명이인인가 보네요."

나는 덤덤히 대꾸했다.

7백 개가 넘는 객실, 2천 명 가까운 수용 인원을 자랑하는 크루즈였다. 내 이름이 아주 희귀한 이름도 아니고.

그쯤에서 돌아설 수도 있었다. 금빛 여유를 만끽하던 선베드로 돌아가고 싶기도 했다. 하지만 나는 어쩐 일인지 여행사 직원이 두툼한 파일을 꺼내 데스크 위에 펼치는 모습을 가만히 지켜보고 있었다. 요즘 애들에겐 좀 올드한 이름 아닌가, 속으로 중얼거리며.

"혹시 81년생이신가요?"

"그런데요."

"아드님 이름은 이서고요?"

"그건 어떻게……"

"이게 승객 명부거든요."

"그럴 리가. 우리 애는 타지도 않았는데."

나는 파일을 낚아채지 않을 수 없었다.

칸칸이 들어찬 이름들, 층층이 한배를 탄 사람들 사이로 아들은 얼른 눈에 띄지 않았다.

"여기요."

여행사 직원의 손끝으로 익숙한 글자가 모습을 드러냈다. 이제 보니 가나다순으로 정렬된 명단이었다. 바로 위에는 내 이름이 적혀 있었고, 주씨 성을 가진 사람 중에 또 다른 '영광'은 존재하지 않았다.

여행사 직원이 나를 빤히 바라보는 게 느껴졌다.

"맞다. 원래는 애도 타기로 했는데…… 동반자 이름만 빼는 게 아니라 기존 계약을 취소하고 새로 신청해야 된대서…… 게다가 애 엄마 대타였고…… 아무튼 수속이 복잡했는데…… 그 와중에 착오가 생긴 모양이네요."

후임자로부터 모른 척할 수 없는 SOS를 받았다는 전처를 대신하고, 아빠와 단둘이 9박 10일은 아무래도 무리라는 일방적 통보로 아이의 동행이 막판에 무산되고도 여행을 포기하지 못한 것은 안내 메일 끄트머리에 적힌 주의 사항 때문이었다.

'공해상에서는 휴대폰 착발신이 불가능합니다.'

무뚝뚝한 한 줄의 글만으로도 숨통이 탁 트이는 기분이었다. 아이가 돌림노래처럼 되뇌던 불곰과 빙하는 덤으로 여겨질 만큼.

"혼자 타셨다는 말씀이죠? 죄송하지만 객실 체크 좀 해봐도 될까요? 승선자 명단은 한 획의 오차도 용납되지 않거든요."

"당연히 그래야죠. 그런데 저 물건 주인은……"

내 눈길은 여행사 직원의 발치로 내려갔다.

붉은 양탄자 위에 나뒹굴고 있는 반쯤 바람이 빠진 튜브. 부옇게 색이 바랜 데다 매직으로 쓴 글자는 일그러져 있었지만 못 알아볼 정도는 아니었다.

불현듯 낯설게 느껴지는 익숙한 세 글자.

이상했다. 몇 번을 고쳐 보아도 7017호 다음은 7019호. 방에 발이라도 달렸단 말인가. 엉뚱한 마지막 숫자에서 나는 좀체 눈을 떼지 못했다.

"안 들어가세요?"

여행사 직원이 채근하듯 물었다.

"7018호는……"

나는 주변을 두리번거리며 웅얼거렸다.

"18호요? 짝수는 맞은편인데."

여행사 직원은 말을 마치기도 전에 몸을 돌려 앞장서기 시작했다.

벌써 사흘째인데 왜 알아채지 못했을까.

어디 객실뿐이던가. 걸음이 멈칫거리는 순간마다 주위를 둘러봐도 이정표라곤 알 수 없는 기시감뿐. 물살의 형태나 선체 그림자라도 보이면 우현인지 좌현인지, 선수인지 선미인지 짐작이라도 하련만 갑판으로 나가기 전에는 바다 내음도 맡기 어려웠다. 간판 없는 이런저런 숍과 룸과 레스토랑을 지나치고 'STAFF ONLY'라는 까만 문들이 은밀히 박힌 개미굴 같은 통로를 헤매다 보면 벗어나려 발버둥 친 자리로 돌아온 듯한 느낌에 사로잡히기 십상이었다.

그래도 명색이 공간을 다루는 사람 아닌가. 공해상으로 나온 순간 자취를 감춘, 휴대폰 좌측 상단의 통신사 이름 따라 직업의식마저 희미해지지 않고서야. 하지만 여행사 직원에게서는 일말의 주저도 찾아볼 수 없었다. 지나쳐 온 홀수를 잰걸음으로 거스른 다음 오른쪽으로 휙 꺾어 엘리베이터와 비상계단이 마주한 로비를 성큼성큼 가로지르더니 어느새 카드 키 속 네 자리 숫자 앞이었다.

"안에 누구 있나요?"

여행사 직원이 가리킨 것은 'DO NOT DISTURB'라고 적힌 팻말이었다.

"외출할 때도 그냥 걸어둬요. 쓰던 물건들이 제자리에 있어야 마음이 놓이거든요."

나는 지갑에서 카드 키를 꺼내 자물쇠 슬롯으로 밀어 넣었다. 손잡이가 꿈쩍도 안 했다. 다시 해봐도 요지부동. 급기야 비켜서 있던 여행사 직원이 직접 나섰다. 뭘 어떻게 했는지 자물쇠 상단부에서 파란불이 반짝임과 동시에 부드러운 금속음이 들려왔다.

문이 열리자 눅진하게 밴 컵라면 냄새에 이어 묵은 알코올 냄새가 두개골을 파고들었다. 나는 여행사 직원을 밀어젖히듯 황급히 방 안으로 들어갔다. 침대 머리맡, 금빛 수위가 검정 라벨 어깨높이로 내려간 위스키 병을 향해.

"주류는 반입 금진데……"

지나가듯 무심한 말투였지만 나는 위스키 병을 부랴부랴 캐리어에 쑤셔 넣었다.

"출항 기념으로 면세점에서 딱 한 병."

"옆 침대도 쓰셨나 보네요."

여행사 직원은 객실을 휘둘러보며 말했다.

"매트리스가 딱딱해서 자다 옮겼어요."

나는 말려 올라간 시트 자락을 잡아당기며 대꾸했다.

"실례지만……"

여행사 직원의 말줄임표는 옷장을 향하고 있었다.

"얼마든지요."

나는 주저 없이 옷장 문을 열어젖혔다.

두 사람이 쓰고도 남을 기다란 옷걸이에 걸린 거라곤 내 바람막이 점퍼와 셔츠 한 벌뿐이었다.

그때였다, 옷장 너머에서 밑도 끝도 없는 소리가 들려온 것은.

“아드님은 좀 괜찮아요?”

소리의 진원지는 옷장이 아니었다. 열어둔 문밖에서 웬 중년 여자가 머리를 빠끔 들이밀고 있었다.

“무슨 소리예요?”

내가 곧바로 되물었다.

“밤새 어찌나 가슴 찢어지게 울던지. 겁에 질린 아이처럼.”

“다른 방이었나 보네요.”

나는 옷장 문을 닫으며 대꾸했다.

“이 방 맞는데. 바로 벽 너머에서 들려오는 소리였는데.”

“옆방이세요?”

중년 여자의 모습은 어느새 사라지고 없었다.

“잠깐만요.”

급히 문밖으로 나섰지만 복도는 텅 비어 있었다.

옆방 문을 두드려보았다. 먼저 7016호. 인기척이 없었다. 7020호 역시 잠잠했다.

“난 운 적 없는데……”

여행사 직원의 캐묻는 듯한 시선에 나도 모르게 중얼거리고 말았다.

이게 다 무슨 짓인가 싶었지만 뱉은 말을 주워 담을 수는 없었다. 그러거나 말거나 여행사 직원은 나를 빤히 바라보며 객실 문간에 버티고 서 있었다. 암호를 요구하는 문지기처럼.

"맞다, 사진! 승선할 때 기념으로 찍은 거."

나는 지갑 속 카드 키를 다시 꺼내 드는 심정으로 소리쳤다.

자리가 뒤바뀌었다면, 복도가 아니라 문간이었다면 그대로 문을 닫았을까. 튜브나 울음소리 같은 건 무시하고 휴대폰도 방해하지 못하는 혼자만의 7박 8일로 물러났을까. 그러니까 내 입에서 암호 아닌 암호가 튀어나온 것은 순전히 서 있던 자리 때문일까.

한 획의 오차도 없어야 한다는 승선자 명단에서 아이의 이름을 지우기 위해 찾아간 곳은 8층 사진 갤러리였다. 무리 지어 웃고 있는 수백 장의 사진으로 빈틈 한 점 없는 벽면. 거대한 '스마일의 벽' 어딘가에 엉거주춤 모형 키를 쥐고 있는 내가, 어눌한 '김치' 소리에 억지로 입꼬리를 끌어 올리고 있는 내가 있으리라. 배 지나온 자리가 수평선까지 하얗게 일어난 현수막 그림을 배경으로.

"독사진은 거의 없네요."

여행사 직원이 반대편 끝에서부터 건성건성 훑어오며 말

했다.

사실이었다. 그나마 찾아낸 독사진에서조차 주인공은 어김없이 여자였다. 남은 사진이 줄어들수록 나는 점점 초조해졌다.

여행사 직원의 어깨가 닿아오는 순간까지지도 혼자 웃고 있는 남자는 끝내 나타나지 않았다.

너무 오래 들여다본 탓일까. 갑자기 눈앞의 얼굴들이 색채를 잃고 창백해졌다. 아주 오래전 어디론가 사라져버린 사람들의 환영처럼. 살아생전 한번 마주한 적 없는 영정 속 인물들처럼.

"찍으신 것 맞나요?"

귓전에서 울리는 목소리조차 검은 물속에서 전해오듯 아득하기만 했다.

대답 대신 나는 여행사 직원이 지나쳐 온 사진들을 묵묵히 되짚어나갔다.

흑백으로 싸늘해진 환영들 사이로 낯익은 이목구비가 피와 온기의 색채를 입고 떠올랐다. 동그란 이마, 휘어지듯 처진 눈꼬리, 희미한 미소에도 생겨나는 인디언 보조개. 내 아들, 이서였다. 그럴 리가. 이 배에 탔을 리가. 지금쯤 영어 스피치 학원 아니면 과학 영재원 준비반에 가 있을 텐데.

"찾았네요."

나를 현실의 배로 불러낸 여행사 직원의 한마디였다.

내 시선을 붙들고 있던 독사진의 주인공은 아들이 아니라 나 자신이었다. 무언가에 홀린 기분이었다. 카운터로 향하는 내내 사진에서 눈을 뗄 수 없었다. 그러면 또다시 다른 얼굴로 변해 버릴까 봐. 아무도 알아볼 수 없는 어떤 얼굴로.

"아들 못 찍었습니다. 미안합니다. 다음번에 반값에 찍어주겠습니다."

새까만 선글라스를 낀 사진사가 10달러 지폐 두 장을 넘겨받으며 더듬더듬 말했다.

"무슨 아들요?"

내가 화들짝 놀라 물었다.

"당신 아들. 매직 볼 잡으러 달려갔습니다. 매직 볼 때문에 사진 못 찍었습니다."

"매직 볼?"

사진사는 무슨 말인가 하려다 말고 손을 반쯤 오므리더니 바닥을 향해 까닥까닥 움직였다. 공을 튀기는 모양새였다. 탱탱볼?

"저 맞아요? 잘못 본 거 아니에요? 승객이 몇 명인데."

"맞습니다. 똑똑히 봤습니다."

사진사는 억울한 기색마저 내비쳤다.

문득 욕지기처럼 치밀어 오르는 한마디.

'선장이 도망치는 걸 봤습니다.'

주문처럼 입가 근육을 실룩이게 만드는 소리. 섣불리 입 밖에 내서는 안 되는 말.

여행사 직원은 내 사진을 다시 살피고 있었다. 놓친 게 없나, 실눈을 뜨고서.

"무언가를 보고 계시네요?"

여행사 직원이 여전히 사진에 눈을 둔 채 물었다.

웃는 듯 우는 듯 어정쩡한 표정으로 서 있는 한 남자. 고개는 외로 튼 채로.

카메라를 외면한 시선의 끝에는 뭐가 있었던가. 갑자기 뱃고동이 울렸던가? 출항 축하 팡파르? 적어도 탱탱 볼을 쫓아가는 아들은 아니었다.

"설마 저 어설픈 한국말을 믿는 건 아니죠?"

내 딴에는 농담이랍시고 애써 미소까지 지으며 말했다. 여전히 촬영 순간 고개를 돌리게 만든 사진 밖의 무언가를 떠올리려 애쓰며.

"아! 그 아이! 뒷줄에 있던 그 아이 때문이에요!"

마음속 무릎을 탁 치며 내가 소리쳤다.

"뭐가요?"

"바다에서 건진 시신이 누군지 알아보기 쉽게 찍어두는 거냐고 했어요."

어떤 종류의 말은 천 일, 만 일, 백만 년이 지나도 뇌리에서 사라지지 않는다. 존재의 깊디깊은 안쪽 어딘가에 나이테처럼 새겨져 날카롭게 베이는 한순간 어떻게든 잊으려는 마음 가장자리로 비어져 나온다.

'두 눈으로 똑똑히 봤어요, 러닝셔츠 바람으로 달아나는 모습을.'

입가에 맴돌지만 차마 내뱉을 수 없는 말.

"가만, 그 애 손에 튜브가 들려 있었던 것 같아요. 어쩌면……"

"동명이인은 없었잖아요?"

"이름이 아닐 수도 있죠."

무심결에 나온 말이지만 듣고 보니 가벼운 전율이 일었다. '주'와 '영광' 사이가 살짝 떨어져 있는 걸 왜 눈여겨보지 못했을까. 동생 이름은 '찬양'이고, 어머니 가게는 '가나안 슈퍼'였는데. 첫 단추부터 잘못 꿰였는지 모른다. 선베드에서 아예 일어설 필요가 없었는지도.

"그러니까 시신 어쩌고 한 애가 이 물건의 주인일 수도 있다는 말씀이네요?"

여행사 직원이 다시 수백 장의 사진을 무표정한 얼굴로 응시하며 말했다.

"옆에 있던 사람들도 생각나요. 휠체어 탄 노인이 재수 없는 소리 한다고 역정을 냈어요. 얼굴이 물고기 밥 신세가 되면 알아보지도 못할 거라고 낄낄댄 놈도 있었죠. 커플 티 입은 젊은 남자.”

사진사, 아니 터무니없는 목격담의 장본인을 등지며 내가 말했다.

보호자 후보들은 의외로 손쉽게 추려졌다. 휠체어는 여행사 직원이, 커플 티는 내가 찾아냈다. 정작 그들을 떠올리게 만든 아이만, 플래시가 터지는 순간 고개를 돌리게 만든 주인공만 사진에 없었다.

“헛걸음하는 거 아닐까요? 보호자라면 애 없이 사진을 찍지는 않았을 텐데.”

여행사 직원이 고개를 갸웃거리며 말했다.

“누가 알아요? 딱 그 타이밍에 탱탱 볼을 쫓고 있었는지?”

내가 사진사를 흘끗 돌아보며 대꾸했다.

“이게 다예요?”

여행사 직원이 사진사에게 물었다.

“빠진 사진 한 장도 없습니다.”

사진사가 못을 박듯 대꾸했다.

“그럼……”

“그렇다면……”

여행사 직원과 내가 거의 동시에 중얼거렸다. 한 사람의 시선은 추려낸 사진들에, 다른 한 사람의 시선은 바람 빠진 튜브에 꽂힌 채로.

바람을 불어 넣을수록 헐크가 몸피를 부풀려가는 초록빛 튜브. 반쯤 변신하다 만 두 얼굴의 사나이.

나는 왜 사진이 아니라 튜브를 바라보고 있었을까? 이 모두가 승선자 명단에서 아이 이름을 지우기 위함이 아니라 튜브 주인을 찾기 위한 일인 것처럼. 우연히 아이 이름과 일치한, 초록 히어로 가슴팍의 세 글자만으로는 온전히 설명하기 어려웠다. 확실한 한 가지는 이끌리는 걸음걸음을 멈출 수 없었다는 사실이다. 그 끝에 누가 기다리고 있든, 무엇이 도사리고 있든.

고객 파일의 여권 사본과 하나하나 대조하는 수작업 끝에 사진 두 장에서 두 개의 객실 번호를 끌어낼 수 있었다. 먼저 찾아간 쪽은 '휠체어'였다. 사진보다 10년은 늙어 보였지만 기억 속 노부부가 맞았다. 낮잠이라도 자고 있었는지 부스스한 낯이었다.

"여행은 두 분만 오신 거예요?"

나는 할머니에게 사진을 건네며 물었다.

"어디서 본 듯도 한데."

"기억나시나 보네요. 이 사진 찍으실 때 앞 차례였어요."

"아니, 전에 어디서 본 것 같다고."

할머니는 눈을 가늘게 떴다.

"손주는 같이 안 왔나요?"

"영감이랑 둘만 왔어. 서울에 있는 손주는 왜 찾아요?"
"혹시, 사고 날 때를 대비해서 사진 찍는 거냐고 묻던 아이 기억나세요?"
"글쎄."
"시신이 누군지 알아보기 위한 거냐고 했는데, 기억 안 나세요? 이런 물건도 들고 있었어요."
나는 튜브를 앞으로 내밀었다.
"거짓말쟁이!"
러닝셔츠 바람으로 조는 듯 고개를 떨구고 있던 할아버지가 버럭 소리 질렀다.
"어르신, 그게 무슨……"
"천하의 사기꾼! 네 새끼를 왜 여기서 찾아?"
할아버지는 휠체어가 들썩이도록 고래고래 외쳤다.
잠꼬대라기엔 낮잠의 흔적은 깨끗이 자취를 감추고 없었다.
다짜고짜 뺨이라도 한 대 맞은 듯 낯이 얼얼했다.
"여보! 이분은 아범이 아니에요. 미안해요. 한동안 괜찮더니만 배를 타고부터……"
할머니가 막아서며 말했지만 할아버지는 멈추지 않았다.
"나한테 왜 그랬어? 없는 얘기 지어내 남한테 뒤집어씌우면 발 뻗고 잘 줄 알고?"
고목에 팬 새까만 구멍 같은 눈, 핏기 없는 창백한 목줄기로 검푸르게 도드라진 핏줄. 당장 벌떡 일어나 심장이라도 꺼내겠다고 덤빌 것만 같았다.

나는 도망치듯 방에서 빠져나왔다.

"모르는 사이 맞죠?"

뒤따라 나온 여행사 직원이 문을 닫으며 물었다.

"없는 얘기는 무슨…… 분명히 봤다고요, 튜브를 든 아이."

저만치 그 아이가 보이기라도 하듯 나는 걸음을 재촉했다.

"저쪽인데요."

여행사 직원이 반대 방향을 가리키며 말했다.

두번째 사진의 주인공들은 방에 없었다. 'I♥NY' 커플. 'NY'는 전처의 영문 이니셜이기도 했다. 프러포즈하던 날 와이셔츠 밑에 받쳐 입고 간 비장의 카드. 'NY'가 'NOT YOU'의 약자냐고 퉁기면서도 상기된 목소리는 어쩌지 못하던 아내였다.

여행사 직원은 선내 방송 마이크를 다시 잡아야 했다.

두 사람이 모습을 드러낸 건 방송을 한 번 더 해달라고 부탁하려던 순간이었다. 커플 티는 폴로셔츠와 민소매 원피스로 바뀌어 있었다.

"단둘이 오신 거예요? 아드님은……"

나는 사진을 내밀며 물었다.

"제가 애 엄마로 보여요?"

민소매 원피스가 사진을 받아 들며 되물었다.

"그런데 우리 사진이 왜……"

"다른 일행은 없나요? 조카분이라든가."

민소매 원피스의 목걸이 줄에는 십자가 모양의 펜던트가 매달려 있었다.

"조카를 데려오는 신혼여행도 있나요? 뭐 하시는 분인데 꼬치꼬치 묻는 거예요?"

잠자코 있던 폴로셔츠가 따지듯 물었다.

"누구 시신인지 알아보기 위해 찍는 거냐고 말하던 아이 기억 안 나요? 얼굴이 물고기 밥 신세가 되면 알아보지도 못할 거라고 낄낄댔잖아요, 당신이."

폴로셔츠를 노려보며 내가 말했다.

"죄송합니다, 고객님. 저희가 분실물 주인을 찾는 중이거든요."

여행사 직원이 굳어진 얼굴로 끼어들었다.

"분실물요?"

민소매 원피스가 물었다.

"저거요."

여행사 직원이 내 손에 들린 튜브를 가리켰다.

"튜브는 이 아저씨가 들고 있었는데."

폴로셔츠가 나를 똑바로 쳐다보며 말했다.

"언제요? 사진 찍을 때요?"

내가 물었다.

폴로셔츠는 고개를 주억거렸다.

"다른 사람으로 착각하셨나 봐요. 다들 왜 이러는지 모르겠네. 아무리 흔한 얼굴이라지만."

일이 이상하게 돌아가고 있었다. 진짜 들어야 할 얘기는 첫마디도 안 나왔는데.

"맞다, 애도 있었던 것 같은데."

이번에는 민소매 원피스였다. 갈수록 태산이었다.

"정말 애가 있었어요?"

여행사 직원까지 한 발짝 앞으로 나서며 물었다.

어처구니없다 못해 비실비실 헛웃음이 비어져 나올 지경이었다. 다들 짜고서 연극이라도 하는 것 같았다. 꾹꾹 참아온 웃음을 와락 터뜨리며 대단원의 막을 내리는 깜짝 이벤트처럼.

이 모두가 뚱딴지같은 물건 하나 때문이었다. 나를 호명하게 만든 튜브. 불길하기 짝이 없는 그 물건을 바다로 던져버리지 않기 위해 나는 폴로셔츠 눈앞으로 아들의 얼굴까지 들이대야 했다.

"애를 봤다고요? 이 배에서?"

휴대폰 배경 화면으로 저장된 사진 속에서 아이는 생일 선물로 분양받은 모란앵무 한 마리를 손등에 올린 채 찌푸린 듯 웃고 있었다. 아이가 앵무새에게 맨 먼저 가르친 말이 뭐였더라? '술냄새'였던가 '담배 냄새'였던가.

"얼굴은 잘 모르겠고……"

폴로셔츠는 움찔하면서도 물러서는 기색이 없었다.

"기다려봐요. 집에 있는 우리 애랑 앵무새 목소리까지 들려줄 테니까."

나는 통화 목록을 열고 'NY'로 입력된 번호를 눌렀다. 전처였다. 지금도 'NOT YOU'의 약자는 아니었다. 'NOT YET'이라면 몰라도.

"휴대폰은 안 될 텐데."

여행사 직원이 데스크 안쪽으로 걸음을 옮기며 중얼거렸다.

혈혈단신으로 예정에도 없던 크루즈에 오른 이유가 그제야 되살아났다.

여행사 직원의 손에는 어느새 무전기처럼 큼지막한 수화기가 들려 있었다.

"없는 번호이오니 다시 확인하고 걸어주십시오."

스피커에서는 기계음만 흘러나왔다.

그새 또 번호를 바꾼 걸까? 하필이면 이 시점에?

"제가 다시 해볼까요?"

여행사 직원은 내가 불러준 번호를 천천히 힘주어 눌렀다.

이번에는 기계음 대신 신호음이 들려왔다.

모르는 번호는 잘 안 받는 사람인데. 받으면 무슨 말부터 꺼내지? 아이가 집에 없으면 어떡하지? 영원히 이어질 것 같은 신호음 사이사이로 온갖 상념이 끼어들었다.

"여보세요?"

어디 먼 곳에서 뛰어온 사람처럼 밭은 숨소리. 전처였다.

"나야."

"왜?"

"이서는?"

갑자기 감이 멀어진 것 같았다. 인기척조차 희미해졌다.

"이서한테 할 말이 있는데."

역시나 아무 반응이 없었다.

"듣고 있어?"

일순 불길한 예감으로 머릿속이 새하얘졌다. 끔찍한 일이 벌어지기 직전의 무시무시한 적막. 스피커를 끄고 수화기를 집어 들려는 찰나 어렴풋한 소리가 새어 나왔다. 처음에는 마른 웃음인 줄 알았다. 가만 듣고 있자니 웃음이라기엔 너무 깊고 질겼다. 틀어막은 손을 비집고 새어 나오는 흐느낌이라는 사실이 분명해진 순간 가슴이 덜컥 내려앉았다.

무언가를 확인하려는 시선들이 느껴졌다. 나는 벽 쪽으로 몸을 돌렸다. 전화를 끊어야 했다.

"여보, 이제 그만해."

언제 흐느꼈느냐는 듯 차갑고 단호한 말투에 옴짝달싹할 수 없었다.

"뭘 그만하라는 거야?"

"선장은 조타실에서 시신으로 발견됐어."

"무슨 소리야? 내가 똑똑히 봤는데."

더는 억누를 수 없이 터져 나오는 말.

"제발 부탁이야, 그만 좀 해."

다시 흐느끼는 소리. 이제는 틀어막는 손바닥을 그대로 통과해, 파도치는 바다를 가로질러, 보이지 않는 실 끝의 심장으로 파고드는 소리였다.

"러닝셔츠 바람으로 달아나는 모습을 똑똑히 봤다고."

나는 허공에 주먹질하듯 소리쳤다.

"그런다고 애가 돌아오는 것도 아니잖아."

나는 스피커 버튼을 눌러 껐다.

주위로 몰려드는 서늘한 공기. 힐끔거리는 시선.

온 세상을 등진 채 얼마나 그렇게 서 있었을까.

"뉴호라이즌호 맞죠?"

등으로 날아드는 여행사 직원의 목소리.

"뉴호라이즌?"

폴로셔츠와 민소매도 입을 모아 물었다. 차마 말 못 할 범죄의 현장에 있던 사람들처럼 은밀한 말투로.

"죽은 선장한테 현상 수배 내렸던? 현상금이 얼마였더라?"

"홍콩으로 밀항했다, 얼굴을 싹 뜯어고쳤다, 난리도 아니었잖아."

등 뒤로 수군대는 소리. 애먼 동생의 이름을 바꾸게 하고, '가나안 슈퍼'가 '가난한 슈퍼'로 획이 추가된 채 '난닝구 슈퍼'로 불리게 만든 집요한 손가락질.

"왜 그랬어요? 무엇 때문에 그런 엄청난 거짓말을 한 거예요?"

여행사 직원이 물었다. 잔인한 호기심이 서려 있는 목소리.

배에 무슨 일이라도 생긴 걸까. 하나둘 물구나무서는 오장육부. 검은 동심원을 겹겹이 거느린 빨간 한 점으로 졸아드는 시야. 숨은 일시 정지 상태. 이윽고 뜨겁게 부글거리던 피가 차갑게 식으며 한껏 부풀렸던 근육들이 일제히 수축하는 느낌. 공기를 내주고 쪼그라드는 튜브처럼.

처음 접하던 순간부터 헐크는 대놓고 좋아할 수 없는 슈퍼히어로였다. 옷이 갈기갈기 찢기는 장면마다 스멀거리던 야릇한 쾌감. 스토리는 건성건성, 오로지 변신의 순간만 숨죽여 기다리는 자신을 발견하고 화들짝 놀란 적이 한두 번이 아니었다. 하지만 기다리는 장면이 다가올수록 엄습하던 정체 모를 두려움. 녹색 공포의 시간을 기억하지 못하는 초록 인간. 이서에게는 좋아하는 초록색이라는 이유만으로 히어로 중의 히어로였지만.

사고 당일 아침 아이에게 내민 멀미약도 초록색 병이었다. 생풀잎을 짓이긴 듯 어딘가 모르게 진저리 쳐지던 진초록. 그 날을 생각할 때마다 배경처럼 떠오르는 생생한 빛깔. 파도가 사나워지는 조짐에 미리 먹인 게 화근이었다. 아이가 약에 취해 세상모르고 잠에 빠져 있지 않았다면 내가 담배 피우러 나가는 일도 없었을 텐데. 한 개비만 덜 피웠어도 아이 혼자 깨어나게 하지 않았을 텐데. 반대쪽 갑판으로만 나갔어도 영원히 함께일 수 있었을 텐데. 튜브에 바람만 완전히 채워놨어도 시신이나마 온전히 찾았을지 모르는데. 초록빛으로 부푼 시신에서 납작한 튜브를 벗겨내다 억장이 무너지는 일은 없었을 텐데. 멀미약이든 튜브든 애당초 낚시 여행에 데려가지만 않았다면.

눈 한 번 깜박하는 사이에도 썼다 지우기를 수없이 반복한 '만약'들. 줄줄이 기우뚱하는 가정의 도미노 끝에는 매번 술병이 도사리고 있었다. 잠시나마 만약의 지옥 계단에서 벗어나게 해주는 망각의 묘약.

정신을 차리고 보니 화장실이었다.

내 손에는 여전히 튜브가 들려 있었다. 바닥이 되어버린 격벽에 기댄 채 누군가 와주기를, 아빠가 와주기를 울면서 기다리고 있었을 아이. 마지막 순간까지 아빠 팔뚝인 양 튜브를 꼭 움켜쥐고 있었겠지.

튜브는 더 쪼그라들어 있었다. 헐크의 이두박근이 물렁물렁했다. 기둥 같던 목이 쪼글쪼글했다.

튜브 속 초록 히어로 가슴팍에 내 이름을 적어 넣으며 묻는 아이.

"아빠 언제 변신해?"

"내가 너무 조그맣게 느껴질 때."

넋을 놓고 있던 나는 공기 주입구를 열고 입으로 가져갔다.

갈빗대가 부서져라 튜브에 숨을 불어 넣기 시작했다.

길게 한 번, 짧게 세 번.

다시, 길게 한 번, 짧게 세 번.

초록 히어로, 아니 죄의식을 그림자처럼 거느린 녹색 괴물로 완전히 탈바꿈하는 그 순간까지.

녹색 괴물의 가슴팍에 새겨진 세 글자가 다시 또렷해진다.

튜브를 꼭 끌어안은 녹색 괴물이 카메라를 향해 말한다. 고개는 외로 튼 채.

선장이 도망치는 걸 봤습니다. 러닝셔츠 바람으로 뛰어내리는 모습을 똑똑히 봤습니다.

카메라 렌즈에 되비치는 러닝셔츠 바람, 아니 웃통을 벗어젖힌 익숙한 뒷모습이 점점 선명해진다.

하늘의 융단

1

옷은 손에 잡히는 대로 걸치는 곽춘근이었지만 구두만큼은 수제화여야 했다. 스물일곱에 첫 발령을 받고 새 구두를 맞추러 간 그날 이후로.

런던 제화의 젊은 제화공은 발 사이즈를 잰다면서 양말까지 벗겼다.

"발가락 티눈조차 놓치면 안 돼요. 제2의 피부 같은 구두를 만들려면."

한번 다녀갔다고 건너뛸 수는 없었다. 발 크기는 아침저녁으로 변한다며 매번 깨끗한 기록지를 꺼내 왔다. 녹색 볼펜으로 윤곽선을 그린 다음 본이라도 뜨듯 발 구석구석을 어루만지는 손길도 어김없었다.

"뭐 하는 분이세요?"

"분필쟁이예요."

처음에는 미처 몰랐는데 제화공의 가마 자리가 회오리 모양이었다.

"선생님? 어쩐지……"

뒷말이 궁금했지만 제화공이 불현듯 올려다보는 바람에 곽춘근은 시선을 돌리고 말았다. 폴 모리아 악단의 감미로운 선율이 흐르는 가게 한쪽 벽으로 대못마다 켜켜이 꽂힌 초록 발바닥들이 눈에 들어왔다.

"무슨 과목요?"

저 발의 주인들에게도 직업을 물어주었을까? 직업을 물으며 마음속에 손수 본을 떴을까? 이상한 열기로 가슴이 죄어와 곽춘근은 입을 떼지 못했다. 그것은 명백히 질투의 감정이었다. 런던 제화가 문을 닫고 상호조차 기억의 빛이 바래도 주인 모를 초록 발바닥들을 아프게 질투했다는 사실만큼은 점점 또렷해졌다. 누구에게도 내비칠 수 없는 비밀이었기에. 낮고 외로운 인생에 저주처럼 찾아든 한 줄기 빛. 아니, 낮아지고 외로워질수록 기적처럼 느껴지는 한 줄기 어둠.

2

"여기 오신 지 얼마나 되셨더라?"

학생주임이 빤히 아는 얘기를 물어온 건 정년을 세 학기 앞둔 가을이었다. 곽춘근이 영어 교사로 이제껏 교편을 잡아온 곳은 초임지이기도 했다. 처음부터 영어 교사는 아니었다. 학사모를 쓰기 위해 익힌 지식은 씨앗이 뿌리를 내리고 자라 열매의 이름으로 다시 땅에 씨앗을 돌려주기까지의 모든 것. 당연히 임업林業 교과를 맡았다. 지금은 디지털고등학교지만 그때만 해도 농업고등학교였다. 토양이 기름져 구근 작물이 실하기로 이름난 고장이었다. 특히 양파는 양분을 내어준 흙빛깔만큼이나 붉어 한 덩이 불꽃을 캐내는 듯했다. 노화를 늦춘다는 신비의 불꽃. 전쟁 통에 폭격으로 교실을 다 잃으면서도 간판만은 지킨 농업고등학교였으나 재단 주인과 함께 교문 기둥에 새겨진 글자마저 바뀌기를 수차례, 종합고등학교를 거쳐 한동안 여자고등학교였다 오늘에 이르렀다.

팔자에도 없던 영어 수업에 첫발을 들인 건 도청 소재지 학교로 갑자기 옮겨 간 담당 교사의 교단을 지키기 위해서였다. 감시 카메라처럼 서 있기만 하면 될 일이었는데 하루는 영시 한 편을 칠판에 적어 내려가는 자신을 발견했다. 영시라니. 예이츠라니. 수업 준비를 위해 밤새 영어 사전과 씨름하게 되리라고는 상상도 못 한 채였다.

곽춘근이 밀짚모자에 고무장화 차림으로 선생 노릇을 했다는 건 이제 교장조차 모르는 옛일이 되었다. 하지만 '아, 베, 체,

데'는 까먹어도 '게슈타포' 네 글자는 잊히지 않는다는 전설의 장본인이라면 얘기가 달랐다.

"또 난리 난 거 모르세요? 윤 쌤, 날아간 지 얼마나 됐다고. 이번엔 브라자 끈을 더듬었대요."

학생주임 입에서 나온 말은 곽춘근의 예상을 크게 빗나갔다. 익명 게시판에 올라온 글을 봤느냐는 앞선 물음의 이유가 밝혀진 순간이기도 했다. 게시물은 고사하고 "그런 게시판도 있어요?" 하며 눈이 둥그레진 곽춘근이었다. 그러니, 여기 온 지 얼마나 됐느냐는 생뚱맞은 소리는 알 건 좀 알고 지내라는 고언에 가까웠다. 곽춘근이 학교 사정에 밝다고 할 수는 없었다. 다 아는 얘기를 맨 나중에야 접할 때가 한두 번이 아니었다. "딸뻘인데"라고 펄쩍 뛰던 윤 선생이 "딸 같아서" 하며 고개를 떨군 사실도 혼자만 몰랐다.

"누가요?"

가글액을 뱉고 나서 곽춘근이 물었다. 혹시 등에서 무언가 떼어내려던 건 아닌가, 머리카락 같은 거라도, 하는 생각이 스친 건 어떤 기시감 때문이었다.

"그게 좀 얄궂더라고요."

학생주임이 수도꼭지를 잠그며 대꾸했다.

"어떻게요?"

"할아버지뻘에 양파 냄새가 훅 끼쳤다나 어쨌다나. 무슨 스무고개도 아니고……"

어느 서랍엔가 양파즙 한 봉지 없는 책상은 교무실에서 찾아보기 힘들었다. 봉지를 뜯기도 전에 코부터 쥐던 젊은 여교사들조차 다이어트에 그만이라는 소리가 돈 뒤로는 커피 마시듯 했다. 곽춘근의 경우엔 노화 방지를 위해서도, 불필요한 기름기를 빼기 위함도 아니었다. "발뒤꿈치까지 팽팽하고 촉촉해져요." 반찬으로 딸려 온 생양파 조각을 짜장면에 들이부으며 제화공이 한 말 때문이었다.

곽춘근은 입안 가득 시트러스 향이 배도록 다시 오래오래 가글액을 머금었다. 그게 다였다. 학교 홈페이지에 접속해보기는 했다. 패스워드가 말썽이었지만. 지역 일간지에 실린 이사장 칼럼은 로그인 문턱을 넘지 않아도 모를 수 없고, '금주의 식단'이야 귀만 열어놓고 있어도 알게 되니 가물가물해질밖에. 연달아 다섯 번 실패하자 관리자에게 문의하라는 메시지가 떴다. 내려가는 계단 앞에만 서면 게걸음이 되거나 칫솔이 할 일을 이쑤시개로 때우는 몇몇이 눈앞에 빙글거렸지만 거기까지였다.

타인의 불행에 빨대부터 들이대는 사람. 곽춘근이 아는 곽춘근은 그런 부류가 아니었다.

3

자신과 무관한 줄만 알았던 불행이 곽춘근의 뒤통수에 빨대를 꽂아온 건 그로부터 닷새 뒤였다.

"다리를 만지셨다고……"

"알고 계셔야 할 것 같아서"라고 조심스레 운을 떼고도 상담교사는 한참을 머뭇거린 뒤에야 용건을 꺼냈다.

"내가요?"

"복도를 지나가는데 불러 세우시더니 스타킹 올이 나갔다면서."

"왜요?"

"네?"

상담 교사의 어리둥절해하는 얼굴에 곽춘근은 아차 싶었다.

"누굽니까? 하라는 공부는 안 하고 누가 그런 소설을 쓰고 다녀요?"

사실 완전히 소설은 아니었다. 다른 뜻은 없었다. 올이 나간 게 눈에 띄었고, 모르는 척하지 못했을 뿐. 주둥이가 벌어진 가방이나 끈이 풀린 운동화처럼. 손가락으로 가리킨 적은 있지만 신체 접촉은 떠오르지 않았다. 몇 번을 되짚어도 마찬가지였다.

상담 교사는 비밀 보장의 원칙을 끝내 굽히지 않았다. 알겠다며 물러났지만 섭섭함이 전혀 없다면 거짓말이었다. 그저 모두를 의심하는 불상사나 막자는 건데. 조용히 불러 왜 그랬는지 물어볼 수도 있을 텐데. 오해가 있으면 풀 것이요, 필요하다면 진심 어린 한마디도 건넬 수 있는데. 오해든 뭐든 괜한 지적을 해서 미안하게 됐다고.

우려한 대로였다. 체크무늬 교복 치마가 시야에 들어오기 무섭게 미간이 절로 모아졌다. 이 아인가? 혹시 저 아인가? 아이들의 인상이 제각각이라는 자명한 사실에 곽춘근은 새삼 소스라쳤다. 자랑할 얘기는 못 되지만 칠판을 등진 채 마주하는 얼굴들을 한 묶음으로 보려 한 지 오래였다. 그날이 그날인 판에 박힌 일상을 일순 숨은그림찾기로 만드는 주역은 꽃이나 나무로 족했다. 죽을힘을 다해 번쩍 피어나는 벚꽃, 과산화수소수로 초록을 빼내듯 노랗게 탈색되어가는 은행나무. 세상은 이런 것들 덕분에 어제와 무사히 구별되었다. 불필요한 긴장감을 불러일으키는 아이들 때문이 아니라.

여학생들은 좀 달랐다. 여학생들의 뒷모습에서는 딸애가 보였다. 책상머리 나무 액자 속 찡그린 미소의 주인공. 길러주는 자에게 허락하던 작은 기쁨들(산책도, 목욕도, 머리 땋기도 아빠의 몫이었다)을 하나둘 거둬들이고 냉정히 돌아서기 전의 딸애. 아내와의 매 순간이 드리우는 죄의식의 그림자를 마법처럼 걷어내주던 존재. 그 딸애가 여전한 아빠의 딸로 어디선가 자라고 있는 것만 같았다. 긴 머리채를 포니테일로 질끈 묶으며, 교복 치맛단을 살짝살짝 줄여 입으며. 곁에 남을 수 있었다면, 아니 한 번씩 만나주기라도 했다면 상상이 아닌 두 눈으로 지켜보았을 그 모습으로.

아홉 살 때였던가. 밤새 떨어진 은행잎으로 금빛이 된 길 위에서 찍은 사진이었다. 무슨 얘기 끝엔가 콧잔등으로 있는 주름, 없는 주름 다 잡는 와중에 보여준 웃음. 필시 당사자의 머릿속 사진첩에는 존재하지도 않을 한순간. 데면데면한 인생이 곽춘근에게 허락한 몇 안 되는 열매.

딸애의 브래지어라니, 딸애의 스타킹이라니. 차라리 은행나무를 안고서 춤췄다면 모를까.

어느새 곽춘근은 다섯 차례나 퇴짜를 맞은 로그인 창에 자판을 두드리고 있었다. 물음표를 찍듯 엔터 키를 누르자 학교 홈페이지가 거짓말처럼 속사정을 드러냈다. 얼떨떨한 눈길도 잠시, 마우스가 겨누고 있는 백색 화살표를 '대나무숲'으로 가져갔다.

4

평소와 다름없는 하루하루였다. 먼저 말을 걸어오는 법이 없는 동료들, 수업 내내 딴짓이거나 엎드려 있는 아이들. 우연히 마주친 상담 교사조차 부쩍 선선해졌다며 날씨를 화제로 삼은 의례적 인사가 다였다. 월요일 직원 조회를 끝낸 교감이 따로 부르기 전까지는.

"이게 다 무슨 일이랍니까."

교감은 인쇄물을 하나 내밀었다, 교육청 홈페이지에 올라온 글이라면서.

"저는 아닙니다."

곽춘근은 인쇄물에는 눈길도 주지 않았다.

"그러시겠죠. 우리가 곽 선생님 하루 이틀 봤습니까? 일생을 교육에 헌신하셨는데 얼마나 속상하시겠어요."

교감은 지나치다 싶게 깍듯하면서도 시선은 마주치지 않았다. 곧 목이 매달릴 사람을 앞두고 있는 것처럼. 아닌 게 아니라 곽춘근은 머리끝에서부터 무언가를 뒤집어쓴 듯했다. 사실이냐고 물어주면 싶다가도 한편으로는 올 나간 스타킹 같은 걸 그냥 지나치지 못한다는 수상쩍은 해명을 입에 올리지 않아도 돼 다행스러웠다.

"당분간 수업에 안 들어가셔도 돼요. 어차피 불편하실 테니."

똑바로 쳐다보는 눈길만 아니면 포상 휴가로 착각할 수도 있었다. 명패 너머에 앉은 사람들은 뭐가 달라도 달랐다. 곤란한 대목일수록 과녁을 정확히 응시했다. 말은 빙글빙글 돌려도,

나선을 그리며 날아오는 화살촉의 종착점이 어디인지 분명히 해줬다. 스타킹의 ㅅ 자도 꺼내지 않고서. 엉뚱하게도 고마운 마음이 들었지만 악수를 청하며 자리를 털고 일어날 만큼은 아니었다.

"언제까지요?"

윤 선생은 수업에 계속 들어갔던 것 같은데. 이번에야말로 '왜요?'라고 물었어야 했는데. 대신 튀어나온 얼빠진 소리가 영 못마땅한 곽춘근이었다.

"정년이 언제시더라?"

교감이 다시 눈을 내리깔며 혼잣말하듯 물었다.

5

스타킹에 갇힌 건 머리만이 아니었다. 교감의 허락 같은 지시대로 곽춘근은 교단에 오를 수 없었다. 온종일 교무실 책상 앞에 붙박여 있어도 말을 거는 사람 하나 없었다. 곽춘근 쪽으로는 고개조차 돌리지 않았다. 뒤로야 어떤 소설을 써대든 마지막 순간까지 "욕보시네요" 하고 위로의 말을 건네던 윤 선생 때와는 사뭇 달랐다. 윤 선생이 이사장의 먼 친척이라는 소문이 소문만은 아니라고 믿고 싶어질 정도였다. 급기야 혼자 지키는 교무실이 불공평한 형벌이 아닌 50분짜리 쉬는 시간으로 다가왔다.

진짜 형벌은 전혀 예상치 못한 방식으로 말을 걸어왔다. 분리수거장 앞이었다, 스타킹을 머리에 뒤집어쓴 남학생이 쓰레기통을 든 남학생 뒤에 붙어 아랫도리를 앞뒤로 흔드는 장면과 맞닥뜨린 것은. 담배를 꺼내려다 불에 덴 듯 놀라 못 본 척 돌아서려는데 곁에 있던 녀석들 중 하나가 먼저 알아보고 허둥지둥 자리를 떴다. 다른 애들도 앞서거니 뒤서거니 줄행랑쳤다. 쓰레기통을 든 애만 빼고. 달아나지 않아줘서 반가웠을까. 곽춘근은 한 걸음, 한 걸음 능욕의 현장으로 이끌리듯 다가가고 있었다.

"쌤, 진짜예요?"

성대의 미세한 진동까지 고스란히 전해오는 목소리. 작년에 담임을 맡았던 반에서 덩치가 가장 큰 아이였다. 당당한 체격에 어울리지 않는, 헬륨 가스라도 삼킨 듯한 목소리에 아이들은 웃음을 참지 못하곤 했다. 춘추복으로 바뀐 지가 언젠데 여태 하복 차림이었다. 어깻죽지까지 돌돌 말아 올린 소매도, 콧구멍을 찔러오는 땀내도, 어딘가 모자라 보이게 만드는 느슨한 입매도 여전했다.

수도 없이 대비해온 장면이었는데, 다 헛소리라고, 사실무근이라고 일축하면 그만이었는데, 곽춘근은 왠지 입이 떨어지지 않았다. 대신 파란 플라스틱 통을 낚아채 나란히 입 벌리고 있는 마대에 내용물을 나눠 담기 시작했다. 철 지난 교복 앞섶을 부풀렸다 꺼뜨리기를 반복하는 땀투성이 숨소리에 쫓기며. 먹다 만 빵이 든 봉지, 빨대가 꽂힌 우유 팩. 뭘 어디다 버려야 할지 머뭇거리다 매립용 쓰레기봉투에 송두리째 쏟아부었다. 어디선가 양파 썩는 냄새가 훅 끼쳐왔다. 욕지기가 치밀었다. 제화공의 존재는 어떻게 알았는지, 새로 주문한 구두를 아내가 일부러 찾아온 어느 저녁처럼.

"곽도연이라고?"

거실 한복판에 놓인 갈색 옥스퍼드화(곽도연, 구두 혀 뒷면에 수놓인 석 자를 발견한 건 아내가 떠난 뒤였다)를 물끄러미 바라보던 아내가 뇌까린 한마디. 더 사내다운 이름이었다면 덜 부끄러웠을까. 도연은 곽춘근이 농대에 입학하던 해 생일에 스스로에게 선물한 이름이었다.

"하나뿐인 자식 덕에 주말부부라는 걸 다 해보네요."

동료들이 지나가는 말로 물어올 때마다 곽춘근은 웃음기를 섞어 둘러대곤 했다. 명절에도 혼자라는 말은, 딸애 혼례까지는 서류상이나마 부부로 남기로 했다는 소리는, 그 딸애가 결혼은커녕 연애와도 담을 쌓은 눈치여서 웃어야 할지 울어야 할지 모르겠다는 얘기는 꺼낼 기회조차 없었다. '자식' 한마디만으로도 다 알겠다는 표정들이었기에.

그날 이후 곽춘근은 학교에 나갈 엄두가 나지 않았다. 왜 안 나오느냐고 묻는 전화는 없었다. 어차피 자리를 지키고 있어도 없는 존재나 마찬가지긴 했지만, 자리를 확인하며 버티는 가만한 시간으로도 영영 못 돌아가는 건 아닐까 두렵기도 했다.

바깥 걸음을 완전히 끊은 건 아니었다. 애매한 이름들을 품은 채 획획 밀려 올라가던 휴대폰 화면이 어느새 제자리 뛰기만 하거나, 한없이 캄캄해진 마음이 어느 인적 없는 저수지가에 구두를 나란히 벗어놓을라치면 운동화를 꿰어 신고 자전거길로 한 시간 남짓 떨어진 갈대숲에 갔다. 재두루미, 저어새, 개똥지빠귀, 가마우지, 말똥가리. 민물과 해수가 얼싸안듯 만나는 곳답게 1년 365일 새를 못 보는 날이 없었다. 그즈음은 도요새의 계절. 멀리 러시아에서 날아온 철새들이 더 머나먼 호주까지 날아갈 힘을 비축하느라 부리를 수면 밑으로 분주히 놀리고 있었다. 새 관찰은 혼자가 되고서부터 생긴 습관 중 하나였다.

곽춘근이 야릇한 해방감에 사로잡힌 건 새 떼가 일제히 중력을 박차는 장면 때문도, 별안간 날개를 접고 검은 한 줄이 되는 그림 때문도 아니었다. 그 모두의 끄트머리에 도돌이표처럼 남은 홀가분한 체념. 춤이라는 게 춤추고 있는 사람이 걸친 옷은 아니어서 나는 새의 날개에서 날갯짓을 떼어내기는 어렵지만, 곽춘근은 내보여야 할 진실이 도돌이표의 두 점처럼 똑똑히 느껴졌다. 진실을 건네고 자유를 얻으라는 본능의 속삭임. 떠오르기 위해서는 온몸을 허공으로 내던져야 한다는 고요한 가르침.

돌아가야 할 곳은 집도 학교도 아니었다.

6

곽춘근은 잠자리에서 벌떡 일어나 컴퓨터 앞으로 달려갔다. 진상조사위원회 출석이 몇 시간 뒤로 다가와 있었다.

"돌아가는 사정이 궁금하시거든 차라리 오늘의 운세나 보세요."

학생주임이 충고했지만 충동적인 로그인의 목적은 다른 데 있었다. 곽춘근은 제목만 일별하며 페이지를 넘겼다. '춘근이가 추근댔네' '왕재수 변태 틀딱' 스쳐가는 제목만으로도 돌아가는 사정을 모를 수 없었다. 조롱과 야유는 화면 너머로 사라져도 키보드 판관들의 낙인은 벌렁거리는 심장을 놔주지 않았다.

'제가 너무 예민충인가요?'

문제의 글이 나타나자 오히려 반가울 지경이었다. 곽춘근은 도움이라도 청하듯 자학적 의문문을 서둘러 클릭했다. '저만의 일이라고 생각했다면 솔직히 용기 내지 못했을 거예요.' 거의 외우다시피 보고 또 봐서, 화면이 바뀌기도 전에 이어질 활자들이 머릿속으로 주르르 펼쳐졌다. 뒤척이는 잠에 덧대어진 불길한 꿈처럼.

"주민증 좀 봅시다." 십수 년 전 돌아가신 아버지가 불쑥 손을 내밀었다. 희한한 꿈이었다. 주민등록증이 건너간 뒤로는 더 희한했다. "춘근아, 춘근아." 아버지가 애타게 소리쳤다. 눈앞에 있는 사람은 당신 아들이 아니라는 듯, 이름의 임자는 따로 있다는 듯. "저예요, 아버지. 춘근이 여기 있어요." 뜨거워진 베갯잇으로 서늘한 물기를 느끼며 소리치다 눈 뜬 곽춘근이었다.

'매점에서 나오는 길이었어요.' 사건의 첫머리는 글의 중간에서야 모습을 드러냈다. '뒤에서 양파 냄새가 훅 끼쳐오더니…… 벌레가, 한 마리 송충이가 꼼지락대는 것 같았어요. 그리고 변명하듯 중얼거리는 소리. 머리카락이 붙어 있네. 평소에도 눈빛이 께름칙하다 했더니……'

화면이 보호기 모드로 전환되도록 곽춘근은 모니터에서 눈을 떼지 못했다. 그날의 장면이 떠오르는 데는 첫 일독만으로도 충분했다. 언제부터였더라. 다른 사람의 삶을 연기하는 듯한 익숙한 낯섦이 편두통처럼 찾아오면 교정 한구석에 자신만의 화단을 일구는 곽춘근이었다.

지난여름이었으니 옥잠화를 돌보고 돌아선 길이었으리라. 순백의 꽃봉오리에 진딧물이 꼬여 녹말 푼 물(녹말이 마르면서 진딧물이 터져 나간다)을 분무해준 기억이 있다. 그리고 머리카락. 우중충한 동복이라면 몰라도 새하얀 하복에 길게 달라붙은 머리카락 한 올은 참을 수 없었다. 새까만 스타킹에 세로로 하얗게 나간 한 올을 견딜 수 없는 것처럼. 남학생이었다면 손대지 않았겠지. 아니, 손댈 수 없었다. 문제는 거기 있었다. 곽춘근이 일반적이지 않다는 점. 봉선화, 칸나, 해당화, 도라지, 분꽃, 채송화, 나팔꽃, 수련…… 여름을 백 가지 꽃으로 가득 채워도 곽춘근의 앞뜰에는 벌 한 마리 날아들지 못한다는 사실. 예민충? 네가 벌레면 나야말로 춘근이 아니라 충근이다, 하며 곽춘근은 침대 한복판 우묵한 흔적으로 다시 등을 뉘었다.

곽춘근이 심야 극장에 가망 없는 기대를 품게 된 건 런던 제화가 예고도 없이 문을 닫은 뒤부터였다. 서울하고도 종로에 있는, 아는 사람들은 다 안다는 그 극장. 불이 꺼진 뒤에야 은빛 어둠 속으로 스며들어가는 곽춘근의 안주머니에는 붉은 리본으로 묶인 씨앗 봉지가 준비되어 있었다. 봄이면 데이지, 아네모네, 아이리스. 가을에는 백일홍, 달리아, 베고니아. 겨울이면 수선화, 시클라멘, 포인세티아. 하지만 작은 마음을 전할 기회는 오지 않았다. 제화공을 닮은 사람조차 드물었다. 누구는 가마 자리에 비듬이 희끗희끗했고, 또 누구는 구두가 볼품없었다.

안주머니를 전전하다 어디론가 흩어져버린 씨앗들이 꽃피운 느지막한 복수일까. 얼토당토않아서 더 솔깃해지는 상념에 억울함이 얼마간 사그라드는가 싶더니 두려움만은 아닌 묘한 흥분이 곽춘근의 가슴 가득 밀려들었다.

7

"브래지어 끈을 만지셨습니까?"

형식적인 문답으로 신원 확인 절차를 밟은 뒤 곽춘근이 맞닥뜨린 첫번째 질문이었다. 교육청 위촉 인사 셋이 포함된, 남녀 성비까지 반반으로 균형을 맞춘 진상조사위원단과 과학실에서 마주한 자리. 장학사라던가. 거침없는 말투의 진원지는 정면에 앉은 중년 여성이었다.

"머리카락이 붙었기에 떼어줬을 뿐입니다."

"여학생 머리카락을 왜 떼어줍니까?"

"뭐든 흐트러진 걸 그냥 넘어가지 못해서요. 그건 제가……"

"신체 접촉은 인정하시는 거네요?"

젊은 남자가 곽춘근의 말을 자르며 물었다. 역시 외부 위원이었다.

"면접 본다 생각하세요. 몇 마디 묻는 말에 있는 대로 답하시면 될 거예요." 학생주임이 장담한 분위기와는 딴판, 곽춘근은 재판정에라도 불려 나온 기분이었다. 교직 경력 30여 년, 아니 60 평생이 저울에 올려진 것 같았다. 주의, 경고, 감봉, 정직, 해임, 파면. 붉은 바늘을 부채꼴로 감싼 눈금마다 죄의 무게에 값하는 징계가 기다리고 있었다. 하루아침에 직장을 잃을지도 몰랐다. 면접이라는 한가한 소리가 아주 빈말은 아닌 셈이었다.

곽춘근은 유리컵으로 손을 뻗었다. 각오가 되었다고 여겼는데 두어 마디만에 갈증이 엄습했다.

"곽춘근 선생님?"

유리컵을 내려놓고도 아무 말이 없자 채근하는 소리가 들려왔다.

곽춘근은 헛기침으로 목을 가다듬고서 말문을 열었다.

"창밖을 봐주시겠습니까?"

진상조사위원들은 뜨악해하는 빛을 감추지 않으며 하나둘 고개를 돌렸다.

"담장을 따라 교문까지 나무가 두 겹으로 줄줄이 서 있습니다. 무슨 나무로 보입니까?"

창밖은 내다볼 필요도 없었다. 반평생이, 교사로서 보낸 세월 전부가 공기처럼 녹아든 곳 아닌가. 수종은 말할 것도 없고 개체 수까지 손금 보듯 훤했다. 이 교실 내벽에 포름알데히드

냄새가 배어들기 전부터.

"은행나무 모르는 사람도 있나요?"

마지막 출근 때만 해도 초록 일색이었는데 어느새 노란기가 돌았다.

"은행잎에 송충이 보신 적 있습니까? 부틸산이라는 화학 성분 때문에 꼬일 수가 없어요. 원래부터 그렇게 생겨먹은 나무예요."

"설마 그 학생 얘기를 믿기 어렵다는 뜻인가요? 은행나무 밑에서 웬 송충이 타령이냐?"

젊은 남자가 비스듬한 미소를 지으며 물었다.

내부 위원들은 말을 아끼기로 작심한 것 같았다. 재단 이사는 자물쇠라도 채운 듯 팔짱을 풀지 않았고, 교무주임과 3학년 주임은 책상 위 서류에만 눈을 뒀다.

"브래지어 끈은 만지지 않았습니다. 저는 그럴 수 있는 사람이 아닙니다."

원래부터 그렇게 생겨먹었어요, 하고 곽춘근은 무언의 항변을 덧붙였다.

"그럴 수 있는 사람이 아니다. 흥미로운 대답이네요. 그럼, 스타킹은요? 올 나간 스타킹도 만질 수 없는 분인가요?"

곽춘근은 가슴이 두근거렸다. 이제 한 발만 내디디면 됐다. 허공으로 몸을 던지는 결정적 한 걸음. 심장박동이 더 빨라졌다. 둘 중 하나였다. 진실이거나 진실과 상관없는 무엇이거나. 맥박이 한 번 뛸 때마다 엎치락뒤치락했다. 내부 위원들조차 자신의 입만 주시하는 게 느껴졌다. 한쪽 벽에 비켜서 있는 인체 해부도 속 주인공까지도. 팔다리는 근육을, 몸통 부분은 장기를 보여주는 전신상. 심장은 왼쪽, 간은 오른쪽, 간 밑에 쓸개, 식도에서부터 줄줄이 이어진 내장 기관의 행렬은 생식기 바로 앞에서 끊겨 있었다. 곽춘근은 궁금했다, 거죽까지 발가벗겨진 저 적색 인간이 스트레이트인지 아닌지.

"그렇습니다. 허리가 끊어질 것 같아서 제 무릎도 잘 못 만집니다."

곽춘근은 두 손으로 책상을 짚으며 몸을 일으켰다. 사흘돌이로 침을 맞아왔다는, 읍내 한의원에서 떼 온 진료 확인서를 제출하기 위해서였다. 그것은 진실과 상관없는 무엇이었다.

8

좋은 소식도 있고 나쁜 소식도 있었다. 진상조사위원회가 보고서 채택을 미룬 게 전자라면, 조사 기간이 연장된 건 후자였다. 따져보니 결론이 안 나서 추가 조사가 필요해졌는데 그러다 보니 결론을 미룰 수밖에 없다는 얘기. 애당초 한 몸인 소식이었다. 앞면과 뒷면을 동시에 거느린 동전처럼.

"한숨 돌렸네요."

학생주임은 평소답지 않게 감정이 실린 목소리였다.

"분위기가 싸했거든요. 아니 땐 굴뚝에 연기 나겠느냐는 식으로. 윤 쌤한테도 결국 뒤통수 맞지 않았느냐며. 한솥밥 먹는 식구끼리 너무하다 싶더라고요. 저는 처음부터 그랬어요. 곽 쌤은 윤 쌤과 다르다. 떨어진 꽃잎조차 함부로 밟지 않는 분 아니냐. 보름 더 쑤신들 뭐가 나오겠어요? 나오려면 진즉에 불거졌겠지."

막상 전화를 끊은 뒤로도 귓전에서 떠나지 않는 말은 귓등으로 들었던 대목이었다.

"서울서 대학 다니는 둘째가 그러데요. 아빠도 고위험군이니 조심하라고. 식당이나 주유소 직원들한테 습관적으로 반말이라며. 고위험군이라니. 무슨 보균자도 아니고."

고위험군, 보균자.

"아들인가요?" 분만실에서 울음이 터져 나오기 무섭게 곽춘근은 간호사를 붙들고 물었다. "공주님이네요." 하마터면 곽춘근은 아이처럼 울 뻔했다. 아들이면 제2의 곽춘근이 될지도 모른다는 혼자만의 악몽을 품어온 탓이었다. 정기검진으로 주삿바늘 앞에서 주먹을 불끈 쥘 때마다 괜히 가슴이 콩닥거렸듯. 파란 정맥에서 솟는 붉은 피가, 한 움큼도 안 되는 신체의 일부가 인생 전체를 비정상으로 판정해버릴까 봐.

"그런데 왜 하필 곽 쌤이었을까요?"

학생주임은 납득하기 어렵다는 듯 중얼거렸지만 곽춘근은 이유를 모를 수 없을 것 같았다.

9

정점에 오른 가을이 하늘을 파랗게 밀어 올리고 있었다. 뿌리 지닌 만물은 열매를 맺느라 가지마다 불과 공기로 환했다. 아껴둔 구두를 꺼내 신고 마냥 걷고 싶어지는 날, 곽춘근은 어둑어둑한 과학실로 향해야 했다. 우황청심환은 먹지 않았다. 지난번과 달리 이상하게 마음이 차분했다. 어딘지는 몰라도 내릴 수밖에 없는 종착역을 앞둔 것처럼.

뜻밖의 얘기를 듣기 전까지만 해도 그랬다.

"수업 중에 '좆쟁이'라는 말을 하신 적 있나요?"

듣기에도 민망한 소리를 한 음절, 한 음절 또렷하게 발음한 장본인은 장학사라는 중년 여성이었다.

"수업 시간에 그런 말을 했다고요?"

듣도 보도 못한 쌍소리에 곽춘근은 헛웃음이 나오려 했다. 추가 조사의 결실이 저것인가? 다 끝난 줄 알았는데 다시 시작되는 느낌이었다.

"좆쟁이는 은행나무 밑으로 다니지 않는다. 기억 안 나세요?"

"난 또. 족쟁이에요, 족쟁이."

"족쟁이요?"

"구두 만드는 사람."

"은행나무 밑은 왜요?"

"은행 열매를 밟으면 고약한 냄새가 밑창에 밴다고. 그래서 가을 은행나무 근처에는 얼씬도 않는다고."

"족쟁이라. 흔치 않은 표현을 쓰셨네요."

젊은 남자 위원이 곽춘근을 뚫어져라 쳐다보며 말했다.

그것은 런던 제화 제화공이 들려준 얘기였다.

"제 발음에 문제가……"

젊은 남자의 도전적 시선 때문이었을까, 애써 덮어둔 어느 수업 장면이 떠올라 말꼬리를 흐리게 된 것은.

"스탑인데요, 스톱이 아니라……" 못 들은 척 지나쳐도 될 중얼거림이었지만 곽춘근은 굳이 농담으로 받아넘겼다. "종주국 발음이거든. 런던식이지." 피식대는 몇몇. 그렇게 일단락되나 싶었는데 옅은 웃음을 비집고 나온 우스꽝스러운 목소리. "런든." 녀석이었다. 헬륨 가스. 다른 과목은 어떤지 몰라도 진지한 표정으로 부지런히 받아 적을 뿐 입도 벙긋 않던(분위기를 해치지 않겠다는 기특한 계산이라고 곽춘근은 짐작했다) 아이였는데. 교실은 일순 웃음바다가 되고 말았다. "너희들이 가봤어? 런던에 가보기나 했냐고!" 런던은 단어도 뭣도 아닌데, 고유명사라 부르는 사람 마음인데 왜 끔찍하도록 어리석은 분노에 사로잡혔을까. 이치에 닿지도 않는 소리를 고래고래 내지르다 교실을 뛰쳐나가는 자신을 곽춘근은 시간을 되감아서라도 멈춰 세우고 싶었다.

"원래는 임업 선생님이셨다고요?"

"그게 왜요?"

"궁금해서요, 농대 나오신 분이 어쩌다 영어를 가르치게 되셨는지."

어쩌다 영어를 가르치게 되었느냐고? 처음으로 질문다운 질문을 받은 것 같았다. 꽁무니를 빼려 아무리 발버둥 쳐도 정면으로 부딪쳐 오고야 마는 인생의 질문.

곽춘근이 시간을 거슬러 다시 서야 할 교단은 따로 있었다.

10

민방위 훈련으로 정지해버린 런던 제화 창밖 풍경 속으로 은행잎이 흩날리고 있었다.

"헵탄산이라는 물질 때문이에요. 악취를 풍겨 열매를 지키는 거죠. 수그루면 괜찮아요. 열매가 없으니까. 요 앞처럼 뾰족하게 자라는 놈은 수그루, 건너편처럼 펑퍼짐하게 자라는 놈은 암그루라고 보면 돼요. 수그루는 꽃씨를 멀리 퍼뜨려야 하고, 암그루는 가급적 많이 받아야 하니까."

기록지에 맨발을 얹고 있던 곽춘근은 괜히 말이 많아졌다.

"길가에는 수그루만 심어야겠네요."

"수그루만요? 아!"

"뭐 하는 분이세요?"

제화공은 본이라도 뜨듯 곽춘근의 발을 꼼꼼히 어루만졌다. 두번째부터인가, 세번째부터인가, 곽춘근이 근처 목욕탕 먼저 들르게 된 것은.

"분필쟁이예요."

곽춘근은 제화공의 회오리 모양 가마 자리를 내려다보며 대꾸했다.

"선생님? 어쩐지……"

뒷말이 궁금했지만 제화공이 갑자기 올려다보는 바람에 곽춘근은 시선을 돌리고 말았다. 폴 모리아 악단의 「러브 이즈 블루」가 흐르는 가게 한쪽 벽으로 대못마다 켜켜이 꽂힌 초록 발바닥이 눈에 들어왔다.

"무슨 과목요?"

"잉글리시요."

저 발바닥 주인들에게도 직업을 물었을까, 두 손으로 마음속에 본을 떴을까, 생각하다 반사적으로 대꾸했다. 딸꾹질이나 재채기처럼. 무심결에 튀어나온 무해한 거짓말은 딸꾹질이나 재채기와 달리 때가 돼도 사라지지 않았다. 사라지기는커녕 껍질을 깨고 나온 씨앗처럼 곽춘근이라는 한 줌 흙으로 파고들었다. 그날 구두를 맞추고 집으로 돌아가는 곽춘근의 손에는 계획에 없던 물건이 들려 있었다. 『낭만주의 영시선』. 민방위 훈련에서 놓여나자마자 찾아간 읍내 서점에 원서라고는 그것뿐이었다. 자습 감독이라는 본분을 잊고 영시를 칠판에 적어 내려가기 며칠 전 일이다.

금빛과 은빛으로 짠
하늘의 천 내게 있다면
어둠과 빛과 어스름 수놓은
푸르고 희뿌한 검은 천 내게 있다면
그대 발밑에 깔아드릴 텐데
나 가난하여 가진 것 꿈뿐이라
그 꿈 발밑에 깔아드리리
사뿐히 밟으소서, 그대 밟는 것 내 꿈이기에

예이츠라는 생소한 이름의 뿌리. 그렇다면 꽃은 무엇이고 열매는 또 무엇이던가. 이 모두의 씨앗이 된 한마디 거짓말을 온전히 이해할 수 없듯 꽃도 열매도 곽춘근의 사전으로는 실체를 다 밝히기 어려웠다. 영어를 가르친다고 하지 않았다면, 무언가에 홀린 듯 책방을 뒤지는 일이 없었다면, 『낭만주의 영시선』 말고 다른 책이었다면, 칠판에 예이츠를 적어 내려가지 않았다면 이후의 삶은 달라졌을까. 용기 내어 가보지 못한 다른 길에도 끝은 있으리라는 확신만큼이나 분명한 하나는 애당초 씨앗이 뿌리를 내렸는지조차 미지수라는 점. 하늘의 입장에서 뿌리란 더 깊은 어둠을 향해 뻗어가는 또 다른 가지에 지나지 않으니.

11

어떤 냄새는 액자 속에 표백된 기억도 되살려낸다. 학교를 빠져나가는 곽춘근의 발밑으로 은행 열매가 밟혔다. 이름까지 새겨준 제화공(오늘 아침 신발장을 열어젖힌 곽춘근의 선택은 바로 그 구두였다)에겐 미안하게도 은행 열매는 유달리 고약한 냄새로 존재를 알려왔다.

"공룡 똥 냄새야."

아름드리 은행나무 밑에서 콧잔등을 잔뜩 찌푸린 채 브이 자를 그려 보이는 딸애에게 곽춘근이 말했다.

"공룡?"

"은행나무는 공룡 시대에도 있었어. 냄새가 너무 지독해서 코맹맹이 공룡만 열매를 먹고 씨를 퍼뜨렸지."

"에이."

"진짜야. 공룡은 화석뿐이라서 색깔이 어땠는지 알 길이 없지만 은행잎은 지금 우리가 보는 그대로였겠지. 살아 있는 화석이랄까.「티라노의 발톱」에도 나오는데 못 봤어?"

"사진이나 빨리 찍어, 아빠."

콧잔등을 찌푸릴수록 딸애는 더 활짝 웃는 것처럼 보였다. 그 엇박자의 표정은 이제 교무실 책상머리가 아닌 복사 용지 박스에 담겨 은행나무 밑을 지나고 있다. 곽춘근이 존재조차 까맣게 잊고 있던 잡동사니들과 함께. 곽춘근에게는 있어도 그만 없어도 그만이지만 새로 앉게 될 누군가에게는 역시 없는 쪽이 나은 것들이었다. 그 물건의 주인처럼. 징계위원회에는 출석하지 않을 작정이었다. 곽춘근은 사직서를 쓰고 나오는 길이었다. 일신상의 사유로 사직하고자 합니다. '일신상의 사유'가 무엇인지는 자세히 쓸 수 없었다. 행복의 이유는 간명하지만 불행의 이유는 그렇지 않으니까.

곽춘근은 휴대폰을 꺼내 딸애의 연락처를 화면에 띄웠다. 은행 냄새 때문일까. 해를 넘긴 마지막 통화가 엊그제처럼 느껴졌다. 언제 얼굴이나 보자고 해볼까? 들려줄 얘기가 있다고? 어디서부터 시작하는 게 좋을까? 한 번도 불리지 못한 채 구두 속에 봉인된 이름에서부터? 결코 물려받고 싶지 않았던 농부의 발에서부터? 어쩌면 공룡 시대까지 거슬러 올라가야 할지도 모른다. 일신상의 사유로 자취를 감춰야 했던 화석 속 존재들의 나날까지.

시작점이 어디든 예이츠의 시만큼 짧고 낭만적이지는 않을 것이다. 하지만 시작할 수만 있다면 멈추지는 못할 것이다. 칠판을 편지지 삼아 마지막 행까지 한달음에 써 내려간 그 순간처럼.

없던 용기를 끌어모아야 할 자리는 애당초 인체 해부도 옆이 아니었다. 처음부터 딸애 앞이어야 했다.

실은 아빠가. 너무 놀라진 마. 은행 냄새가 왜 고약한지 알아?

진실의 첫마디를 신중히 고르는 곽춘근의 귓전으로 은행잎 하나가 팔랑 스쳐갔다.

가브리엘의 속삭임

조하나

성경 학교의 마지막 밤은 언제나 특별하죠. 찜통더위 끝에 소낙비가 쏟아져서인지 남녀를 번갈아 앉힌 자리 배치 탓인지 누구 할 것 없이 달뜬 기색이었어요. 일부러 준비한 것처럼 성비마저 딱 맞아떨어지더라고요. 도우 오빠 말대로 한 이불 덮고 누운들 '가족'끼리 야릇한 감정이 생길 리 만무했지만.

네, 불을 끄자고 한 사람은 저예요. 다른 의도는 없었어요. 극적 효과를 좀 내볼까 해서. 비밀스러운 게임의 분위기를 고조시키는 데 촛불만 한 게 없죠. 바질 향이 나던 소이 캔들. 손수 만들었다며 미리가 꺼내놓더군요. 기도나 묵상할 때 켜두면 천사의 날개 품에 폭 감싸이는 느낌이 든다고.

막상 게임이 진행되니 괜한 짓을 했나 싶었어요.「코헬렛서」

11장 4절이 귓속말로 전해지고 전해져 세속의 언어로 바뀌었을 때, 그러니까 '바람만 살피는 자, 씨 뿌리지 못하고'라는 원문이 '바람만 피우는 자, 씨불이지 못하고'로 둔갑했을 때 다시 불을 켰어야 했어요. 키득거리는 어둠 속 웃음소리에서 묘한 기대감이 느껴진 순간. 성경 구절을 재미있게 외워보자는 본연의 취지는 뒷전, 예기치 않은 무언가가 일어나기만 고대하는 듯하던 바로 그 순간.

다섯번째 판이던가 여섯번째 판이던가, 네 명의 귀를 거친 문장이 마지막 주자인 미리의 입을 통해 나오기 무섭게 상대팀에서 박장대소가 터져 나온 것은.

"살아 있는 개보다 죽은 사자가 낫다."

처음에는 어안이 벙벙하다 나중에는 피실피실 헛웃음이 나오더라고요. 말이란 게 이토록 변화무쌍할 수 있구나, 신기하기도 하고. 장인의 숨이 전해지는 순간순간 대롱 끝에서 모양을 바꾸는 유리물처럼. 벌어진 입을 다물지 못하던 애들도 결국 웃음바다에 합류하지 않고는 못 배겼어요. 심지어 웃음의 진원지인 미리까지. 네 편 내 편 없이 그저 한바탕 웃고 말 일이었죠.

"네가 첫번째였지?"

몇 주 뒤 미리가 불쑥 물어왔을 때도 게임 얘기일 줄은 짐작도 못 했어요.

"뭐가?"

"제대로 본 거지?"

"뭘?"

미리는 잠시 사이를 두고 나서도 좀 어둡지 않았느냐, 포스트잇이 코딱지만 했는데, 여전히 변죽 울리는 소리만 늘어놓더라고요. 하지만 무슨 말인지 알아차리기에는 모자람이 없었죠. 노란 포스트잇에 적힌 글자들이 흔들리는 촛불처럼 눈앞에 어른거렸어요. 이쪽을 애먹이려는 의도였는지, 평소 글씨체가 그 모양이었는지, 상대 팀이 휘갈긴 문장을 속으로 읽어내느라 미간이 절로 찌푸려지던 기억과 함께.

"「시편」이었나?"

"맞아. 39장 6절."

"내 혀로 죄짓지 않도록 내 입에 재갈을 물리리라, 아냐?"

"사람은 한낱 입김으로 서 있을 뿐."

그럴 줄 알았다는 듯 미리가 원래 구절을 또박또박 일러주더군요.

"그런데?"

재차 반문하지 않을 수 없었죠. 뜬금없는 질문의 속내를 궁금해하며.

한번은 10년 전 일을 난데없이 끄집어낸 적도 있어요. 초등학교 5학년 땐가 6학년 땐가 제가 반 애들한테 따돌림당하는 걸 막지 못해 미안하다는 거예요. 따돌림이라니. 황당했죠. 한 반이었다는 사실조차 까맣게 잊고 있었는데. 무슨 소린지 모르겠다는 반응에도 미리는 물러서지 않았어요. 기억에 없다며 부정할수록 오히려 낮은 자세로 용서를 구해왔죠. 은밀하게 벌어진 일이라 눈치채기 어려웠을 거라며, 그래서 더 죄스러운 심정이라고. 중대한 잘못을 바로잡기 위해 시간을 거슬러 온 사람처럼 간곡히.

"옆 사람한테 그대로 전한 것 맞지?"

마침내 타임머신의 목적지가 나타났어요.

"아마도."

저도 모르게 방어적인 목소리가 되고 말았어요.

전화기 너머에서 무언가가 한 계단 내려앉는 기척이 느껴졌어요. 길게 내쉬는 숨인지, 한숨인지 모를 소리와 함께.

"왜?"

"그냥 갑자기 그 구절이 생각나서. 참, 서울에서 왔다는 강사는 잘 가르쳐?"

미리는 별일 아니라는 듯 말머리를 슬쩍 돌렸어요. 입이 근질거릴 만한 이야깃감이라 자연스레 화제가 바뀌었죠. 새로 등록한 임용 고시 학원 품평으로 한참을 떠들었어요. 전공은 다르지만 미리도 교단에 서는 게 목표거든요.

머릿속 포스트잇에 음각된 글자들이 하얗게 되살아난 건 전화를 끊고서였어요.

사람은 한낮 입김으로 서 있을 뿐.

'한낮 입김'이라는 표현이 인상적이었죠. 제가 국문과여서인지 소리 없는 아우성 같은 형용모순이 연상됐거든요. 얼마간 시적으로 다가왔달까요.

전문이 궁금해져 성경을 펼쳐 봤어요. "보소서, 당신께서는 제가 살날을 몇 뼘 길이로 정하시어 제 수명, 당신 앞에서는 없는 것과 같습니다. 사람은 모두 한낱 입김으로 서 있을 뿐." '한낮'이 아닌 '한낱'이더라고요. 제가 잘못 본 걸까요. 아마 상대편에서 처음부터 틀리게 적었을 거예요.

다인이가 게임 도중 미리의 귀를 핥았다는 황당한 얘기를 들은 건 열흘쯤 뒤였어요.

다인이가 정말? 미리는 왜 이제 와서?

혹시 「백 투 더 퓨처」라는 영화 아세요? 무언가를 바로잡으러 오는 존재도, 바로잡아야 할 잘못을 정하는 쪽도 다른 시간대에서 날아온 사람이에요. 치명적인 잘못을 무의식적으로 저지르고 있는 자신에게 시간 여행의 시곗바늘을 맞추는 바로 그 사람.

이상한 일도 다 있죠. 불미스러운 소식을 접하고 나니 막아주지 못해 미안하다던 따돌림, 피해 당사자 머릿속 어느 구석에도 남아 있지 않은 무서운 일이 실제로 벌어진 것만 같더라고요. 아니, 여전히 진행형인 듯했어요. 바로잡으러 돌아가는 게 불가능한 동시간대의 어느 과거 속에서. 현재의 제가 할 수 있는 일은 원망하는 것뿐이었어요. 10년 넘게 씌워놓은 망각의 장막을 제멋대로 걷어내버린 미리를. 천사의 날개처럼 빛나던 밤의 기억을 한 달이나 지나서 사탄의 흑암으로 덮어버린 미리를.

임도우

다인이가 그런 짓을 저질렀다는 얘기를 전해 들은 순간 맨 먼저 떠오른 건 헤드폰이었어요. 네이버 지도에도 표시되지 않는 횟집을 찾아 헤매던 열대의 밤, 미리의 귀를 푹 덮고 있던 검정 헤드폰. 에어컨 실외기들이 일제히 뿜어대는 후텁지근한 열기로 땀이 비 오듯 흘러내리는 와중에도 미리는 귀마개만 한 헤드폰을 벗지 않았어요. 네온 간판의 홍수 속에서 허우적거리다 문득 돌아보면 반걸음 뒤미처 걸어오고 있었죠. 꿈결에 발을 들인 미로라도 걷는 사람의 얼굴로.

성경 학교 끝난 지 며칠 뒤였고 우연한 동행이었어요. 두 집 가장이 동석한 술자리였으니 백 퍼센트 우연이랄 수는 없겠네요. 미리 아빠와 저희 아빠는 조선소 입사 동기로 지난 달 명예퇴직도 한날한시에 같이한 사이. 미리네랑은 찬장에 있는 소주 잔 개수까지 알고 지내왔죠. 둘 다 대리 기사로 호출받은 길이었어요.

미리는 실내등도 밝히지 않은 버스 맨 뒷자리에 오도카니 앉아 있었죠. 헤드폰을 쓰고 시선은 창밖으로 향한 채. 옆에 털썩 앉는 것으로도 모자라 눈앞에 손을 흔들어 보이고서야 저의 출현을 알릴 수 있었어요.

"오빠도?"

우리는 단박에 서로의 처지를 이해할 수 있었어요. 아빠들 술자리로 불려 가는 게 처음이 아니었거든요. 명예퇴직 신청서를 제출한 그날도 막차에 함께 몸을 실어야 했죠.

"술을 마시려거든 동네에서 마실 일이지. 똥개 훈련시키는 것도 아니고."

제가 투덜거렸어요.

"작년에 명퇴한 분이 개업한 횟집이래."

미리가 덤덤하게 대꾸했어요.

미리는 바꿀 수 없는 것을 평온하게 받아들이는 용기를 지닌 아이예요. 심각한 얘기조차 미리 입에서 나오면 아무렇지 않게 들렸죠. 그래서일까. 다 지나간 성경 학교 얘기를 새삼 꺼냈을 때도 딱히 이상한 느낌은 없었어요. 앞사람에게서 전해 들은 문장이 무엇이었느냐는 질문. 어쩌면 다음 사람에게 들려준 구절이 무엇이었느냐고 물었는지도 모르겠네요. 그 소리가 그 소리지만.

"'사람은 한낱 입김으로 서 있을 뿐'이었던가?"

"진짜 그렇게 전했다고?"

미리가 곧바로 되묻더군요.

"잘 생각해봐. 착각일 수 있으니까. 오빠는 맥주 한 잔으로도 얼굴이 벌게지잖아."

곤두선 목소리, 캐묻는 어투. 낯선 모습에 좀 당황스러웠어요.

"글쎄……"

솔직히 자신은 없었어요. 밀려드는 졸음으로 눈이 반쯤 감긴 상태였거든요. 벌주로 마신 포도주에 혼곤해지기도 했고. 마지막 밤만 아니었다면 체머리까지 흔들어가며 자리를 지키지는 않았을 거예요.

실은 고백할 죄가 있습니다. 이제야 밝히는 걸 용서해주세요. 샴푸였는지, 향수였는지, 보디로션이었는지, 아님 그 모두가 뒤섞인 체취였는지 코끝으로 은은하게 풍겨오던 달콤한 냄새에 그만 머릿속이 아득해지고 말았어요. 아시잖아요. 막냇동생같이 귀여워했을 뿐, 이성으로는 한 번도 생각해본 적 없는 보라였는데. 다인이처럼 저도 마귀의 꾐에 넘어갈 뻔했어요. 귓바퀴의 솜털이 한 올 한 올 심장을 간질이듯, 입술이 닿을 듯 말 듯 가까워지는 순간 스르르 눈이 감기지 뭐예요. 악마의 손등에 입 맞추려 무릎 꿇는 바리새인처럼. 현실에서는 얼뜬 목소리로 문제의 전언을 속닥이는 데 그쳤지만.

사랑이 어쩌고저쩌고.

아무튼 낯간지러운 소리였어요. 저도 모르게 입에서 새어 나온 말은.

성추행 소식을 듣는 순간 무언가에 홀린 듯했던 장면이 반사적으로 되살아났어요. 다인이에게는 미안한 얘기지만 가슴을 쓸어내리지 않을 수 없었어요. 마귀의 꾐에서 아슬아슬하게 벗어난 원동력이야 당연히 믿음이죠. 치명적인 유혹의 순간에는 세상에서 가장 커다란 귀마개로, 죽음의 골짜기에서는 세상에서 가장 기다란 생명의 지팡이로 함께하실 거라는 주님에 대한 믿음. 다인이의 성경은 언제나 새것처럼 깨끗하잖아요. 주님은 육신에 져서 육신대로 사는 자들을 기뻐하지 않으신다는 구절에 밑줄이 그어져 있었으면 좋았을 텐데.

아무튼 미리는 그날 좀 달랐어요. 몇 번이고 중요한 무언가를 말하려다 멈추는 기색이었어요. 진로 얘기를 나누다가도 문득 먼 과거로 돌아가기도 했죠.

"첫 진수식 기억나?"

"첫 진수식?"

"한복 차림의 금발 아줌마가 돼지머리에 절을 올렸잖아."

제 기억에는 없는 얘기였어요. 돼지머리도, 한복 차림의 금발 아줌마도. 대신 금빛 도끼가 밧줄을 끊자마자 오색 색종이가 휘날리면서 모습을 드러낸 거대한 선체가 떠올랐어요. 베일을 벗은 영문 이름만으로 산만 한 쇳덩이가 살아 숨 쉬는 생명체로 다가오던 느낌과 함께. 무슨 건담이나 에반게리온처럼.

"무서웠어."

"뭐가?"

"지폐로 주둥이가 틀어 막힌 채 웃고 있는 돼지머리가."

"어렸잖아. 초등학교 입학 전이었던가?"

"내내 우는데도 왜 우느냐고 아무도 묻지 않았어. 오빠만 빼고. 엄마는 뚝 그치라고만 하고 아빠는 빵빠레를 손에 쥐여줬지."

"내가?"

미리는 물끄러미 저를 바라보았어요. 이번에도 뭔가를 물어봐주었으면 하는 얼굴로.

"다 온 것 같은데."

저는 시선을 창 너머로 돌리며 중얼거렸고, 미리는 힘없이 몸을 일으켰어요. 여전히 헤드폰을 쓴 채로. 음악은 안 듣고 있었다는 데 다음 학기 등록금을 걸 수도 있어요. 속삭이듯 주고받은 대화 내내 한 번도 헤드폰을 벗지 않았으니까.

미리의 뒷모습이 지금도 눈에 밟혀요. 한 발짝 한 발짝 비틀

거리며 출입문으로 향하던 뒷모습이. 그때 물어줬다면 상황이 달라졌을까요? 음악도 없이 헤드폰을 쓰고 있는 이유를 물어 줬다면 '왜 한 달이나 지나서?'라는 수군거림은 없었을까요?

끝내 입이 떨어지지 않은 이유가 아리송해요. 얼결에 넘겨받은 빼빼로가 이미 다 녹은 채여서 처치 곤란했던 기억이 뒤늦게 떠오른 탓인가. 그날 이후 미리를 슬금슬금 피한 걸 보면 막연한 두려움 때문인지도 모르겠어요.

네, 그랬어요. 멀찍이서 익숙한 모습이 나타나면 황급히 몸을 숨기기도 했죠. 말만 섞어도 옮을 수 있는 무시무시한 무언가로부터 달아나듯.

강보라

예고도 없이 편의점 출입문을 밀고 들어오는 미리 모습에 직감했어요. 그 얘기가 사실이구나. 다인이에게 귀를 깨물렸다는 추잡한 소문이. 불안한 눈빛, 두리번거리는 시선, 허옇게 뜬 화장 아래 파리한 안색이 사흘은 못 잔 얼굴이었어요. 둥글둥글한 성격에 비해 감정을 숨기는 데 서툰 아이예요. 9번처럼 보이는 4번. 자기를 내세우지 않아 '평화주의자'로 오인하기 쉽지만 실상은 '개인주의자'죠. 에니어그램 4번 유형은 간유리 같아요.

겉으로 드러내지 않으려 애쓸수록 굴절된 그림자가 더 크게 어른거리는.

한번은 어느 교우님 입관 예배를 드리다 중간에 뛰쳐나간 적도 있어요. 요양원 방문 봉사 때보다 더 살아 있는 사람 같아 견딜 수 없었다나요. 병상에서는 산송장으로 방치돼 있다가 나들이 나갈 얼굴로 꽃단장이라니. 남겨진 사람들 죄책감 덜어보자는 짓 아니냐고. 오버 하는 감이 없지 않았지만 아주 틀린 말도 아니었죠.

임용 고사를 서울에서 치겠다는 뜻을 내비쳤을 때도 미리답다고 생각했어요. 평범함을 거부하지만 현실에 발을 딛고 있지 않아 주저앉기 십상인 4번. 태오는 극구 반대라더군요. “아버지 주유소를 이삿짐 트럭에 실을 수는 없잖아.” 김칫국부터 마셔도 유분수지. 사귄 지 얼마나 됐다고.

아, 저만 아는 얘긴데. 교회 사람들한테는 비밀에 부치자고 했대요, 태오가. 복에 겨운 소리죠. 사람이 별로라는 뜻은 아니에요. 착하고 성실한 데다 책임감까지. 친구로서는 나쁘지 않죠. 미리한테는 6번 ‘충실한 사람’보다는 같은 4번이나 이웃한 5번 ‘탐구자’가 더 어울려요. 태오는 뭐랄까, 상상력이 부족하거든요.

저희 엄마가 늘 하시는 말씀이 있어요. “반대 타입을 만나야 상호 보완이 된다는 얘기는 말짱 헛소리다. 허구한 날 부대끼다 보면 관에 들어가기 전에는 판박이처럼 닮게 마련이야. 한평생 여기저기 손보는 수고를 왜 한다니? 관 속에 누워서 '여보, 당신은 맞춰 입은 옷처럼 똑 떨어지는 배필이었어' 하고 공치사한들 뭐 하니? 아름다운 시절은 가위질이며 바느질로 누더기가 돼버렸는데. 처음부터 맞춤옷을 걸쳤어야지."

근처 카페로 자리를 옮겨 듣게 된 얘기는 의외였어요. 옆 사람 귀로 어떤 말을 전했느냐고 묻더라고요. 웬 뚱딴지냐는 소리가 목까지 차올랐지만 입 밖에 내진 못했어요. 물에 빠진 얼굴을 하고 건져주길 바라는 표정으로 쳐다보는 사람에게 할 소리는 아니었죠. 에스프레소 끼얹은 아이스크림이 다 녹도록 기억을 톺아볼 수밖에.

웃음소리부터 떠올랐어요. 꺽꺽 숨이 넘어가는 듯한 발작적 웃음. 이어서 기억의 앞줄로 불려 나온 웃음의 진원지. 미리한테서 나온 마지막 문장이 생뚱맞긴 했죠. 제 다음다음, 그러니까 겨우 한 사람 거쳐 그렇게 바뀌리라곤…… 살아 있는 자를 죽은 자 가운데서 찾느냐? 옆자리에 있던 다인이에게 전한 말은 대충 그랬어요.

"정말?"

미리가 잔뜩 흐려진 얼굴로 물었어요.

"그거 물으러 온 거야? 다른 뭔가 있는 거지? 그렇지?"

미리는 커피 잔만 두 손으로 감싼 채 빙글빙글 돌렸어요. 혀

끝에 맴도는 말을 뱉을지 말지 망설이는 것처럼.

예감이 틀리지 않았음이 밝혀지는 데는 휴대폰을 들었다 놓기를 반복한 반나절이면 충분했어요. 이튿날 새벽 두어 번 울리고 끊긴 전화. 궁금증 반 걱정 반으로 뒤척이다 잠든 탓인지 휴대폰을 집어 들기도 전에 발신자의 이름 두 글자가 머릿속으로 떠올랐죠. 아니나 다를까 미리였어요. 곧바로 전화를 걸었죠.

"자는데 깨운 거 아냐?"

역시나 물기 어린 목소리였어요.

"괜찮아, 얘기해도 돼."

"온몸이 마비되는 기분이었어…… 한 자도 놓치지 않으려고 온 신경을 쏟고 있는데……"

미리가 악몽을 되뇌는 사람처럼 웅얼거렸어요.

"차근차근 얘기해봐."

저는 휴대폰을 고쳐 쥐며 말했어요.

"혀. 축축하고 미끄덩거리는 혀. 뱀 대가리 같은 혀가…… 뇌의 주름 골까지 핥으려는 것처럼……"

미리의 목소리가 점점 움츠러들었어요. 지나간 일이 아닌 지금 당하고 있는 일처럼. 토막 난 말들이었지만 죄악과 타락의 비늘로 뒤덮인 짐승이 스멀스멀 기어오르는 느낌을 전하기엔 충분했죠.

"그럴 줄 알았어."

길게 늘어뜨린 머리보다 포니테일이 더 섹시하다고 지껄이며 지어 보이던 다인이의 유들유들한 눈웃음이 떠올랐어요. 7번 쾌락주의자. 감당하기 힘든 고통으로부터 도피하기 위해 자잘한 자극을 끝없이 쫓아다니는.

그때였죠, 미리를 웃음거리로 만든 문장이 뇌리를 때린 것은.

'살아 있는 개보다 죽은 사자가 낫다.'

개니 사자니 하는 단어가 난데없이 등장한 곡절이 그제야 드러났어요. 비상벨은 진즉 울렸지만. 미리는 봉변당한 자리에서 그 개 같은 행동을 실시간으로 고발한 거예요. 죄송해요. 제 일처럼 몸이 떨려왔거든요. 배꼽까지 쥐어가며 웃던 사람들의 모습에 더더욱. 저도 예외는 아니었어요. 미안하고 부끄러웠죠. 본의 아니게, 쓰러진 사자의 등에 꽂힌 칼을 비튼 꼴이 되고 말았으니. 비열한 개처럼. 죽어가는 사자를 숨이 넘어가도록 비웃는 개처럼. 오직 한 사람, 태오만 빼고.

틀림없어요. 웃음이 온 방으로 번져가는 와중에도 태오 혼자 굳은 표정이었죠. 당사자도 따라 웃는 마당에 남자친구가 죽을상이라니. 누가 6번 아니랄까 봐. 바보야, 웃어! 자연스럽게 웃어 보이라고! 당시에는 혀를 찼지만.

제가 잘못 짚었어요. 태오는 목격자였던 거예요. 그런데 그동안 대체 뭐 하고 있었을까요? 여자친구가 아무것도 모르는 사람에게 SOS를 보내오도록. 제 입장에서는 다인이보다 태오가 더 의아했어요. 한편으로는 원망스럽기도 했고요. 임자가 따로 있는 짐을 떠안은 기분이었으니까.

제 마음의 들보는 왜 이토록 허약할까요? 부디 저를 위해 기도해주세요. 낯선 자의 고통에도 발 벗고 나서는 의로운 영혼이 되도록 기도해주세요.

윤태오

"미리, 그 일 말이야……"

보라 입에서 남몰래 사귀던 여자친구 이름이 튀어나온 순간 당황스럽지 않았다면 거짓말이겠죠. 은근한 목소리, 공모의 뉘앙스. 미리와의 비밀스러운 관계를 모르고는 나오기 힘든 태도였거든요.

어떻게? 어디까지? 별안간 머릿속이 분주해졌어요.

"그 일?"

"몰랐어?"

보라의 눈이 커졌어요.

"어쩐다. 나는 아는 줄 알고……"

말은 그렇게 했지만 낭패의 빛은 찾아볼 수 없었어요. 오히려 의자를 바짝 당겨 앉는가 싶더니 준비한 것처럼 '그 일'의 세부를 늘어놓기 시작하더라고요.

성경 학교, 게임, 귓속말, 개와 사자, 그리고 미리의 자그마한 귀를 삼킬 듯 핥아대는 뱀의 혀.

"어떻게 해야 할까?"

이야기 끝에 보라가 눈을 똑바로 맞추며 물어왔지만 선뜻 입이 떨어지지 않았어요. 사실 어느 순간부터 보라의 말이 하나도 귀에 들어오지 않았어요. 뒤통수를 맞은 느낌이었으니까요.

다른 사람도 아닌 다인이가. 미리와의 관계를 유일하게 털어놓은 절친이.

"목사님은 아셔야겠지?"

"장본인은 뭐래?"

보라의 목소리가 다시 들려왔을 때 저도 모르게 튀어나온 한마디.

"가해자?"

"어."

일말의 머뭇거림도 없는 반응 때문이었을까. '가해자'라는 정확한 단어 탓이었을까. 제 질문은 정반대의 뜻이었지만 다른 말을 할 수 없었어요.

"미리한테 얘기 듣자마자 달려온 거야. 너라면 당연히 가해자를 만나봤을 거라는 생각으로."

"만나볼게, 내가."

"괜찮겠어? 둘이 친하잖아."

얄궂은 내 처지를 동정하는 듯한 표정과는 달리 홀가분해하는 목소리였어요.

뜨거운 무언가가 치밀어 오르더군요. 서양 귀족들이 결투를 신청하던 심정을 알 것 같았어요. 칼을 쥐고 뛰쳐나가지 않기 위해 애먼 각 얼음만 와작와작 씹어야 했죠. 달궈진 머리꼭지가 싸늘한 자괴감으로 얼얼해지도록. 명색이 남자친구인데 이런 얘기를 제3자에게 전해 들어야 하나. 씻기 힘든 모욕을 당하고 있는 기분이었어요. 그 자리에는 1초도 더 앉아 있고 싶지 않더라고요.

불을 품은 얼음처럼 차가운 연기를 내뿜으며 저는 학교 도서관으로 향했어요.

"그 말을 믿어?"

다인이가 너무 단호하게 부인하니 멈칫하지 않을 수 없었어요.

"너라면 누구 말을 믿겠냐?"

저도 물러서지 않았어요.

"너도 그 자리에 있었잖아."

다인이가 눈을 가늘게 뜨며 말했어요.

맞아요. 두 사람 바로 맞은편이 제 자리였죠. 성경 학교가 아닌 한 시절의 마지막 밤인 것처럼 정체 모를 열기로 후끈한 통나무 방 어느 구석 자리. 게임 얘기가 나오기 무섭게 미리의 곁을 꿰차고 앉던 다인이를 두 눈으로 똑똑히 봤어요. 성경 학교 내내 먹잇감을 노리듯 미리 주위만 맴돌던 모습도.

"손으로 가리고 귓속말하는 거 봤거든."

"환장하겠네."

"솔직히 얘기해봐, 유다인. 남자 대 남자로."

"미쳤냐? 너랑 사귀는 거 뻔히 알면서? 아무리 전 여친이라 해도."

"전 여친?"

단말마의 비명처럼 터져 나온 한마디.

다인이는 다 죽어가는 사냥감을 확인 사살하듯 바지 뒷주머니에서 휴대폰을 꺼냈어요.

"이런 것까지 보여줄 생각은 없었는데……"

몇 번의 연이은 터치 끝에 다인이가 휴대폰 화면을 면전에 들이댔어요. 꼬리에 꼬리를 무는 흰 말풍선과 노란 말풍선. 카톡 대화창이더라고요. 흰 말풍선마다 익숙한 이름이 고딕체로 얹혀 있었어요. 미리.

어느새 저는 휴대폰을 낚아챈 채였어요.

말풍선이 하나둘 눈에 들어올수록 이를 앙다문 턱에 점점 힘이 들어갔어요.

속은 괜춘? 아직도 골
뱅이 모드 @@

와인 두 잔에
골뱅이라니ㅉㅉ

석 잔ㅋ

꿀물 들이켜고
정신 챙긔 ㅋ

흔한 꿀도 없는 거지 소굴ㅠ
가나안으로 가야 할 판ㅋㅋ

개불쌍 ㅋ

아무리 눈에 쌍심지를 켜고 봐도 성추행 사건 바로 다음 날 가해자와 피해자 사이에 오간 문자로는 보이지 않았어요. 살갑기 그지없는 한마디, 한마디라니. 'ㅋ'이 무려 다섯 개. 말문이 막히고 말았죠. 경쟁적으로 울어대던 매미들조차 잠잠해진 것 같았어요.

"왜 말 안 했어? 우리 사귄다는 얘기를 듣고도 왜 가만히 있었던 거야?"

결투의 승자가 도서관으로 성큼성큼 돌아가는 모습을 넋 놓고 바라보다 발작적으로 소리쳤어요.

다인이가 걸음을 멈추고 돌아서더니 딱하다는 표정을 지어 보이더군요.

"너한테도 그랬다며. 교회 사람들은 모르면 좋겠다고."

더 이상 손쓸 수 없는 최후의 일격이었어요. 처음으로 포개진 두 손이 제자리로 돌아가기 무섭게 미리 입에서 경고문처럼 튀어나온 말. "교회 사람들한테는 당분간 비밀."

연애가 죄악인가요? "너의 허무한 모든 날에, 하나님께서 베푸신 네 허무한 인생의 모든 날에 사랑하는 여인과 더불어 인생을 즐겨라. 이것이 네 인생과 태양 아래에서 애쓰는 너의 노고에 대한 몫이다." 성경 말씀까지 동원해가며 변호해야 될 일은 아니죠. 지금도 눈 감으면 말풍선이 어른거려요. 배신의 언어와 기만의 이모티콘으로 가득 찬 흰 말풍선. 그 일이라면 입에 담기도 싫어질 만큼.

성경 학교 내내 필요 이상으로 냉랭하게 대할 때 알아봤어야 했어요. 다른 남자애들한테는 입안의 혀처럼 굴면서. 그 게임에서도 그랬죠. 다인이가 몸을 기울이기 무섭게 몸을 배배 꼬더라고요. 애정 고백이라도 받는 사람처럼.

그랬던 애가 이제 와서 왜?

모르겠어요. 제 갈비뼈가 무슨 생각을 하는지 전들 어떻게 알겠어요.

내려다보는 듯하던 다인이 눈빛이 뇌리에서 떠나지 않아요. 이내 심장을 꿰뚫던 비참함도. 미리랑 사귄다는 말에 속으로 얼마나 비웃었을까. 값싼 분노에 눈이 멀어 쫓아가지 말았어야 했어요. 복수는 오로지 주님의 일인 것을.

김찬도

미리를 따로 부른 건 수요 예배가 끝나고서였습니다. 스리랑카 단기 선교 때 빗속에서도 묵묵히 주님의 말씀을 벽화로 옮기던 미리가 아니었습니다. 설교 내내 시선이 마주쳐도 피하는 기척이 없더군요. 어둑어둑한 눈빛으로 이쪽을 쏘아보았지요. 추문의 또 다른 당사자가 평소에 그래왔듯.

"너희 원수를 사랑하며 너희를 박해하는 자들을 위해 기도하라. 다른 이의 허물을 용서하면 하늘에 계신 아버지께서도 여러분을 용서하실 겁니다. 그분께서 완전하신 것처럼 여러분도 완전한 인간이 되어야 합니다."

용서와 화해의 길로 향하는 등대 같은 가르침 속에서도 여전히 캄캄한 눈빛이었습니다. 믿음의 석판이어야 할 눈동자에는 의심의 그림자마저 어른거렸습니다.

성경 말씀대로 눈은 몸의 등불인데 그 안의 빛이 어둠이라면 그 어둠은 얼마나 짙겠습니까? 은쟁반처럼 환한 이목구비였기에 새까만 눈동자가 틀어막고 있을 어둠의 깊이가 가늠되지 않았습니다. 어떤 지옥이 도사리고 있기에 이다지도 어두운 게냐? 어떤 악이 있어 지상의 성전 담벼락에 버젓이 똬리를 튼단 말이냐? 손가락질하는 자 손가락질당하고 담벼락을 허무는 자 뱀과 맞닥뜨린다 하셨지만 쭈뼛대는 발소리가 멎고 노크의 기척이 들려오도록 마음속으로 손가락질과 담벼락 때리기를 멈출 수 없었습니다.

스스로를 향한 손가락질이요, 제 손이 쌓았는지도 모를 담벼락이었습니다. 등잔 밑의 어둠이라고 등잔에게 아무런 책임이 없겠습니까. 분별없는 양들을 제멋대로 풀어놓는 게 아니었습니다. 등잔 밑 어둠이야말로 등잔의 책임, 등잔마저 가르는 빛의 채찍이 되지 못한 자신을 탓할 수밖에요. 하지만 엎질러진 어둠은 엎질러진 어둠. 눈앞에 자리 잡은 담벼락의 돌부터 하나하나 들춰 봐야 했습니다. 한 방울의 어둠이라도 교회 담장 너머로 새 나가는 일만큼은 막아야 했습니다.

"'가브리엘의 속삭임'을 하던 중이었는데……"

"가브리엘의 속삭임?"

"게임요."

"아, 그 게임."

미리는 알을 품는 새처럼 조심스러웠습니다. 그날, 개, 그것,

거기, 그 일. 에두르는 단어들에서 주저의 껍질을 제하고 남은 벌거벗은 진실 한 줄은 '귓속으로 들어온 혀'였습니다. 청년부의 다른 애들한테 들은 내용과는 좀 달랐지만 역정이 나기는 매한가지였습니다. 빛과 같은 가르침을 어둠 속에서 재미 삼아 속닥거리다니. 사내애의 입술이 계집애의 귓불에 맞닿도록 가까이 앉은 채로. 등불은 켜서 숨겨두거나 함지 속에 놓지 않는다 하였습니다. 등경 위에 두어 만인이 보도록 하기는커녕 어찌 축축하고 컴컴한 귓구멍 속에 가둔답니까. 성경을 찢어 뒤를 닦는 짓이 아니고 무엇입니까. 더구나 불경한 짓거리에 아버지의 신성한 말씀을 전하는 천사 중의 천사의 이름을 들먹이다니. 용서하십시오. 저들은 저희가 무슨 짓을 저지르는지도 몰랐을 것입니다.

"정말 혀가 맞니? 입술이 아니고?"

언짢은 기색을 애써 감추며 물었습니다.

"거짓으로 증언하지 말라 하셨지요."

도전적인 눈빛이 돌연 되살아나더군요. 「시편」 39장 6절을 「코헬렛서」 9장 4절로 뒤바꾼 주제에 십계명이라니. 제 귓불이 다 뜨거워졌습니다.

실은 「코헬렛서」 9장도 뭣도 아니었습니다.

"처음에는 말이 어떤 식으로 옮겨졌는지 묻고 다녔다던데…… '살아 있는 개보다 죽은 사자가 낫다'고 했다지? 정확히는 '살아 있는 개가 죽은 사자보다 낫다'지만."

"모두 같은 운명이다. 의인도 악인도, 깨끗한 이도 더러운 이도, 제물 바치는 이도 바치지 않는 이도. 모두 같은 운명이라는 것, 이것이 태양 아래 벌어지는 모든 일의 악. 인간의 아들들 마음속은 악으로 가득하고 살아 있는 동안 우둔함이 자리한다. 이윽고 죽은 이들에게 간다. 그렇다. 산 사람들에 속한 이에게는 희망이 있으니 살아 있는 개가 죽은 사자보다 낫다."

미리가 저를 똑바로 쳐다보며 문제의 구절을 한달음에 읊었습니다. 그런 날벼락 직후라면 손안의 물과 불인들 분간할 수 있었겠느냐고 항변하듯. 의인도 악인도 같은 운명이라는 사실을 받아들일 수 없다는 눈빛으로. 살아 있는 개보다 죽은 사자가 낫다는 문장이 결코 실수는 아니었다는 표정으로. 그러니까 죽은 사자의 얼굴, 살아 있는 개를 건너다보는 죽은 사자의 얼굴로.

내심 불쾌했지만 인내심을 갖고 대화를 이어갔습니다. 정작 답을 들어야 할 물음들이 남아 있었으니까요.

"그런데 왜 이제 와서……"

캐묻는 인상을 주지 않기 위해 일부러 말꼬리를 흐렸습니다.

"웃음소리가 귓전에 맴돌아 잠을 잘 수 없었어요…… 어쩌다 그런 문장이 튀어나왔나 더듬어 올라가다 보면 괜찮아질 줄 알았는데…… 멎지 않았어요…… 그건 제 자신을 비웃는 소리였어요…… 그런 일을 당하고도 똑바로 말하지 못하는."

태초의 숲처럼 빽빽한 고요를 흩뜨리며 혼돈의 언어들이 울려 퍼졌습니다.

"그랬구나."

저는 혼잣말처럼 중얼거렸습니다. '한 달 뒤에야 문을 두드리는 수치심이라' 속으로 갸웃거리며.

"그럼 카톡 얘기로 넘어가볼까?"

문틈으로 아이의 얼굴이 보이자마자 입가에 맴돌던 의문의 핵심은 이것이었습니다.

종달새처럼 명랑한 문자는 대체 뭐니? 더럽혀진 귀는 잠시 떼어놓은 채였니?

구구절절 물을 필요는 없었습니다. 파르르 떨리는 눈꺼풀만으로 충분히 느낄 수 있었습니다. 어떤 질문이 뒤따를지 안다는 걸. 눈을 내리까는가 싶더니 고개마저 떨구더군요. 사자의 당당함은 온데간데없고 상처 입은 작은 짐승만 남아 있었습니다. 귀와 혀를 입에 올리는 순간에도 눈길을 회피하지 않았는데 '카톡' 한마디에.

힘들면 말 안 해도 돼,라는 말을 건네려던 찰나였습니다.

"잘 모르겠어요. 그냥 씹으면 어색해져버릴까 봐……"

미리가 천천히 고개를 들더니 울상이 된 얼굴에 입꼬리만 부자연스레 끌어 올리며 말했습니다.

우는 듯 웃는 얼굴, 웃는 듯 우는 얼굴. 그 밤 제 품 안의 그녀도 같은 얼굴로 같은 말을 했었지요. 가브리엘 대천사가 저의 가장 깊고 거친 숨결 속으로 임하신 밤. 가지 끝으로 개화開花의 성령을 밀어 올린 폭발하는 구근의 밤. 공교롭게 그날도 성경 학교 마지막 여름밤이었네요. 다윗과 한 몸이 되어버리던 순간의 밧세바가 그랬을까. 거역할 수 없는 부정함으로 빛나던 그녀가 웅얼거렸어요.

"이래도 되는 건지 모르겠어요, 목사님. 잘 모르겠어요."

언제부턴가 주일마다 환청처럼 귓가에 웅웅거리던 말. 어미를 쏙 빼닮은 다인이가 눈에 들어올 때마다 악착같이 되살아나던 표정. 맨손으로 지어 올린 성전 빼고는 다 내어주고서라도 지우려 발버둥 친 바로 그 기억이 피와 살을 입고 눈앞에 살아 돌아온 것입니다. 잘 모르겠다고. 어찌해야 할지 모르겠다고. 무엇이 어떻게 잘못됐는지 알 길이 없지만 어떻게든 바로잡아 달라고. 애착과 증오, 호소와 경멸, 상반되는 감정이 물과 기름처럼 서로를 밀어내면서 끌어당기는 혼란스러운 얼굴로. 아비가 흘린 씨앗의 열매를 거두러 온 두 얼굴의 탕아처럼. 악을 떠나 의를 행하는 죄인인 듯, 의를 떠나 악을 행하는 의인인 듯.

일순 온몸의 기력이 썰물처럼 빠져나가는 듯했습니다. 구약 속 늙은이가 되어버린 기분이었달까요. 저는 뼛속까지 스며드는 피로감에 무너져 내리기 일보 직전이었습니다.

"휴지 좀……"

들릴 듯 말 듯 흐느끼는 목소리였습니다. 지푸라기라도 잡듯 허둥지둥 손을 뻗었지만 손끝에 닿는 것은 텅 빈 바닥뿐이었습니다. 저는 쓸모를 다한 종이 상자만 의미 없이 만지작거렸습니다. 새 술은 새 부대에 담아야 한다는 만고불변의 진리를 새삼 곱씹으며. 양치기 자리를 너무 오래 지키고 있었다고, 온두라스에서 사역 중인 큰아들에게 물려줄 때가 되었다고 뼈저리게 느끼면서.

윗집 남자

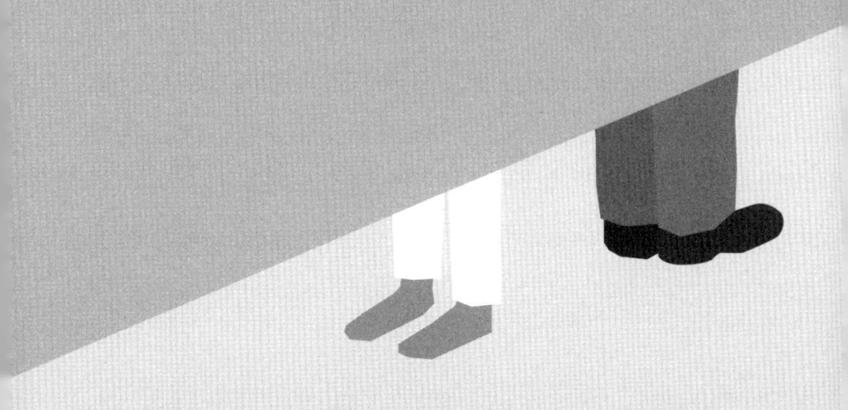

아이의 낮잠은 매번 노인의 죽음처럼 찾아왔다.

포옥 안겨 버둥대던 팔다리가 한순간 축 늘어졌다. 무언가가 빠져나간 묵직한 가벼움. 아니, 토닥이던 손길이 절로 멎는 가벼운 묵직함. 수영은 아이의 숨소리에 귀 기울이며 시간을 확인했다. 주먹밥을 억지로라도 마저 먹였어야 했나. 뽀로로 포크를 내려놓기 무섭게 어깨동무를 해오던 낮잠 요정이 오늘은 좀 늦었다.

괜스레 마음이 분주해진 수영은 아이를 조심조심 침대에 뉘었다. 아이는 고치라도 짓듯 비트적대더니 모로 자세를 잡고 새근거렸다. 엄지는 기어이 입속에 넣은 채. 아빠 품에서 잠들며 생긴 버릇이었다. 공갈 젖꼭지를 꺼내 올까 하다 수영은 이내 생각을 접었다. 눈을 비벼대며 엄마만 찾는 아이를 꿈나라로 돌려보내자면 이불 동굴에서 『괴물들이 사는 나라』를 구연

하는 의식을 몇 번이고 되풀이해야 하리라.

몸통만 남아 굴러다니는 동물 모양 비스킷, 사방팔방 흩뿌려진 레고 조각들, 몇 젓가락 못 뜨고 불어터진 컵라면…… 지나간 한나절의 잔해를 치울 새도 없이 수영은 외출 준비를 서둘렀다. 아내는 식곤증과 싸우며 오후 고객들에게 대출 조건을 설명하고 있을 시간이지만 수영의 본격적인 일과는 그제야 시작이었다. 블레이저 대신 후드 집업, 가죽 로퍼 대신 나이키 러닝화였지만.

발에 러닝화를 꿰는 찰나 삐, 하는 경고음이 수영의 귀를 때렸다.

—수도권 전역 미세먼지 경보. 옥외 활동을 삼가시기 바랍니다.

긴급재난문자였다. 휴대폰 착신 알림을 진동으로 바꾸고 수영은 마스크를 챙겼다. 사상 최악의 미세먼지라 해도 하루 중 유일한 숨구멍을 틀어막을 수는 없었다.

수영은 73일째 육아휴직 중이었다.

처음부터 아이만 남겨두고 산책을 다니지는 않았다. 수영에게 숨 돌릴 여유는 베란다에서 피우는 한 개비 담배로 충분했다. 창밖으로 연기를 내뿜다 아이의 잠든 모습을 돌아보노라면 모르고 지내던 감정들이 폐부 가득 차올랐다. 피와 살을 물려

받은 분신이 일깨우는 생명의 경이. 그 신비로운 조화 속 주인공이 된 느낌이랄까. 살을 에는 눈보라에도 묵묵히 새끼를 품고 선 수컷 황제펭귄처럼.

그렇게 거대한 자연의 일부가 되었다는 경외감도 연전에 돌아가신 아버지로 생각이 미치면 공경심을 뺀 두려움만 남곤 했다. 내 저맘때 아버지는 아직 이십대였구나. 탯줄을 달고서부터 어엿한 가장이었을 것 같은 인생엔 아예 존재하지 않았을 법한 시절. 그보다 열 살도 더 먹은 나이지만 수영은 아무 준비 없이 출발선으로, 아니 반환점까지 떠밀린 기분이었다. 떠난 적도 없이 어느새 돌아가는 느낌. 이제 겨우 뿌렸을 뿐인데, 무엇 하나 거두지 못했는데 영원히 거둬들여질 일만 남은 것 같은 삶.

수영이 담뱃갑을 주머니에 넣고 현관을 나서게 된 건 경비실에서 연락을 받고부터였다.

"담배 냄새 때문에 베란다 문을 못 연답니다."

한 개비, 두 개비, 세 개비. 페이스북 게시물에 '좋아요'를 누르고 다니느라 휴대폰이 뜨거워지도록, 단지를 빙 두른 편백나무 길을 다 돌도록 아이는 곤히 잠들어 있었다. 수영은 혼자만의 반경을 조금씩 넓혀나갔다. 더는 안 되겠다 싶어지는 지점에서 저만치 바라보이는 곳을 새 목표로 삼는 식으로. 미지의 세계 깊숙이 한계선을 한 뼘 한 뼘 밀어붙이는 마음으로. 단지

초입의 편의점까지, 상가 너머 주유소까지.

이제 수영은 단지 밖으로 나가 주유소를 한달음에 지나친 다음 6차선 도로마저 가로질러 '철거' 두 글자가 쌍심지를 켜고 있는 골목으로 접어들었다. 최종 목적지는 그 구불구불한 지름길 끝에서 시작되는 숲, 그리고 숲으로 둘러싸인 아담한 공원이었다. 환상의 숲. 외관에 어울리지 않는 거창한 이름은 오래전 같은 자리에 있었다던 놀이공원 '판타지아'에서 따왔다고 했다.

숲 사이사이로 통하는 아홉 개의 출입로는 거미줄처럼 서로 얽혀 있었다. 수영이 선호하는 시작점은 5번 출입구였다. 떡갈나무 군락을 지그재그로 오르는 오솔길. 유아차에 돗자리에 간식거리까지 바리바리 챙겨 든 가족 나들이 때는 그림의 떡이던 루트. 숲이 품은 공원까지 한 바퀴 걷고 돌아가 땀을 씻어낸 뒤 들여다보면 아이는 반짝 눈을 떴다. 매그놀리아 향 보디클렌저와 뜨끈한 물줄기 세례에도 지워지지 않는 바깥 냄새를 감지하는 것처럼.

첫걸음 때만 해도 만추의 여운으로 울긋불긋하던 나무들은 이제 완전히 헐벗은 상태였다. 숨겨줄 잎사귀 한 장 없는데도 새들은 여전히 모습을 감춘 채 울어댔다. 멧새, 꾀꼬리, 직박구리, 개똥지빠귀…… 머릿속에 아는 새 이름이 바닥날 즈음이면 야외 체력 단련장이 나왔다. 좌식 사이클부터 스카이워커까지,

구색만큼은 여느 피트니스 센터 못지않았다. 벤치프레스도 있었다. 아이가 눈만 마주치면 안아달라는 통에 해 질 녘이면 허리가 뻐근해지는 수영이었다. 다른 건 몰라도 역기만큼은 필수 코스였다. 그곳에 오늘은 누군가 있었다. 검정 양복 차림에 줄무늬 넥타이까지 단정히 맨 사내. 신문지로 얼굴을 덮은 채 역기 아래 드러누운 모습이 단두대에 목이라도 맡긴 사람 같았다.

한참을 지켜봐도 사내는 미동조차 없었다. 신문지를 걷어내면 핏기 없는 창백한 얼굴이 나타날 것만 같았다. 빈 소주병 곁에 얌전히 놓인 서류 가방에는 유서가 들어 있을지도 모른다. 수영은 마른침을 삼켰다. 마음은 그냥 지나가라고 속삭였지만 몸은 자꾸만 사내 쪽으로 이끌렸다.

'부동산 빙하기, 시장은 동사 직전.' 악다구니 같은 헤드라인이 또렷해지는 순간, 가만히 들썩이는 신문지 아래로 코 고는 소리가 희미하게 들려왔다. 며칠 전 현관문에 붙어 있던 포스트잇을 떠올리며 수영은 한 발짝 물러섰다.

'컥컥거리며 코 고는 소리가 심상치 않은데 이비인후과라도 가보시죠.'

역시나 볼펜으로 눌러쓴 동글동글한 필체.

'아이가 육상에 재능이 있나 보네요.' '어떠하면 세탁기에서 천둥 치는 소리가 날까요?'에 이은 세번째 포스트잇이었다. 정중한 척 비아냥대는 말본새에 속이 뒤집혔던가. 마음을 다한 두 번의 응대는 본심이 아니었을까. 포스트잇을 떼어내자마자 놀이 매트를 주문하고, 차디찬 타일 바닥에 볼을 댄 채 세탁기 수평을 맞췄지만, 이번만큼은 불쑥 분노가 치밀었다.

"혹시, 나 코 골아?"

그날 밤 수영은 아내의 캐시미어 코트에 탈취제를 뿌리며 넌지시 물었다.

"몰랐어?"

아내는 뜻밖이라는 투였다.

"심해?"

"가끔."

무던한 태도와 달리 아내는 베개를 옆구리에 끼고 거실로 나가는 수영을 말리지 않았다. 코골이 다음은 또 뭘까? 놀이 매트 위로 이불을 던지듯 내려놓으면서도 수영은 네번째 포스트잇에 대한 불안을 떨칠 수 없었다. 별나게 예민한 사람들이 소리소문 없이 아랫집으로 이사 온 걸까? 아님, 어둡던 귀가 갑자기 밝아지기라도 했나? 확실한 한 가지는 이 모두가 수영이 출근하지 않고부터 벌어진 일이라는 것이다.

수영은 땅바닥에 뒹구는 신문지로 사내의 상반신을 덮었다. 괜찮다고, 다 괜찮다고 적은 포스트잇이라도 붙이는 심정으로. 그러고는 조용히 물러나 두 팔을 올렸다 내렸다 하며 산책을 이어갔다.

바사삭. 숲의 적막을 깨는 소리에 수영은 걸음을 멈췄다. 떡갈나무 낙엽 더미 사이로 새하얀 덩어리가 다가오고 있었다. 토끼였다. 이 산에 토끼도 있었나 싶었지만 야생의 기미는 찾아보기 어려웠다. 야생은커녕 토실토실 살이 오른 데다 귀 안쪽과 눈 주위만 일부러 칠한 듯 까만 게 대형 마트 펫 코너에서도 눈길을 끌 만한 녀석이었다. 그러고 보니 아이가 사달라고 졸랐던 토끼와 비슷했다.

어느새 토끼는 발치까지 와 있었다. 귀를 쫑긋 세우고 앙증맞게 갈라진 입을 오물거리며 수영을 빤히 올려다보았다. "아빠, 저 안경 토끼!" 하며 아이가 지어 보이던 표정으로.

주머니라는 주머니는 모조리 뒤졌지만 손에 잡히는 건 담배와 라이터, 그리고 휴대폰뿐이었다. 점심때 뽀로로 식판에 고스란히 남은 당근이며 브로콜리가 눈에 밟혔다. 거실 바닥에 굴러다니던 비스킷 조각도. 대신 수영은 토끼를 휴대폰 사진에 담았다. 아이를 위해서였지만 보여준다고 장담할 수는 없었다. 아내가 알면 하루하루의 소소한 기쁨이 위태로워질지도 모른다. 일부러 감추려던 건 아니다. 처음에는 잠깐인데, 하는 마음이었고 아파트 단지를 벗어나면서부터는 선뜻 입이 떨어지지 않았다. 그러다 어느 순간 말 못 할 일이 되어 있었다.

찰칵. 카메라 효과음에 토끼는 눈도 깜짝하지 않았다. 역시 집토끼 맞았다. 대체 누가 버렸을까? 뜯어 먹을 풀 한 포기 없는 이런 계절에. 사위를 둘러보았지만 머리털 검은 짐승은 그림자도 비치지 않았다.

시야에 사람이 포착된 건 그 자리를 떠나 비탈로 접어든 지 한참 뒤였다. 한 발 한 발 힘겹게 걸음을 떼던 수영은 누군가 흠칫 돌아보는 기척에 고개를 들었다. 어느 출입구로 들어왔을까? 젊은 여자였다. 여자는 또 다른 사람의 존재를 확인하자마자 화들짝 고개를 돌렸다. 그 서슬에 수영도 덩달아 멈칫하지 않을 수 없었다. 인상착의도 채 눈에 담기지 않는 찰나였지만 눈빛에 어린 경계심이 전해지기에는 충분했다.

한낮이지만 인적 하나 없는 산속이니 그럴 수도 있었다. 수영 자신도 전혀 놀라지 않았다고 할 수는 없었으니까. 동행도 반려견도 없이 혼자인 젊은 여자는 처음이었다. 그럼에도 관자놀이를 긋고 지나가는 불쾌감은 어쩌지 못했다.

옷차림도 묘했다. 짧은 밍크 재킷에 허벅지가 꼭 끼는 흰색 팬츠. 게다가 빨간 베레모라니. 종잡을 수 없는 조합도 조합이지만 산행과는 영 거리가 먼 행색이 아닌가. 혹시 토끼 주인? 불쑥 떠오른 생각에 수영은 눈이 가늘어졌다. 토끼를 안고 있는 그림이 왠지 자연스럽게 그려지는 뒷모습이랄까.

순간 이마가 선득했다. 빗방울이었다. 고개를 들어 올려다

보니 잔뜩 주저앉은 하늘이 어둑어둑했다. 수영은 휴대폰을 꺼냈다. 날씨 앱 속 하늘은 희붐한 정도. 현재 시각 강수 확률도 20퍼센트. 우산 그림은 어느 시간대에도 등장하지 않았지만 예보를 비웃듯 빗방울이 다시 떨어졌다. 수영은 후드를 뒤집어썼다. 여자는 그새 산봉우리에 올라서는 참이었다. 반대쪽 산등성이에는 전망대도 있고 떡볶이나 우동 같은 분식을 파는 스낵바도 있었다. 지나가는 비라면 잠깐 처마를 빌리면 그만이었다.

전망대라는 선택지가 애당초 불가능했음이 밝혀지는 데는 그리 오래 걸리지 않았다. '월요일 정기 휴무'라는 안내문이 출입구에 붙어 있었다. 스낵바도 마찬가지였다.

더 컴컴해진 하늘이 심상치 않았다. 걸음을 재촉하고 얼마 안 있어 앞서가던 여자가 흘끗 곁눈질해왔다. 두려워하면서도 탐색의 끈을 놓지 않는 일별. 서로의 존재를 처음 알아챘을 때보다 예닐곱 걸음 더 뒤처졌지만 급히 커브를 그리는 구간이어서 직선거리는 오히려 가까웠다. 본의 아니게 좁혀진 간격이 수영은 못내 불편했다. 무심코 들어온 여자의 엉덩이 라인에 놀라 모자로 시선을 가져갈 만큼. 자세히 보니 베레모가 아니었다. 앞으로 갈수록 납작해지고 짧은 챙까지 달린 모양이 확실히 헌팅캡이었다. 생뚱맞기로는 거기서 거기였지만.

여자도 걸음이 빨라졌다. 내리막이 끝나가고 공원이 발아래 펼쳐지도록 다른 행인이라곤 눈에 띄지 않았다. 간유리로 얼비치듯 희끄무레한 공원은 어디까지가 숲이고 어디부터가 길인지 분간조차 힘들었다. 공원을 독차지했다며 쾌재를 부르기엔 무리인 날씨였다.

평지로 내려서자마자 여자는 또다시 흘끗 돌아보았다. 눈길을 똑바로 맞받으며 어깨를 으쓱해 보이고 싶었건만 수영은 반사적으로 시선을 떨굴 뿐이었다. 여자는 남쪽으로 길을 잡았다. 탁 트인 잔디밭을 펀자 모양으로 감싼 조깅 트랙에 올라선 채였다. 수영은 보란 듯 반대 방향을 택했다. 돌아보면 돌로 변할 것처럼 앞만 보고 걸었다. 하지만 걷고 또 걸어도, 아니 걸으면 걸을수록 다리를 재게 놀리던 여자의 뒷모습이 뇌리를 떠나지 않았다. 머리 꼭대기에 똬리를 틀고 있던 헌팅캡도. 그 위로 겹쳐지는, 먹이를 달라는 듯 자신을 빤히 올려다보던 토끼의 빨간 눈도.

수영은 더 참지 못하고 뒤돌아보고야 말았다. 희뿌연 시계 속에는 숲과 공원을 경계 지으며 줄줄이 선 왕벚나무뿐. 여자는 온데간데없었다.

수영은 갑자기 요의를 느꼈다.

'동절기 출입 엄금.' 경고 팻말이 걸린 밧줄을 훌쩍 넘어 수영은 잔디밭으로 성큼 발을 들였다. 가슴 밑바닥에서부터 야릇한 해방감이 일었다. 아버지도 그랬을까? 정신이 온전치 못한 와중에도 이런 감정으로 몸을 떨었을까?

"남우세스러워 얼굴을 들고 다닐 수 없다. 버스를 기다리다 태연히 바지 지퍼를 내리지 뭐냐. 망측한 꼬락서니를 어떻게든 가려야겠다는 생각뿐이었다. 내 치마 앞섶이 축축해지든 말든 네 아버지는 큰일이라도 해낸 사람처럼 의기양양한 얼굴이더구나."

밤새 국민 체조 반주를 틀어놔 한숨도 못 잤다는 어머니의 하소연에 아직은, 하며 아랫입술만 깨물던 수영도 더는 결심을 미룰 수 없었다.

길바닥에 침도 뱉지 않던 사람에게 무슨 일이 생긴 걸까. 한여름에도 러닝셔츠 바람으로는 집 밖에 못 나가게 하던 사람. 너무 반듯해 숨이 막히던 그때 그 시절의 아버지가 차라리 그리울 지경이었다.

공원의 하나뿐인 화장실은 매점에 딸려 있었다. 정문 근처, 그러니까 현 위치에서 가장 먼 곳까지 가야 한다는 얘기였다.

수영이 아름드리 왕벚나무 앞에서 담배를 입에 물고 바지춤을 내리는데 휴대폰이 진저리 쳤다. 패딩 조끼 주머니 속 진동은 왕벚나무 둥치에 번들거리는 얼룩이 생기도록 멎지 않았다.

아내였다.

"왜?"

"빛나는?"

아내의 첫마디라면 듣지 않아도 녹음기였다. 나지막한 목소리 톤마저 어김없었다.

"낮잠 시간이잖아. 무슨 일인데?"

"부동산에 집 좀 알아봐야겠어. 같은 단지로."

"또 집주인이 들어오겠대?"

바로 전에 살던 집도 두 해 만에 살림을 빼야 했다.

"월세로 바꾼다네."

"전세도 꽤 올랐을 텐데. 꼭 이 동네여야 돼?"

"1년 넘게 기다린 어린이집이잖아. 이미 끝낸 얘기 아냐?"

"그럼 그냥 월세로 살까? 또 옮기기 귀찮은데."

"당신 월급이 내 어깨만큼만 돼도……"

"이마는 된다."

"또 회식이래."

"어."

'월요일부터?'라는 푸념 대신 나오는 건 애매한 외마디뿐이었다. 감쪽같이 사라졌던 여자가, 다시는 볼 일이 없을 줄 알았던 여자가 눈앞에 나타난 것이다. 수영은 노상 방뇨의 흔적에서 펄쩍 물러섰다. 여자는 여자대로 소스라치는 빛을 감추지 못했다. 커다래진 눈동자는 헤드라이트 불빛에 얼어붙은 노루 같았다.

겁에 질린 기색이 무언가를 건드렸을까. 둥. 수영은 가슴 안쪽이 팽팽하게 잡아당겨지는 느낌이었다. 이번엔 여자의 시선을 피하지 않았다. 아니, 피할 수 없었다. 한번 당겨진 화살이 시위가 끊어지도록 과녁을 포기하지 못하듯 눈길이 자꾸만 여자에게 쏠렸다. 화장이 허옇게 뜬 얼굴은 짐작보다 나이 들어 보였다.

"승진이고 뭐고 다 포기해버릴까 봐."

휴대폰 저편에서 아내의 한숨 소리가 들려왔다.

"다 잡은 고긴데…… 여긴 걱정 말고 분위기나 잘 맞춰."

여자가 180도 몸을 돌리더니 오던 길을 되짚어갔다. 이내 보행로를 버리고 허둥지둥 잔디밭으로 뛰어들었다. 정문까지 내려가지 않고 숲으로 난 샛길로 향하려는 걸까? 공교롭게도 집으로 돌아가는 수영의 발자국이 반복적으로 새겨진 길이었다.

"뭐라고? 감이 멀어."

아내가 목소리를 높였다.

"애 깨겠다."

"저녁에 목욕시키는 거 잊지 마. 머리는 완전히 말려주고. 다리엔 로션 듬뿍……"

"알아. 그만 끊어."

수영은 휴대폰을 주머니에 집어넣고 턱까지 내린 마스크를 다시 끌어 올렸다.

다행인지 불행인지 여자는 예상대로 움직였다. 해를 끼칠 인물이 아님을 증명하자면 정문을 통해 큰길로 나가기만 해도, 여자의 뒷모습에 정확히 겨눠진 몸을 살짝 틀기만 해도 될 일이었다. 하지만 수영은 그럴 수 없었다. 둥둥둥 심장으로 박차를 가해오는 북소리 때문에. 북소리가 지피는 알 수 없는 열기 때문에. 달아나는 여자의 뒷모습을 눈과 발로 쫓도록 부추기는 정체 모를 비릿한 열기 때문에.

굵어진 빗방울도 열기를 누그러뜨리지 못했다. 누그러뜨리기는커녕 고스란히 심장을 두드려댔다. 깜빡이도 없이 추월해가는 차량을 노려보고 있을 때처럼. '아이가 타고 있어요.' 뒷유리에 붙인 스티커를 떼어 운전대 코앞에 붙여둬야 하는 게 아닐까, 스스로가 무서워지던 폭주 직전처럼.

수영은 걸음을 늦출 수 없었다. 다리가 뇌의 통제에서 벗어나 멋대로 움직이는 것 같았다. 심장이라는 내연기관의 흥분이 발끝까지 곧장 전해졌다. 몸뚱이의 주인은 타오르는 심장에 기름을 끼얹는 빗방울이었다.

여자도 두 손 놓고 있지는 않았다. 두 발은 말할 것도 없었다. 간격이 쉽사리 좁혀지지 않았다. 그래도 따라가는 쪽이 일방적으로 유리한 경주였다. 고집스레 앞만 바라보는 여자에겐 사이드미러가 없었다. 있다고 한들 고개 돌릴 배짱이 없는 이상 무용지물. 추격을 몇 보 허용했는지 짐작도 못 할 터였다.

날씨마저 여자의 편은 아니었다. 젖은 낙엽이 위험한 건 미끄러워서라기보다 발소리를 삼켜버려서다. 뒤꿈치까지 따라붙는 발소리. 상상 속 두려움의 실체를, 두려움의 물리적 위치를 알아채는 건 오로지 뒷덜미를 낚아채이는 순간뿐. 반면 수영은 표적의 동태를 십자 선에 묶어둘 수 있었다. 이어질 진로까지 훤히 내다보였다. 사실 내다보고 말고 할 것도 없었다. 떡갈나무들 사이로 난 젖은 낙엽 길 끝에는 5번 출입로, 재차 산봉우리를 넘어 공원으로 돌아갈 요량이 아니라면 인적 끊긴 폐골목은 외길 수순이었다. 여자는 정문을 나가 큰길로 접어들었어야 했다. 어디로 튈지 예측할 수 없는 퇴로를 택했어야 했다. 당황한 나머지 시야가 좁아지고 판단력이 흐려지지 않고서야. 자꾸만 궁지로 달아나는 겁에 질린 짐승처럼.

여자가 휘청하더니 엉덩방아를 찧고 말았다. 그 틈을 타 수영은 빠르게 간격을 좁혀갔다. 웃자란 덤불에 손등이 쓸렸지만 개의치 않았다. 여자는 벌떡 일어났다. 땅바닥에 떨어진 모자를 주울 새도 없이, 엉덩이에 달라붙은 낙엽을 뗄 겨를도 없이 뛰다시피 걷기 시작했다.

모자를 집어 든 건 수영이었다. 수영은 저도 모르게 모자를 코끝으로 가져갔다. 모자에서 옅은 사향 냄새가 났다.

우우. 어디선가 하울링이 들려왔다. 뉴스에서 본 개들인가? 허름한 세간과 함께 버려진 개들. 무분별한 재개발이 드리운 또 다른 그늘. 뱃가죽이 등에 붙은 개들은 방송 카메라에 대고 침을 질질 흘리며 컹컹댔다.

굶주린 개들이 먹이를 찾아 산으로 올라왔을까. 매일같이 다닌 길이지만 이런 소리는 처음이었다. 아니, 어디서도 접하지 못한 소리였다. 완전한 야생의 소리. 개라기보다는 늑대 울음에 더 가까웠다. 생존을 위해 터뜨리는 본능의 사자후.

숲에서 벗어나자 빗줄기는 더 굵어졌다. 다 무너지거나 허물리기 직전의 블록 외벽 사이로 난 돌계단은 이끼투성이에 물기까지 머금어 미끌미끌했다. 젖은 낙엽은 댈 게 아니었다. 여자의 속도가 눈에 띄게 줄었다.

베란다 문을 닫았던가? 홀로 잠들어 있는 아이가 그제야 떠올랐다.

"빛나가 낮잠 자다 갑자기 눈을 뜨더니 엄마, 눈 와? 이러는 거 있지. 우리 빛나 꿈꿨구나, 하며 밖을 내다보는데 정말로 싸락싸락 눈이 내리지 뭐야. 완전 소름. 눈 예보는 없었거든."

아내의 얼굴엔 뿌듯해하는 기색이 역력했다. 하늘이 내린 어떤 재능이라도 목도한 듯. 당시엔 피식 웃고 만 수영이었지만 온종일 붙어 있어보니 알 것 같았다. 아이는 소음보다 소리에 더 민감했다. 휴대폰 벨소리보다 창틈으로 새어 들어오는 바람소리에, 틀어놓은 텔레비전 소리보다 창을 두드리는 빗소리에, 길들여지지 않은 어린 짐승처럼 귀를 쫑긋거리곤 했다.

수영의 발놀림이 다급해졌다. 한꺼번에 두 칸씩, 계단참으로는 뛰어내리다시피 했다. 우우. 하울링이 또 들려왔다. 다른 놈이었다. 여자와의 거리는 여전했다. 여자도 두 칸씩이었다. 따라붙는 속도를 높일수록 멀어지는 박자도 빨라졌다. 다가가는 힘만큼 밀어내는 같은 극의 두 자석처럼. 다시 한 번에 한 칸씩. 뒤통수에 눈이라도 달린 건지 여자도 한 칸씩이었다. 앞만 보는 것 같아도 뒤따르는 존재의 일거수일투족을 속속들이 탐지하고 있었다.

탁탁탁. 수영은 한 발에 한 칸씩 잔발로 구르듯 내려갔다. 탁타다닥. 여자의 발은 한 술 더 떴다. 빗줄기도 거칠어졌다. 아이의 꿈나라까지 두드려댈 기세였다. 우우우. 하울링이 사방에서 몰려들었다. 이제 쫓기는 자는 앞서가는 사람만이 아니었다. 여자를 제치려 조바심칠수록, 쫓으면 쫓을수록 수영은 쫓기는 기분에 빠져들었다.

아버지를 요양 병원에 입원시키던 날도 그랬다. 목욕물이 펄펄 끓는데도 온수를 더 틀며 교가인지 군가인지를 기합 넣듯 불러대던 아버지. 처음 보는 다른 손님들에게 고량주를 강권하며 이 테이블 저 테이블 돌던 아버지. 때부터 벗기자, 목구멍 때도 좀 벗기자, 막무가내 앞장서던 아버지는 직감했을까? 한 눈금 한 눈금 작별에 가까워지는 시곗바늘을 눈치챘을까? 기세등등하지만 어딘가 텅 빈 눈빛을 하고서? 날이 갈수록 곱씹게 되는 대목은 진찰만 받고 집에 가자던 거짓말보다, 일분일초라 도 빨리 아버지를 떼어내고 싶게 만들던 그 장면들이었다.

마침내 큰길이 나타났다. 새근거리는 아이를 뒤로하고 건너기까지 한 달 넘게 걸린 산책 초기의 한계선. 이웃한 두 구區의 경계선이 되는 6차선 도로. 파란불이 꺼져가는 횡단보도로 여자가 주저 없이 뛰어들었다.

빠아앙.

뒤이어 수영이 횡단보도로 발을 내리는 찰나 경적 소리가 고막을 덮쳐왔다. 픽업트럭 차창 너머 덥수룩한 얼굴 하나가 이를 드러내며 스쳐갔다.

빨간불 앞에서 수영은 어지럼증이 일었다. '30 넣었다. 며늘아기 맛난 거 사줘라. 사돈께 안부 전하고.' 만삭의 아내가 기다리는 집으로 서둘러 돌아가는 길, 입원시킨 아버지의 문자를 받던 순간처럼. 수영은 갓길에 차를 세웠다. 중증 치매 환자의 손끝에서 나왔다고 믿기 힘든 문자였다. 경우에 어긋나는 법이 없던 예전의 아버지로 돌아오지 않고서야. 차를 돌려야 하나 고민했던가. 요양 병원에, 아니 아버지에게 직접 전화해봤어야 했나.

수영은 아무것도 하지 않았다. 이미 손을 떠난 일이라고, 자신은 할 만큼 했다고, 비상등 넣은 운전석에 우두커니 앉아 흔들리는 마음에 추를 달았을 뿐.

"먹고 싶은 거 있어?"

아내에게 전화를 걸기는 했다. 너무 많은 액수 아닌가, 얼마 안 되는 잔고를 폰뱅킹으로 확인하고 또 확인하던 양반이, 하며.

여자는 맞은편 인도로 올라서고 있었다. 잠시 발이 묶였던 차들이 빠르게 오가는 사이로 이쪽을 건너다보는 것도 같았다. 쫓아올 테면 쫓아와보라는 듯.

비릿한 열기는 어느새 차갑게 사그라들고 있었다. 멈춤 신호가 길 건너 허공이 아닌 머릿속에서 명멸하기라도 하듯. 신호등 불빛을 노려보던 수영은 한기를 느끼며 부르르 몸을 떨었다. 공원 한구석에 오줌을 내갈긴 직후처럼. 화장실이 지척이었는데 왜 그랬을까? 대체 무엇이 왕벚나무 앞에서 바지춤을 내리게 했을까? 따라잡아서 어쩌려고 그토록 필사적으로 여자를 뒤쫓았을까? 뒤늦게 들이닥치는 의문들에 멀미가 날 지경이었다.

파란불이 들어오기 무섭게 수영은 쏟아지는 빗속을 내달렸다. 혼란스러운 자신의 행동들로부터, 낯선 자기 자신으로부터 도망치듯 전력으로 질주했다. 검은 도로를 한 칸 한 칸 건너는 하얀 횡단보도 표시 선들이 순식간에 사라졌다. 김밥천국, 새마을금고, 노랑통닭, 다이소, 로열부동산, 파리바게트…… 눈

감고도 약도에 적어 넣을 수 있는 이정표들이 휙휙 밀려났다. 최단 거리로 달려가며 꺾이는 직선의 연속. 그 끝에 안온한 은신처가 있었다. 본거지가 가까워짐을 알리는 익숙한 풍경에 수영은 속도를 더 높였다.

택배 기사가 막 빠져나온 공동 현관문을 아슬아슬 통과하고서야 수영은 두 손을 허벅지에 얹고 가쁜 숨을 몰아쉬었다.

B2. 엘리베이터는 지하 주차장에서 대기 중이었다.

엘리베이터 문이 열리는 순간 수영은 두 눈을 의심하지 않을 수 없었다. 밍크 재킷. 비에 젖어 군데군데 얼룩진 모피. 여자였다. 여자는 급히 눈을 내리깔았다. 겨우 진정되는가 싶던 심장 박동이 다시금 고삐가 풀렸다. 막다른 골목을 등지고 돌아선 사냥감과 맞닥뜨린 듯 몸이 말을 듣지 않았다.

문이 닫히는 기척에야 수영은 예기치 못한 마비에서 깨어날 수 있었다. 오히려 잘된 일이었다. 치한이라는 오해에서 벗어날 기회가 아닌가. 다물리는 문을 두 손으로 가르며 수영은 엘리베이터에 당당히 올랐다.

숫자판으로 손가락을 뻗던 수영의 미간에 주름이 졌다. 아래층이었다. 1601호 아니면 1602호. 포스트잇 주인일 확률은 절반이었지만 수영은 확신에 찬 손길로 바로 위 버튼을 눌렀다. "윗집 남자입니다, 나는!" 포효하는 느낌으로. 문자 그대로든, 다른 의미로든 아랫집 여자보다 우위에 서는 기분으로. 여자가 움찔하는 기색이 낯설지 않은 냄새와 함께 전해져왔다. 젖은 머리에서 풍겨오는 사향 냄새. 여자가 흘린 모자에서 맡았던 바로 그 냄새였다.

7, 8, 9…… 엘리베이터는 숫자를 하나하나 짚어가며 골똘히 움직였다. 한 층 더 오르기 위해 번번이 새로운 수를 발명해내는 듯했다. 16이 세상에서 가장 큰 수, 아니 가닿을 수 없는 무한의 수로 여겨졌다. 여자는 곁눈질도 허락 않는 사각에 도사린 채 옴짝달싹 안 했다. 수영도 차마 고개를 돌리지는 못했다. 헌팅캡을 쥔 손에 자꾸 힘이 들어갔다. 모자의 존재를 놓쳤을 리 없지만 여자는 입도 벙긋하지 않았다. 먼저 움직이는 쪽이 지기라도 하듯. 숨소리마저 섞이는 지척에서 서로 결정적 일격을 노리는 사냥감과 사냥꾼처럼.

과연 여자는 엘리베이터에서 내려 왼쪽으로 향했다. 여자는 온몸으로 도어 록을 감싸며 빠르게 손가락을 놀렸다. 역시 예민한 성격이었다. 익명의 포스트잇 주인, 신경증이 묻어나는 말투의 주인공이 틀림없었다. 수면 아래 가라앉아 있던 싸늘하면서 뜨거운 것이 솟구쳐 올라왔다. 수영은 엘리베이터 문 열림 버튼을 꾸욱 누른 채 여자의 뒷모습을 지켜보았다. 마주치면 해줘야지 벼르던 말이 있었는데 도무지 기억나지 않았다.

앞으로는 직접 말로 하세요.

집 앞에서야 떠오른 그 한마디에 수영은 맥이 빠지고 말았다. 삑. 부드러운 금속성 대신 새된 소리가 났다. 도어 록마저 신경을 긁었다. 수영은 비밀번호를 또박또박 눌렀다. 너무 빨리 눌러 오류가 났던 장면을 상기하면서.

결과는 다르지 않았다. 수영은 고개를 갸웃거렸다. 틀린 번호일 리 없었다. 손가락이 기억하는 여섯 자리. 아이의 생년월일. 손가락 기억이 아닌 머릿속 숫자로 다시 시도해보았지만 허사였다.

그렇게 얼마나 씨름하고 있었을까.

"뭐 하시는 겁니까?"

엘리베이터에서 한 사내가 내리더니 다짜고짜 소리쳤다. 까만 챙 모자에 하얗게 박음질된 글자가 눈에 확 띄었다. SECURITY. 경비실에서 나온 사람이었다.

"도어 록이 말썽이네요."

"남의 집 도어 록은 왜요?"

"우리 집인데요?"

"여기 사신다고요? 누가 계속 현관 키를 눌러댄다고 신고 들어왔는데."

"신고요?"

수영은 굳어진 얼굴로 초인종을 눌렀지만 안에서는 아무 반응도 없었다.

"신분증 좀 봅시다."

사내가 반 발짝 다가오며 말했다.

"우리 빛나가 안에 혼자 있다고."

두려움에 휩싸인 자신의 목소리가 수영은 낯설지 않았다. 딴 사람이 되어버린 아버지, 미안하다는 말을 버럭 내지르는 고함으로 대신하던 아버지와 판박이가 아닌가. 문손잡이를 부술 듯 잡아당기고 있는 손도. 수영은 황급히 손을 뗐다. 쇳조각이 아니라 더없이 연약한 무언가를 으스러져라 움켜쥔 기분에 사로잡힌 채.

그곳은 전에 살던 집이었다. 들어와 살겠다는 주인에게 비워줘야 했던. 수영의 얼굴이 당혹감으로 일그러졌다. 엘리베이터는 그새 가장 낮은 곳으로 불려 가고 없었다.

수영은 사내를 밀치고 비상계단으로 몸을 날렸다.

"거기 서!"

사내의 외침을 뒤로하고 수영은 계단을 달려 내려갔다. 두 해 전 이사 간 집은 120동이었다. 어처구니없는 실수에 수영은 입이 다물어지지 않았다. 무언가에 홀리지 않고서야. 그게 뭐든 수영은 한 치라도 더 멀어지고 싶었다. 아버지를 흰옷 입은 사람들에게 떠넘길 때처럼. 딴 적도 없는 운전면허증을 목욕탕 로커 룸에 두고 왔다며 고래고래 소리치는 아버지를 뒤로하고 부랴부랴 운전석으로 돌아갈 때처럼.

"요양 병원 바로 앞에 서더구나, 집까지 한 번에 오는 버스가."

무서운 일이 벌어진 현장을 떠나는 사람처럼 서둘러 시동을 거는 뒤통수에 대고 어머니가 중얼거렸다. 아버지가 듣기라도 할까 낮게 깐 목소리에 서린 두려움.

“면회 오시기 편하겠네요.”

못 들은 척하려 했건만 수영은 차갑게 뇌까리고 말았다. 까닭 모를 화를 내리누르며.

다 여자 때문이었다. 경계의 눈초리만 아니었어도, 소스라치는 표정만 짓지 않았어도. 수영은 분노인지 수치심인지 모를 감정으로 얼굴이 화끈거렸다. 그때였다. 앞발이 허공을 딛는 바람에 수영은 중심을 잃고 고꾸라졌다. 비명이 새어 나올 겨를조차 없이 계단을 뒹굴었다. 손목이 시큰거리고 무릎도 후끈댔지만 난간을 짚고 일어섰다. 벗겨진 러닝화 한 짝을 손에 그러쥐고 절뚝절뚝 계단을 내려갔다. 이를 악물며 밖으로 나간 수영은 뒤도 돌아보지 않고 직진했다. 놀이터를 지나 계단을 내려가면 주차장 진출입로, 차 한 대 겨우 지나다니는 소방 도로 너머가 진짜 집이었다.

공동 현관문이 입을 굳게 다문 채 암호를 요구했다. 수영의 손끝이 파르르 떨렸다. 아버지의 갑작스러운 마지막을 떠올릴 때마다 가슴을 옥죄는 대목은 믿을 수 없게 멀쩡하던 문자도, 요양 병원에 당도하기까지 시계만 흘끔거리며 통과해야 했던 한나절도 아니었다. 아버지를 내보낸 집 비밀번호를 바꾼 장면이었다.

'집까지 한 번에 오는 버스'라는, 불길한 주문처럼 들리던 두려움을 끝내 외면할 수 없었을까. 두려움은 어머니만의 것이 아니었던가. 그렇다면 수영이 나눠 가져야 했던 두려움의 근원은 무엇이었나. 다해가는 생명에 분노를 터뜨리는 짐승 같던 아버지, 엉뚱한 숫자만 쑤석거리며 씩씩대던 아버지의 지문투성이 도어 록에 수영은 새로운 암호를 걸었다. 아버지라는 이름 석 자만 남은, 삭을 대로 삭은 몸뚱이가 발산하는 소멸의 냄새로부터 가장 동떨어진 숫자. 실은 손 가는 대로 탄생한 비밀번호. 며칠 안 남은 아내의 분만 예정일이었다.

어느덧 비구름은 말끔히 걷혀 있었다. 환해진 만큼 컴컴해 보이는 어둠을 풀어헤치며 유리문이 스르르 열렸다. 아이의 생일이 이번엔 통했다. 아이는 예정일보다 닷새 늦게 세상에 나왔다. 정작 산부인과에서 일러준 날짜, 본가 도어 록에 수영이 봉인해 넣은 숫자를 지킨 쪽은 아버지였다. 아버지는 손주가 첫울음을 터뜨리기로 되어 있던 바로 그날 마지막 숨을 거둬들였다. 미리 날이라도 받은 사람처럼. 다 알고 내려놓는 사람처럼. 입원한 지 일주일 만이었다. '30 넣었다'는 문자가 유언이 되고 말았다.

장례를 치르고서야 확인한 입금 내역은 30만 원이 아닌 30원이었다. 공이 한참 모자란 액수를 뚫어져라 들여다보며 수영은 저도 모르게 안도했다. 근원이 무엇이든, 얼마나 깊든, 어떤 두려움이 수면 밑 제자리로 돌아가는 순간이기도 했다.

건물 안으로 들어가다 수영은 문득 뒤를 돌아보았다. 경비실 사내가 뒤쪽 동 지하 주차장에서 헐레벌떡 뛰어오고 있었다. 안방까지 쫓아올 기세였다. 주차장 출구 위로 119동 마스코트가 눈을 동그랗게 뜨고 내려다보고 있었다. 토끼였다.

수영은 절뚝거리며 비상계단으로 내달렸다. 엘리베이터엔 눈길도 주지 못한 채. 무릎께로 빨갛게 피가 배어 나오고 있었다.

이것은 내가 쓴 소설이 아니다

문서	토론

최종 수정 시간 2021/1/20 23:44:59

목차 〔감추기〕

1. 개요
2. 논란
3. 결말
4. 주석

1. 개요

_소설가 A씨는 2021년 현재 등단 29년 차 대한민국 중견 작가, 아니 중년 작가다. '어떤 단체나 사회에서 중심이 되어 활동하거나 중요한 구실을 하는 사람'이라는 '중견'의 사전적 정의에 값하는지 여부는 관점에 따라 다를 것이기에 가급적 누구나 동의할 수 있는 객관적 표현을 쓰도록 하자. 최대 다수의 최대 진실이라는 본 매체의 캐치프레이즈에 반하는 대목은 '게시 뒤라도 난상토의를 거쳐 줄이 그어질 수 있다'[1]는 운영 방침을 다시금 상기하는 바이다.

_발단은 소설가 A씨가 페이스북(이하 페북)에 올린 "내 소설을 쓴 사람을 찾습니다"라는 제목의 글이었다.[2] "사반세기 넘게 소설가로 살다 보니 별 소설 같은 일도 다 겪게 되네요." ~~흥미를 유발한다는 점에서 나쁘지 않은 첫 문장이었다.~~ '별 소설 같은 일'이란 다음과 같다. 소설가 A씨는 자신의 신작 단편 발표 사실을 동료 소설가 B씨를 통해 알게 되었다. 소설가 B씨와는 같은 해 등단한 동년배 작가라는 인연으로 꾸준히 연락을 주고받는 사이였다.

_'절대 안 쓴다던 소설가 소설이라니, 헐.' 소설가 B씨가 보

낸 문자였다. 흔한 카톡이 아닌 아이메시지. 소설가들끼리는 카톡을 꺼리는 경향이 있다. 제 글이 읽혔는지 아닌지 촉각을 곤두세우게 되는 매체 환경이 싫어서라는, 단 몇 초라도 읽히지 않는 소설가라는 현실에서 놓여나고 싶다는 작가 의식 설문 조사 결과[3]를 참조할 만하다. 동 설문 조사에 따르면 대한민국 소설가들은 미국 캘리포니아에 본사를 둔 A사의 휴대폰과 노트북을 선호했다. 겉멋이라기보다 한입 베어 문 사과 로고에라도 기대고픈 영감 고갈 상태의 직업적 토템이었다. 역시나 몇 년째 영감 고갈로 허덕이고 있던 소설가 A씨는 웬 봉창 뚫는 소리인가 싶어 곧바로 통화 버튼을 눌렀다. 문자에 즉각적인 전화로 응답하는 아날로그적 결례라니. 소설가 A씨가 얼마나 황당했는지 짐작할 수 있는 대목이다.

_소설가 A씨의 페북에 간접 인용으로 게재된 통화 내용[4]을 직접 인용으로 생생히 재구성하면 다음과 같다.

소설가 B씨: 절필하는 한이 있어도 소설가 소설은 절대 안 쓴다더니. 진작 좀 쓰지 그랬어.

소설가 A씨: 소설가 소설? 내가?

소설가 B씨: 멋쩍으면 술이나 한잔 사.

_전화를 끊자마자 소설가 A씨는 자신도 모르는 신작이 실

렸다는 잡지를 찾아보았다. 신작이라니. 소설가 A씨는 몇 년째 개점휴업 상태였다. 오늘부터는, 하며 노트북을 켰다가도 나무위키 각주를 정독하고 있거나 문틀에 끼우는 턱걸이 봉 가격 비교[5]에 몰두하고 있는 자신만 발견하기 일쑤. 원고 청탁이 끊겨 글을 못 쓰는 것인지 글을 못 써 청탁이 끊긴 건지 선후는 불분명했다. 동명의 신인 작가일 가능성도 배제할 수 없었다. 목차에서 익숙한 이름을 발견한 순간 소설가 A씨는 실제로 그렇게 생각했다. 하지만 소설 말미에 적힌 프로필마저 본인의 것이었다.

_"인디언들이 사냥감에게 했던 말을 책이 되어준 나무들에게 전한다. 미안하고 고맙다." 그것은 소설가 A씨가 출생 연도, 출신지, 학력 등등 이력서 같은 프로필 대신 쓰는 자기소개였다. 한낮에도 입김이 새어 나오는 뉴욕의 한 스튜디오에서 샴고양이 한 마리와 체온을 나누며 소설을 쓰고 있다는 식의 미국 작가 흉내로 보기엔 다소 핍진한 사연이 있다. "이것도 소설이냐. 베어진 나무만 불쌍하다." 눈에 흙이 들어가기 전에는 잊지 못할 한 줄 평을 인터넷 서점에서 접한 뒤부터라고 소설가 A씨는 고백한 바 있다. 문학이 죽었느니, 문학의 영향력이 사라졌느니 하는 소리도 믿지 않게 되었다고 했다. 한 권의 소설책이 독자를 열혈 환경주의자로 변신시키는 현장을 똑똑히 목

도했기에 가능한 일이었다. 그런 문학이 자신을, 세상을 속이려 들고 있었다. 낙관 같은 프로필에도 모르는 소설은 여전히 모르는 소설이었다. 소설가 A씨는 자신이 썼다는 소설의 첫 몇 줄을 휘둥그레진 눈으로 훑어내리지 않을 수 없었다.

_"글이 죽어라 안 써질 때는 어떻게 하나요?" 문화센터 창작 워크숍이나 출간 기념 북토크 같은 자리에서 어김없이 받는 질문이다. 처음 몇 번은 대충 얼버무리고 말았지만 언제부턴가 나만의 모범 답안이 생겼다. "집을 바꾸세요. 저는 2년마다 집을 바꿉니다. 전세를 재계약한 적이 한 번 있는데 갑자기 글이 안 써지더라고요." 물론 지어낸 얘기다. 영감 타령은 아마추어나 하는 짓, 프로페셔널은 그냥 책상 앞으로 간다. 꼭 책상이 아니어도 상관없다. 부엌 식탁이든 무릎 위든 노트북을 올려놓을 수만 있으면 어떤 글이라도 쓸 수 있다. 그런 내게 단 한 줄, 단 한 단어도 써지지 않는 때가 올 줄 상상이나 했겠는가.[6]

_글 한 줄 못 쓰는 소설가가 주인공이라니. 더구나 주인공이 떠들고 다닌 얘기는 소설가 A씨의 창작 수업 단골 레퍼토리였다. 대체 누가 이런 미친 짓을! 소설가 A씨는 소설을 읽다 말고 탁 소리 나게 잡지를 덮었다. 도둑맞은 것은 이름 석 자만이 아니었다. "그분이 오신다". 제목마저 언젠가 펴낼 글쓰기 책 타

이틀로 찜해둔 문장이었다. 소설가 A씨는 떨리는 손끝으로 잡지 맨 뒷장에 적힌 편집부 전화번호를 눌렀다. 편집자 C씨와 소설가 A씨의 통화 내용 역시 직접 인용으로 재구성하면 다음과 같다.[7]

편집자 C씨: 무슨 말씀이신지…… 작가님께서 먼저 원고 주셨잖아요. 오랜만에 그분이 오셨으니 독자들을 꼭 만나게 해달라고.

소설가 A씨: 제가 투고했다고요?

편집자 C씨: 네, 이메일로요. 투고작들 중에서 특별히 실어드린 건데.

소설가 A씨: 그 메일 좀 볼 수 있을까요?

편집자 C씨: 개인 메일인데 함부로……

소설가 A씨: 제가 보낸 메일이라면서요.

편집자 C씨: 어, 그러네요. 맞다, 작가님께서 보낸 메일함을 체크해보시면 되잖아요.

소설가 A씨: 거기 있으면 이런 전화도 안 했겠죠.

편집자 C씨: 그런가요.

혼란스럽기는 편집자 C씨 역시 마찬가지였음을 짐작하고도 남을 통화였다.

_문제의 이메일을 전달 받자마자 소설가 A씨가 확인한 것은

보낸 사람이었다. 익숙한 알파벳과 숫자의 조합. 연전에 해킹당한 일로 해지한 계정이었다. 누가, 어떻게 이 계정을? 그러고 보니 창작 과제물도 같은 계정으로 받았었다. 앙심을 품은 누군가 그새 꿰찬 걸까? 개연성은 충분했다. 어떤 문장을 접하든 오늘은 화내지 않으리라 다짐해도, 어느새 독한 비말을 분수처럼 뿜어내게 되는 순간이 학기마다 몇 번쯤 있었다. 소설가 A씨는 마음속 빨간 펜을 다잡으며 이메일 본문으로 눈길을 옮겼다. 편집자 C씨가 들려준 대목은 그나마 점잖은 편이었다. "한국문학 명예의 전당과 같은 귀지에 실린다면 더없는 영광일 것입니다." 발가벗고 들이대는 태도에 입이 다물어지지 않았다. 이메일이 아니라 영혼을 해킹당한 기분이었다는 후문이다.

_너는 누구냐? 이러는 이유가 무엇이냐? 혹시 내 창작 수업을 들은 적이 있느냐? 면식범이라는 의심이 점점 확신으로 굳어가는 가운데 소설가 A씨는 본래 제 것이었던 계정으로 보낼 메일을 작성했다. 냉철하면서도 활어처럼 퍼덕이는 문장, 담백하면서도 핵심을 꿰뚫는 문장, 오리지널 작가의 문장은 뭐가 달라도 다르다는 점을 보여주겠다는 의지가 엿보이는 문장. 소설가 A씨가 이제껏 써온 무미건조한 글과 달리 감정이 생생하게 살아 꿈틀거렸다. 겨우 열 몇 줄이었지만 5백 쪽짜리 장편이라도 탈고한 기분 아니었을까.

_답장은 오지 않았다. 채 5분도 안 돼 열어본 것으로 나오는데도 일주일이 지나도록 감감무소식이었다. 소설가 A씨는 치미는 분노를 애써 억누르며 두번째 메일을 보냈다. "무책임한 침묵으로 일관한다면 법적 대응을 고려하지 않을 수 없습니다." 이번에도 반응이 없었다. 한물간 작가라고, 무늬만 소설가인 주제에 소설 창작씩이나 가르친다고, 가짜 나마저 나를 무시하는 것인가. 소설가 A씨는 이런 자격지심에 시달렸는지도 모른다. 분명한 사실은 예고한 법적 대응을 위해 소설가 A씨가 변호사 사무실 사무장으로 있는 D씨에게 연락했다는 것이다. 사무장 D씨는 소설가 A씨의 고등학교 동기였다.

_"사기로 걸 수 있어." 머릿속에 맴돌던 말을 법조인의 육성으로 들은 소설가 A씨는 안도감을 느꼈을까. 어쩌면 문제가 거의 다 해결된 듯한 착각마저 들었을지 모른다. "원고료는 못 받았지? 사기죄는 작위적인 행위로 말미암아 부당하고 배타적인 이익이 실현돼야 구성되는 범죄거든." 사무장 D씨가 고소장을 써 내려가듯 말했다. 의료계와 법조계에는 아는 사람 하나쯤 있어야 한다던 옛 어른들 말씀을 떠올리며 소설가 A씨는 고개도 끄덕였을 것이다. 계좌 입금 내역에서 꽤 후한 액수의 원고료를 발견하기 전까지는. 단편소설 원고료 지급 방식에는 두

가지가 있다. 매수(2백 자 원고지 기준)로 계산하는 방식과 분량에 상관없이 일정 금액을 주는 방식. 매절이던 원고료가 정액제로 바뀌면서 한국 단편소설의 완성도가 높아졌다는 연구 결과[8]도 눈여겨볼 만하다. 작품 분량이 원고지 1매 줄어들 때마다 바디우-곰브리치 함수값[9]이 평균 0.23퍼센트 상승했다는 분석이다.

_"네가 쓴 거 아냐? 예술가들은 그런다면서? 신이시여, 이것이 진정 제가 창조한 작품입니까?" 할리우드 영화 「벤허」 감독이 시사회장에서 했다고 알려진 해당 발언의 공식적 기록이나 객관적 증거는 존재하지 않는다. 사무장 D씨의 법조인답지 않은 카더라식 농담에도 소설가 A씨는 웃지 못했다. 창작 수업 강사료를 받는 계좌였다. 수강생들에게 계좌번호를 알려줄 일은 없었는데. 돈이 왜 그 계좌로 들어왔는지 알다가도 모를 일이었다. 차라리 동기의 농담이 그냥 농담이 아니었으면, 신들린 듯 한달음에 휘몰아 쓴 소설이었으면 하고 소설가 A씨는 생각했다. 포기하기 아까운 액수였는지도 모른다. 그러나 소설가 A씨에게는 통장에 찍힌 금액보다 가슴을 찍어대는 모욕감이 몇 곱절 더 컸다. 왕성한 활동을 하고 있었다면, 글 한 줄 못 쓰는 소설가 얘기만 아니었다면 모욕감이 덜했을까. 원고 달라는 곳이 없어도 먼저 들이대지는 않겠다며 자존심 하나로 버텨온

세월이었는데. 창작 인생 전체가 송두리째 부정당한 기분이었다고 소설가 A씨는 훗날 심경을 토로했다.

_소설가 A씨는 편집자 C씨에게 다시 전화해 원고료 반환의 뜻을 밝혔다. 편집자 C씨는 작가가 적어준 계좌로 정상 지급했다며 곤혹스러워했다. 충분히 이해할 만한 반응이었다. 도저히 이해할 수 없는 무언가를 어떻게든 이해해보려는 노력이 소설이라고 ~~폼을 잡아온~~ 얘기해온 소설가 A씨였다. 가짜 A씨는 예외였다. 이해보다 진상 규명이 먼저였다. 소설가 A씨는 잡지 맨 뒷장에서 본 정기 구독 계좌로 원고료를 고스란히 반송했다. 얼핏 계산해보니 반백 년 치 구독료였다. 통장 잔고는 바로 잡았지만 편집자 C씨의 마지막 한마디가 귓가를 떠나지 않았다. "이게 다 무슨 일일까요? 이번 작품 재미있게 읽었다는 평이 여기저기서 들려오던 참인데. 본인 얘기에 인색하던 분이 쓴 자전소설이라 더 반가웠다고."

_소설가 A씨의 입가에 헛웃음이 비어져 나왔다. 본인 얘기에 인색하던 사람이 쓴 자전소설이라 더 반가웠다고? 본인 얘기에 인색하다는 전제부터 ~~글러먹었다~~ 잘못됐다. 모든 소설이 허구인 것과 똑같은 이유로 모든 소설은 자전적 기록 아닌가. 소설가는 현실이라는 ~~똥구멍~~ 항문에서 뽑아낸 씨줄과 날줄로

있을 법한 허구라는 거미줄을 짓는 존재 아닌가. 이제껏 발표한 수많은 소설 중에서 경험이라는 공기가 완벽히 차단된 진공 상태에서 탄생한 작품은 단 한 편도 없었다. 작가 입으로 경험담이라고 밝혀야 자전소설 대접을 받나? 일기장에 적어야 일기가 되나? 화자와 주인공과 작가는 별개의 존재라는 소설 독법의 기본도 모르나? 알 만한 사람들마저 왜들 이럴까. 그러면서도 소설가 A씨는 덮어둔 잡지를 다시 펼쳐 들고 있었다. 왜 아니겠는가. 당사자도 모르는 자전소설이라니. 두려운 호기심이 스멀스멀 피어오르지 않았다면 거짓말이었다.

_소설이 안 써지거든 이사를 하라고 순진한 작가 지망생들에게 ~~약을 팔던~~ 조언하던 소설가가 글이 안 써져 용을 쓰다 이사를 가게 된다. 그것도 흉사가 있었다는 집으로. 주인공을 곤경에 빠뜨리며 시작하라. 멋진 엔딩이라고 꿍쳐둔 장면부터 전면에 내세워라. 월급 벌레로 전락한 현대인이 진짜 벌레가 되는 장면을 하수는 엔딩으로 아껴두지만 고수는 오프닝으로 써먹는다. 소설 쓰기는 인터넷 쇼핑과 다르지 않다. 어느 날 아침 벌레가 되었다고 지르고 어떻게든 수습하는 과정이 소설이다. 곤경이야말로 플롯의 핵심. 삼킬 수도 뱉을 수도 없는 수준이 적절하다. 남의 일 같지 않다는 연민과 공포를 자아내면 A. 거기 더해 인생의 아이러니까지 환기하는 곤경이라면 A+. 흉사

라는 소리에 오히려 흥미를 느낄 만큼 직업적 궁지에 몰린 소설가. 소설 내용은 소설가 A씨가 창작 수업에서 주워섬긴 대로 전개되었다. 수강생 중에 범인이 있는 게 틀림없다고 믿는 것도 무리가 아니었다.

_해당 소설을 일부러 찾아볼 시간이 없는 분들은 〔줄거리 보기〕를 클릭하시라.

_〔접기〕 중년 소설가 '나'는 두 해째 글 한 줄 못 쓰고 있다. 단골 카페를 바꾸고 독서실을 끊어도 소용없던 차에 이사 갈 전세 아파트를 계약한다. 소설이 죽어라 안 써지면 어떻게 해야 되느냐고 묻는 작가 지망생들에게 ~~사가 찬~~ 조언한 대로였다. 이사를 앞둔 어느 날 흉사가 있었던 집이라는 얘기를 듣는다. 찜찜해하는 아내와 달리 나는 묘한 흥분에 사로잡히는데……〔더 보기〕

_〔접기〕 천벌 받을 소리라며 펄쩍 뛰는 집주인. 불길한 얘기를 흘린 당사자(계약을 놓친 부동산 중개업자)는 여전히 수상쩍은 말(모르는 게 약이다, 어차피 공동묘지 터였다)만 늘어놓는다. 아내의 성화로 나는 아파트 관리 사무소와 경찰 친구에게 전화해보지만 돌아오는 건 노골적인 냉대와 끔찍한 사건 현장

(한 독거노인의 시신이 반려견에게 반쯤 뜯어 먹힌 얼굴로 밀폐된 안방에서 발견되었다) 목격담뿐. 어떻게든 소설을 쓰려 몸부림치던 나는 빈 아파트에 미리 들어가 노트북을 켠다. 밖에서 잠그게 되어 있는 안방 문을 발견한 순간 글이 술술 풀린다. 누군가 갇혀 있었던 걸까? 가족 중 한 명이? 간만에 상상의 나래를 활짝 펼치며 신들린 듯 자판을 두드리는데 안방 문이 꽝 소리를 내며 잠기고 때맞춰 아내에게서 전화가 온다. 점집까지 찾으며 불안감을 달래던 아내는 동을 착각했다는 최초 발설자의 해명을 전하며 홀가분해한다. 도로 글이 안 써지자 분노에 사로잡혀 집 밖으로 뛰쳐나가는 나. 동이든 호든 4 자를 쓰지 않는 단지임을 확인하고 절망(착각할 만했기에)에 빠진다. 그런 내게 흉사의 결정적 증거가 포착된다. 엘림.[10] 소문의 진원지인 부동산 상호와 똑같은 이름의 교회 스티커가 현관문에 붙어 있다. 착각했다는 해명이 거짓이라고 확신하며 휴대폰 지도 앱을 열어보니 단지 조감도 위로 무서운 형상이 겹친다. 노트북 앞으로 돌아간 나는 그분이 오시기를 기도하듯 자판에 두 손을 나란히 올린다.

SF 작가 엘림 펑Elim Peng을 찾으시나요?

2. 논란

_"그나저나 내용증명은 어디로 보내?" 사무장 D씨의 물음에 뒤미처 확인해보니 소설가 A씨를 사칭한 자가 남긴 주소도 소설가 A씨의 현 거주지였다. 마지막 과제는 출력본으로 제출하고 싶다, 투고작을 미리 봐줄 수 있느냐, 뭐 좀 보낼 게 있다…… 이런저런 이유로 주소를 묻던 문자들이 소설가 A씨의 머릿속에 떠올랐다. 육필 원고라면 필적 대조라도 해볼 텐데. 유일한 단서인 메일 계정조차 본사가 해외라 한국 법원의 압수수색 영장으로는 추적이 불가능할 터였다.

_조용한 해결이 불가능한 경우 범죄 영화나 드라마에서는 공개 수배로 전환되는 것을 종종 볼 수 있다. 소설가 A씨도 같은 방법을 택했다. 소설가 A씨에게는 계정만 만들어둔 페북이 있었다. 잘나가는 작가들 동향을 살펴 뭐라도 벤치마킹하려는 의도였지만 첫 글이 안 써져 사실상 두 해째 휴면 상태였다. 소설가 A씨의 페북은 잠에서 깨어나 외쳤다. "제 이름으로 소설을 발표한 분은 하루빨리 자수하여 광명 찾기를 권합니다. 눈밝은 독자분들은 주변에 범인으로 의심되는 분이 있으면 주저 말고 제보 바랍니다."

_공개 수배의 효과는 제한적이었다. 페북 세상에서도 소설가 A씨는 ~~아싸였다~~ 친구가 많지 않았다. 현실화된 것은 기대보다 우려였다. 가뭄에 콩 나듯 달리는 댓글이었지만 소설가 A씨에겐 인터넷 서점 한 줄 평의 트라우마를 상기시킬 법했다. '이것도 게시물이냐, 혹사당한 손가락만 불쌍하다'까지는 아니어도 심적으로 크게 다르지 않았으리라. 페북 글로 듣보 작가의 존재를 처음 알게 됐다는 정도야 양반이었다. 어떤 작품 세계를 일군 작가인지 일부러 찾아보았는데 굳이 그러지 말기를 권한다는 글 앞에서는 입술을 깨물었을 수도 있다. 재미라는 것과는 방화벽을 쌓은 전작들을 보니 이번 소설(안 읽어봤지만 굳이 소설가 A씨의 이름으로 발표했다면 ~~핵노잼일~~ 재미없을 게 분명하다)도 동일 인물이 쓴 게 틀림없다는 대목에서는 오히려 전의가 불타올랐을지도 모른다.

_어쨌든 작품의 진위를 밝히는 논의가 본격화된 것은 환영할 일이었다. 증거는 차고 넘친다고 소설가 A씨는 자신했다. 평소에도 수강생들의 습작을 범죄 현장[11]처럼 톺아보던 소설가 A씨였다. 범행 수법은? 동기는? 동일 범죄 전과는? 현장에 흩어진 단서를 모아 범죄자의 실루엣을 그려내는 프로파일러. 소설가 A씨는 합평을 준비하는 마음으로 범죄의 결과물에 과학수사의 현미경을 들이댔지만, 실상은 굳이 그럴 필요조차 없었

다. 육안이면 충분했다. 눈에는 눈, 인상비평에는 인상비평. 너무 전문적으로 들어가면 오히려 논점이 흐려질 수 있었다. 위작 시비가 끊이지 않는 미술계의 경우 화가들은 자기 그림인지 아닌지 척 보면 안다고 말하곤 한다. 모두가 진짜라는데 화가만 아니라는 사례가 대부분이지만, 모두가 가짜라는데 화가만 진짜라고 주장하는 사례도 없지 않다. 미술계 일각에서는 위작 시비를 성공의 척도로 삼는 분위기도 존재한다. 돈 되는 작가라는 업계의 인증이라나. 객관적 감정법은 탄소동위원소 연대측정이 보통이나 최근에는 나노 융복합 분석이 각광받는 추세다. 미술품이 고가로 거래될수록 시비는 빈번해지리라는 예측이 업계의 중론이다. 같은 이유로 문학계는 위작 청정 구역으로 분류되어왔다. 종종 유명 작가의 미발표작을 발굴했다는 주장으로 시비가 붙기는 했지만, 백 퍼센트 작가 사후의 일이었다. 살아 있는 작가가 스스로 문제 삼기는 아마도 세계 문학사 최초일 터였다. 소설가 A씨는 재미라는 주관적 요소로 어떻게 동일 인물이라 예단할 수 있느냐고 유감을 표한 뒤, 첫 문장부터 자기 스타일과 거리가 멀다고 주장했다. "글이 죽어라 안 써질 때는 어떻게 하나요?" 자신은 독자들을 낚는 데만 혈안인 이런 첫 문장을 쓰는 작가가 아니라는 것이었다. "이 낚시 문장에는 저의 지문指紋이 한 점도 묻어 있지 않습니다."

_반대 증거가 제출되는 데는 반나절도 걸리지 않았다. "'아버지가 오늘 밤을 넘기지 못할 것 같다는 기별을 듣고서 여자가 가장 먼저 한 일은 화장을 고치는 것이었다.' 낚싯바늘이 아니라 아예 그물을 던지고 있는 이 첫 문장 또한 작가님을 사칭한 누군가의 소행인가요?" 소설가 A씨는 ~~아닥하고~~ 말문이 막히고 말았다. 그것은 매만지고 또 매만지느라 자신의 지문이 덕지덕지 묻은 문장이었다. 할 말이 아주 없지는 않았다. 전자가 단순히 호기심을 끄는 문장이라면 후자는 캐릭터와 상황과 주제가 한 몸으로 녹아든 문장이었다. 그러나 소설가 A씨는 '재미가 있다, 없다'는 인상비평에서 구체적인 팩트를 다투는 단계로 논의가 진일보한 데 의미를 두기로 했다.

_소설가 A씨도 범죄의 결과물에 대한 실증적 분석에 나섰다. 그 작품은 자기답지 않은 클리셰[12]의 연속이라는 지적이었다. "마음속에 똬리를 틀고 있는 두려움" "얼마나 그러고 있었을까" "그때였다" "칠흑 같은 터널"…… 창작 과제물이었다면 빨간 펜이 칼춤을 췄으리라 혀를 차던 소설가 A씨는 합평 원고들을 새삼 뒤져보기도 했다. 범인을 특정할 수 있을까 내심 기대했으나 이내 포기하고 말았다. 용의선상에서 제할 원고는 눈을 씻고 봐도 없었다. 모두가 유력한 용의자였다.

_클리셰라는 리트머스지도 소설가 A씨의 예상과는 다른 결과를 가져왔다. 소설가 A씨의 작품에 등장하는 유사 사례들이 속속 발굴된 것이다. 앞 문장과 연결이 어정쩡할 때마다 순간 접착제처럼 사용하는 표현까지 비판의 대상이 됐다. '문득'이라는 부사가 그러했다. 특히 작중인물이 중요한 무언가를 떠올리는 대목엔 어김없이 등장한다며 각 단편마다 빈도수를 정리한 글까지 올라왔다. 미처 의식하지 못한 상투어는 그게 전부가 아니었다. '어느새' '나도 모르게' '알 수 없는' '무언가' '이내' '뇌리를 스쳤다' '불현듯'…… 발굴된 상투어 목록은 끝이 보이지 않았다. 이후 소설가 A씨의 페북 계정은 다시 휴면 상태로 돌아가는 듯했다.

_소설가 A씨는 검증 포인트를 바꿔 복귀했다. 대략 이런 내용이었다. 캐릭터가 올드 하기 짝이 없다. 소설이라는 장르 자체가 외면받는 시대에 소설가 주인공이라니. 소설이 써지지 않는 소설가는 문학 박물관에서도 맨 안쪽에 전시될 삼엽충 같은 화석 아닌가. 삼엽충은 캄브리아 초기의 원시 해양에서 서식한 절지동물이다. 기능적으로는 두부, 흉부, 미부로 나뉜다. 삼엽충의 해부학적 구조와 아리스토텔레스가 주창한 비극의 서사 구조(도입－갈등－대단원) 사이에 유비 관계가 존재한다는 가설이 있지만 입증되지 않았다. 카프카의 「변신」에 등장하는

‘벌레’가 삼엽충이라고 주장한 비교고생물학자 역시 정식 논문을 제출한 바 없다. ~~구라거로는~~ 소설가의 아내 캐릭터가 더 심각했다. 흉사라는 한마디에 점집으로 달려가는 ~~시대착오적~~[13] 모습이라니. 가부장적 한국 문학이 여성 인물에 덧씌운 부정적 선입견을 무비판적으로 재생산하고 있다. 이상이 소설가 A씨의 이른바 캐릭터 화석론이었다.

_이번에도 반박의 근거는 소설가 A씨 자신의 소설이었다. 창조주 본인도 까마득하게 잊고 있던 안티히어로 캐릭터들이 화석 밖으로 줄줄이 소환되었다. 풍자의 대상이었다는 해명은 소설가 A씨 자신을 되비추는 반사 신공 앞에서 맥을 못 췄다. 도리어 반사하는 거울을 뽀드득뽀드득 닦아준 꼴이 되고 말았다. “아버지가 위독하다는 기별을 받고 화장을 고친다? 여자를 몰라도 너무 모른다고밖에는……” 화장이라는 행위는 공동체가 분담해야 할 노인 문제를 가족 내 여성 개인에게 떠넘기는 사회 분위기를 고발하는 소설적 장치라고 소설가 A씨는 엄숙하고 근엄하고 진지하게 항변했다. 이즈음 페북 게시물 조회수는 최대 세 자리를 찍었고 페친은 47명으로 늘어나 있었다. 웬만한 글은 (소설가 A씨의 시간 감각상) 빛의 속도로 묻혀버렸다. 엄숙하고 근엄하고 진지한 글은 특히 그랬다.

_〔관리자 삭제〕

_소설가 A씨가 자신이 휘두른 주먹에 맞아 휘청거리는 사이 캐릭터를 넘어 엔딩이 도마에 올랐다. 이제껏 발표한 단편 대부분이 열린 결말이니 「그분이 오신다」도 소설가 A씨가 쓴 게 틀림없다는 주장이 그것이었다. "흉사라는 소문의 장본인조차 착각이었다고 말을 바꿨음에도 이사 갈 빈집에 홀로 앉아 영감의 원천이 돼버린 그 단어를 붙든 채 노트북 화면만 노려보는 주인공. 흉사는 있었는가, 없었는가? 독자를 우롱하는 결말이라니. 소설가 A씨는 항상 이런 식이었다. 똑 부러지게 결말을 지은 소설이, 마지막 장을 덮고 웃어본 기억이 없다."

_웃어본 기억이 없다니. 유머를 고통의 바다인 세상에 맞설 유일한 소설적 무기로 여겨온 소설가 A씨였다. 다 양보해도 그것만큼은 포기할 수 없었다. 작가 의식의 결정체들이 근본 모를 단편 하나와 함께 도매금으로 넘어가게 둬서는 안 됐다. 소설가 A씨는 위작과의 차별화에 팔을 걷어붙였다. "화이트 유머든 블랙 유머든 유머라곤 약에 쓰려도 찾아볼 수 없다." 소설가 A씨는 입이 아닌 뇌가 웃게 만드는 블랙 유머를 제 소설의 트레이드마크, 아니 워터마크로 내세우며 「그분이 오신다」엔 진본임을 보증하는 워터마크가 없다고 강변했다. "소설이 안

써지면 그만이지 흉사가 있었다는 빈집까지 쫓아가 치성드리듯 그분을 불러내야 하나. 너무 비장하다. '엄근진' 그 자체다."

와중에도 유머 중의 유머는 블랙 유머, 웃음 중의 웃음은 쓴웃음이라는 블랙 유머 예찬을 잊지 않았다. 그러면서 자신의 단편 「승강기」를〔줄거리 보기〕 예로 들었다.

_〔찾는 내용 없음〕

_오르내리는 기계라는 뜻의 단편은 추락하는 소설가 A씨에게 동아줄이 되었을까? 동아줄이되 내려가는 동아줄이었다. 동아줄의 끝에는 해당 소설에 대한 혹독한 평들이 기다리고 있었다. "1층에 사는 주인공이 엘리베이터 수리비를 내라는 요구에 맞서 싸운다. 일단 읽게 만든다. 적절한 빌런도 등장한다. 엘리베이터를 이용하지 않은 증거를 대라고 윽박지르는 관리소장. 빡친다. 주인공은 같은 라인 집집이 돌아다니며 엘리베이터에서 본 적 없다는 서명을 받는다. 그런데 결말은 어떤가. 악전고투하며 꼭대기 층까지 걸어 올라간 주인공이 갑자기 엘리베이터를 타고 내려오며 아연 홀가분함을 느낀다. 이토록 허망한 엔딩이라니. 이 소설가는 정녕 독자가 진심 궁금해하는 게 무엇인지 모른단 말인가? 모르면 소설가 타이틀을 반납할 일이고 알면서도 이러면 직무유기다. 아니, 끝까지 읽은 내 잘못

이다. 흉사에도 소설 쓸 궁리만 하는 인간이나, 끝까지 맞서기는커녕 덜 억울하자고 일부러 엘리베이터를 타는 인간이나."

_최다 추천, 네 글자로 부족할 만큼 반응은 폭발적이었다. 페북 초보 소설가 A씨의 머릿속에 '시스템 에러'라는 빨간불이 깜박일 만큼 '좋아요' 숫자가 미친 듯이 올라갔다. 댓글도 꼬리에 꼬리를 물었음은 물론이다.

ㄴ블랙 유머라. 그래서 프로필 사진을 흑백만 쓰시나 보죠? 요즘은 영정 사진도 칼라로 뽑는데.

ㄴ영정 사진× 영정○, 칼라× 컬러○

ㄴ블랙 유머요? 요즘 발표가 뜸하시던데 블랙아웃이 걱정되네요.

ㄴ블랙 유머, 블랙아웃. 라임이 예술이십니다.

ㄴ댓글 학원 다니심?

_소설가 A씨의 페북은 A씨의 문학적 장례식장을 방불케 했다. 아니, 장례식장 밤샘 화투판처럼 기이한 열기로 흥청거렸다. 가장 이목을 끈 패는 흉사였다. 소설 속 흉사는 과연 무엇이었나? 작가가 안 쓰면 독자가 쓴다. 소설을 완성하는 끝판왕은 작가가 아니라 독자다. 지난 세기에 주창된 수용주의 혹은 독자 반응 이론이 밀레니엄을 건너 재발견되는 분위기 속에서 흉

사가 있었음은 기정사실로 받아들여졌고, 사람들은 해당 소설 주인공처럼 그것이 무엇이었나 진지하게 추측하고 상상했다. 단순 자살부터 악령이 깃들어 서로서로 죽고 죽이는 가족 잔혹극까지, 인간의 뇌로 떠올릴 수 있는 불상사가 총망라됐대도 과언이 아니었다.

_공개 수배라는 배가 산으로 가고 있다 판단한 소설가 A씨는 죽을힘을 다해 혼신의 반론을 올렸다. "뭣이 중헌디?"라는 제목이었다. 한마디로 「승강기」의 주인공이 엘리베이터 수리비를 냈는지 여부와 마찬가지로 흉사가 진짜 있었는지는 소설적으로 중요하지 않다는 주장이었다. "카프카의 『성』에서 유의미한 지점은 K의 입성入城 여부가 아니라 그것의 지연에 있다. 측량 기사로 초청받았음에도 환대는커녕 그 사실을 증명해야 하는 부조리. 엘리베이터를 이용한 증거를 대며 수리비 분담을 요구해도 모자랄 판에 사용하지 않았다는 증거를 대라고 요구하는 부조리. 이 전도야말로 교환가치가 사용가치를 규정하는 자본주의 핵심 모순 아닌가."

_근거가 모호하고 비약적이며 가르치려 드는 태도가 없지 않은 원글에 비해 거기 달린 글들은 직관적이고 간명했으며 엄밀한 사실관계에서 출발했다. "님은 카프카가 아니잖아요. 그

리고 카프카에겐 원고를 발표하지 말고 태우라는 유언을 남길 자기 객관화 감각이라도 있었는데." "『성』은 유고작으로 알고 있는데. 카프카가 안 죽고 완성했다면 어떻게든 결판이 났겠죠." "성 주변만 유령처럼 떠도는 K. K 픽션의 운명이 오버랩된다면 오버일까." 개중에는 위작이라는 소설가 A씨의 주장에 동조하는 듯한 글도 하나 있었다.

_소설가 A씨의 마지막 평정심마저 앗아간 것은 A씨의 손을 유일하게 들어준 바로 그 글이었다. "다른 사람이 쓴 거 맞는 것 같아요. 작가님보다 더 잘 썼거든요. 찐 가수보다 가창력이 뛰어난 히든 싱어처럼." 거기 달린 댓글들도 소설가 A씨의 혈압을 질환 의심 경계[14] 너머로 끌어 올리기에 부족함이 없었다. "히든 라이터라. 신박하네요. 이름 가리고 나란히 실어서 어떤 글이 찐 소설가인지 맞히기!" 세계보건기구 WHO가 2018년 추가한 희귀 직업병 목록에 예술가갱년기증후군(ACS)이 있다. 인위적 몰입의 과도한 반복으로 우뇌 시상하부 복내측핵에 전기적 교란이 발생해, 떨어지는 낙엽에도 모욕감을 느낀다고 보고되었다. 얼굴이 뜨거워지면서 등줄기에 한기가 도는 것이 일반적 증상이나 종종 폭발적 분노도 동반한다. 그것은 소설가 A씨가 한 문장이라도 쥐어짜내고자 노트북 화면만 온종일 들여다볼 때 나타나던 증상이기도 했다. "맞아요. 잘났든 못났든

내 새꺄 작품 아닌 건 틀림없습니다. 흉사가 있든 말든, 그분이 오시든 말든 내 새꺄 작품 아닙니다." 소설가 A씨가 올린 이 게시물도 ACS의 명백한 징후로 풀이된다.

3. 결말

_사라예보 하늘에 울려 퍼진 총성 한 발이 세계대전을 촉발시켰다면 충동적으로 입력한 격정 발언은 언론을 참전시키는 스모킹 건이 됐다. 소설가 A씨는 취재 전화 한 통 받은 적 없었지만 A씨의 이름이 실린 지난 모든 기사보다 두 배쯤 많은 기사가 쏟아졌다. 「"내 새끼 아냐", 어느 소설가의 절규」「한 작가의 친자 시비…… 진실은 무엇인가?」 문학 기사로 짐작하기 쉽지 않아, 문화면은 아예 건너뛰는 사람들까지 클릭할 만한 제목들이었다. 막장(이라고 손가락질 받으면서도 흥행에 성공한) 드라마적 제목들은 결국 미술계에 이은 문단의 위작 논란이라는 야마[15]로 수렴되었다. 자극적인 제목에도 불구하고 반응은 미미했다. 이런 소설가도 있었느냐며 노이즈 마케팅을 의심하는 댓글 몇 개가 다였다.

_페북에서도 노이즈 마케팅 논란이 벌어졌다. "동료 작가 문

자로 소설 발표 사실을 알게 되었다는 것부터 ~~조작~~[16] 주작 같다. 본인도 한 인터뷰에서 소설가들끼리 소설 얘기는 금기[17]라고 하지 않았나." 이번에도 소설가 A씨의 과거 발언과 글이 현재의 소설가 A씨를 겨냥했다. 이 합리적 의심을 해소하기 위해 소설가 A씨는 장고 끝에 소설가 B씨의 문자 캡처본을 공개했다.

_이득을 얻는 자가 범인이다. 자작극을 의심하는 사람들이 이번에는 문제 소설의 원고료가 누구에게 지급되었느냐고(최초의 공개 수배 게시물에 관련 내용은 포함되지 않았다) 물었다. 결백을 입증하기 위해 원고료 반환 내역을 캡처하다 소설가 A씨는 멘탈 암반층을 뚫고 내려가는 회의와 환멸에 빠졌다. 이게 다 뭐 하는 짓인가. 차라리 내 글인 양 가만있을걸. 때늦은 후회마저 밀려왔다는 ~~지인 피셜도~~ 이야기도 있다. 소설가 A씨는 며칠 페북도 닫고 휴대폰도 꺼두었다. 다 잊고 새 출발을 하는 게 맞을까, 페북 계정 자체를, 부조리한 소란의 흔적을 깨끗이 폭파해야 할까, 고민하다 소설가 A씨는 범죄심리학의 유명한 가설 하나를 떠올렸다. 범인은 현장에 다시 나타난다.[18] 소설가 A씨는 글을 남긴 페북 계정과 창작 수업 수강생 명단을 대조해보았다. 겹치는 이름은 나오지 않았다. 계정마다 일일이 들어가 살피는 저인망식 탐문도 헛수고였다. ~~눈팅만~~ 보기만 했다면 역

시나 추적 불가. 누구 말마따나 히든 라이터가 따로 없었다.

_히든 라이터? 사람들은 왜 ~~짠~~ 진짜 같은 목소리의 주인공이 어떤 사람인지보다 그 목소리의 주인이 진짜 가수인지 아닌지에만 관심을 기울일까? 공개 수배라는 취지는 처음부터 사람들의 관심 밖이었다. 독자들이 원하는 것은 과연 무엇일까? 위의 회고에 의하면 소설가 A씨는 등단 이래 처음 가슴에 손을 얹고 생각해보았다. 독자야말로 문학이라는 기차를 달리게 하는 영구기관 아닌가. 소설가 A씨의 손바닥에 감지되는 것은 자신의 심박뿐이었다. 심장이 하는 일에 무지하듯 독자가 원하는 것은커녕 독자라는 존재에 대해 ~~1도~~ 전혀 아는 바 없었다. 갈빗대 밑의 멈추지 않는 펌프처럼 당연한 줄만 알았던 독자. 열린 결말을 고수한 이유도 문학적 신념보다 독자들이 무엇을 원하는지 모르기 때문이었을까. 소설가 A씨는 30년 가까이 소설을 써오는 동안 한 번도 접하지 못한 공포에 사로잡혔다. 독자는 바닥이 보이지 않는 심연이었다. 자신이 심연을 들여다본다고 여겼는데 심연이 자신을 들여다보고 있었다.[19]

_심연은 깊기도 하지만 어디로 이어질지도 가늠하기 어렵다. 본의 아니게 소설가 A씨는 전에 없던 주목(좋은 의미든 나쁜 의미든)을 받고 있었다. 문제의 소설이 실린 잡지 과월호는

때늦은 증쇄로 정기간행물 카테고리에서 역주행을 펼쳤다. 창고에서 먼지만 뒤집어쓰고 있던 소설가 A씨의 책들은 언론이 주목한 작가 코너에 한동안 진열되며 절판 신세를 모면했다. 친구라고 해도 될지 모르지만 페친도 세 자리대에 진입했다. 그들은 냉철한 비판을 가하면서도 친구 맺기를 원했다. 소설가 A씨가 기뻐했을지 허탈해했을지는 알 수 없으나, 희소식이 분명했을 한 가지는 뚝 끊겼던 원고 청탁이 다시 들어왔다는 사실이다. 앞서 소개된 작가 의식 실태 조사에서 창작의 원동력으로 마감 날짜를 꼽은 응답자가 있었다. 소설가 A씨는 진담인지 농담인지 모를 대답의 산증인이 되기에 충분했다. 탁상 달력 한편에 마감이라는 두 글자를 적어 넣자마자 써야 할 소설 제목이 떠올랐다는 후문이다.

_「그분이 오신다」를 자신이 썼다고 나서는 사람은 아직까지 한 명도 없다.

_한 웹진에서 '히든 라이터' 코너 신설을 진지하게 검토 중이라고 한다.

_소설가 A씨의 발표 목록에 새로 추가된 단편 제목은 다음과 같다. '이것은 내가 쓴 소설이 아니다'.

_이것은 파이프가 아니다Ceci n'est pas une pipe. 르네 마그리트René Magritte 작作. 〔이미지 보기〕

4. 주석

1) 특정 대상에 대한 혐오를 조장하거나 그럴 우려가 있는 표현, 타인의 명예를 훼손하거나 그럴 우려가 있는 표현, 타인의 프라이버시를 침해하거나 그럴 우려가 있는 표현, 상투적이거나 교양과 거리가 먼 표현 등등.
2) 이후 사건 전개에 관한 서술은 소설가 A씨의 페북 글을 바탕으로 일부 재구성했다.
3) 『SNS시대의 작가 의식 실태 조사』, 공공예술정책연구원, 2019.
4) 프라이버시 문제에 관해 본 매체에는 어떤 책임도 없음을 밝혀둔다.
5) https://www.choijergagyuk/hometraining/moontlepush-upbong#%5~&.
6) 『대산문화』 2020년 가을호, p. 100.
7) 프라이버시 문제에 관해 본 매체에는 어떤 책임도 없음을 밝혀둔다.
8) 구나윤, 「원고 매수와 단편 미학의 상관관계」, 『한국현대소설문학흐름연구』 2017년 상반기호.
9) 예술 작품이 시대의 요구에 부응하는 정도.
10) 히브리어. 홍해를 건넌 이스라엘 백성들이 시나이산에 도착하기 전에 머문 곳. "그들은 샘이 열두 개 있고 종려나무가 일흔 그루 서 있

는 엘림에 이르러 거기 물가에 진을 쳤다." 텔아비브 대학교 문헌지질학과 아담 사이먼 교수는 「출애굽기」 15장 27절을 근거로 수에즈 운하 120킬로미터 남동쪽에 위치한 알 라시드 오아시스라고 추정한 바 있다.

11) ~~어쩌면 소설이라는 비생산적인 글을 쓰는 행위 자체가 일종의 반사회적 범죄가 되어버린 시대인지도 모른다.~~

12) 18세기 말 개발되어 고속 인쇄에 쓰인 인쇄용 금속판을 가리키는 불어. 문학과 영화에서 상투적이고 판에 박힌 듯한 표현을 칭하는 비평 용어로 쓰인다.

13) 역술이야말로 한계에 봉착한 이성주의를 극복할 대안적 세계관이라는 역술인협회의 항의가 있었다.

14) 고혈압 질환 의심 경계선은 심장 수축 시 140mmHg, 이완 시 90mmHg.

15) 헤드라인 또는 전달하고자 하는 핵심 메시지를 가리키는 언론계 은어. 불교의 108지옥 중 허언을 일삼은 자들이 밤새 제 혀를 씹는다는 야마夜魔지옥. 일본어로 산山. '야마 돈다'라는 표현이 있지만 머리와의 연관성은 밝혀진 바 없다.

16) 본 매체는 '조작'이라는 단어 사용을 엄격히 제한하고 있다.

17) 「글 농사엔 농번기 따로 없어」, 『동향일보』 1999년 10월 14일 자.

18) 애거사 크리스티의 『추운 나라에서 돌아온 살인자』에서 유래했다는 설이 유력하다. 대한민국 경찰청 범죄 분석 통계에 따르면 현장을 다시 찾는 강력범은 거의 없다고 봐도 무방하다. 그 이유는 다음 세 가지로 추정된다. 주변 차량의 블랙박스, CCTV, 편의점 파라솔 아래 앉아 있는 주민들.

19) 니체는 이렇게 말했다. "괴물과 싸우는 사람은 스스로 괴물이 되지 않도록 조심해야 한다. 우리가 괴물의 심연을 오랫동안 들여다본다면 심연 또한 우리를 들여다보게 될 것이다."

이것은 당신이 쓴 소설이다

허희
(문학평론가)

1. 암굴왕이 몰두하는 세계

김경욱에게는 별명이 여럿 있다. "소설기계"(서영채)가 유명하고, "바람둥이"(백지은)는 흥미롭다. 1993년 등단한 뒤 소설집과 장편소설을 각각 여덟 권씩 펴낸 꾸준한 필력과 태작 없기로 널리 알려진 그의 면면을 떠올리자. 그러면 다섯번째 소설집 『위험한 독서』(문학동네, 2008) 해설에서 명명된 "소설기계"가 과연 그에게 맞춤한 별명임을 알 수 있다. "바람둥이"에 대해서는 부연 설명이 필요하겠다. 이것은 일곱번째 소설집 『소년은 늙지 않는다』(문학과지성사, 2014) 해설에 언급된, 그의 소설 쓰기를 사랑론에 빗댄 비유이다. "모든 소설에 충실했지만 어떤 하나에 얽매이지 않아온 그의 산뜻한 족적"(백지은, 「잘하는 능력은 어디서 오는가」, 『소년은 늙지 않는다』, p. 291.)

은 그때나 지금이나 달라진 바 없다. 여전히 그는 양질의 소설을 성실하게 생산하는 "소설기계"이자, 언제나 새로운 소설과 '잘' 연애하는 "바람둥이"이다.

그러나 그에게 정확하게 어울리는 별명은 따로 있는 것 같다. 부인이 지어준 '암굴왕'이다. 그도 마음에 들었던 모양이다. 공식 석상에서 그는 종종 '암굴왕'이라는 별명에 대한 이야기를 꺼내곤 했다. '암굴왕'은 알려진 대로 뒤마의 장편소설 『몬테크리스토 백작』의 옛 번역어이다. 주인공 에드몽 당테스가 누명을 쓰고 10년 넘게 투옥되었다가 탈옥 후 신분 상승을 이루어 복수에 나서는 줄거리를 가진 작품이라, 과거에는 '바위에 뚫린 굴의 왕'이라는 뜻을 가진 '암굴왕'으로 제목을 옮겼다. 바깥 일정을 최소화하고 골방지기로 살며 소설을 쓴다는 점에서 '암굴왕'은 그의 평소 생활에 부합하는 별명이다. 자발적인 유폐라는 점이 에드몽 당테스와 다르지만.

그 외에도 차이점이 있다. 에드몽 당테스는 암굴(감옥)에서 자기를 모함한 이들에 대한 복수를 다짐했던 반면, 김경욱은 암굴(작업실)에서 자기 외부 세계를 샅샅이 살펴본다. 스스로 밝힌바, 그에게 소설이란 "당대, 자기가 살고 있는 공동체에 대한 질문"('2016 서울작가축제' 인터뷰, 〈채널예스〉)이다. 초기작부터 그를 항상 수식하는, 대중문화를 적극적으로 차용한 소설쓰기도 이와 연관된다. 문학을 포함하여 영화와 음악 등의 예술 분야에서는 공동체 구성원의 욕망이 모여들고 갈라지는 양상들을 목격할 수 있다. 인간이 수고롭게 만들어내어 즐기는 일들이 대저 그러하다. 아무나 그것을 포착하는 건 아니다. 집요한 관찰력과 예리한 통찰력이 필수이다. 거기에 꾸준한 실행력까지 갖추고 있다면 더할 나위가 없다.

내가 알기로 그러한 능력을 겸비한 영화계 인사는 브루스 웨인이다. 박쥐 복장을 하고 고담시의 범죄자를 제압하는 배트맨 말이다. 여러 버전의 작품이 있지만 2022년 제작된 맷 리브스 감독의 「더 배트맨」을 예로 들고 싶다. 낮에는 은신처에 틀어박혀 공동체에 끼치는 파급력이 큰 사건들을 낱낱이 검토하고(집요한 관찰력), 이에 관한 전모를 파악한다(예리한 통찰력). 그리고 밤에는 출동하여 해결에 나선다(꾸준한 실행력). 브루스 웨인 – 배트맨 또한 '암굴왕'이다. 그처럼 세 가지 역량을 보유한 김경욱은 에드몽 당테스 – 몬테크리스토 백작보다는 브루스 웨인 – 배트맨에 가까운 '암굴왕'이리라. 에드몽 당테스 – 몬테크리스토 백작과는 달리, 브루스 웨인 – 배트맨은 "당대 자기가 살고 있는 공동체에 대한 질문"을 던지는 동시에 자신의 실존을 고뇌하기 때문이다.

이전까지 김경욱 소설의 특징으로 꼽힌 "자기가 아니라 타자에게 집중하는"(백지은, 같은 글, p. 292) 바람둥이의 속성은 적어도 이번 소설집에서는 재고를 요한다. 아니, 어쩌면 그는 일관되게 타자에게 집중하는 경로를 경유하여 자기를 탐색해 오지 않았을까. 고담시가 사실상 브루스 웨인–배트맨의 확장된 자아인 것과 마찬가지로. 그가 집단주의 사고에서 벗어나 고유한 '나'의 목소리를 강조한 90학번 신세대 작가의 기수로 꼽히면서도 자기 외부 세계에 몰두한 까닭이 여기 있다. 그는 '하나를 위한 모두(All for one)'라는 집단주의를 '모두를 위한 하나(One for all)'라는 공동체주의로 전유한다. '세상이 어떻든 나는 나로서 오롯이 존재한다'라는 요즘 세대의 의식과는 대별되는 방식으로, 그는 '세상과 어떻게 연결되어 나는 내가 되는가'를 물어왔다.

2. 얼굴을 고백하는 가면

이번 소설집의 표제작이자 맨 앞에 위치한 「누군가 나에 대해 말할 때」가 그 대표적인 예이다. 단순하게 보면 이 작품은 뉴스에 종종 보도되는 은둔형 외톨이의 기이한 행적을 소재로 쓴 세태소설의 범주에 속한다. "누군가 자신에 대해 말할 때면 어김없이 그러하듯. 통째로 삼켜지는 느낌. 옴짝달싹할 수 없이 숨통이 조여드는 느낌"(p. 37)을 정밀하게 파고든 소설. 그런데 이 작품은 그 정도에 그치지 않는다. 우선 '나'에 대해 말하는 '누군가'가 누구인가를 따져 물어야 한다. '누군가'의 정체는 다름 아닌 '나'이다. 이 소설의 '나'는 본인을 이름으로 지칭한다. 유치함의 산물은 아니다. '나'는 로마의 영웅 카이사르가 자신을 객관화한 글쓰기를 참조하여 일인칭 대명사 대신 '김중근'이라는 고유명사를 사용한다.

"머릿속에 수백 개의 팽이가 돌아가면서 메스꺼운 느낌이 들 때 내가 아닌 김중근이라는 사람의 머릿속에서 벌어지는 일이라고 여기면 도움이 된다. 사회적 거리 두기. 세상에는 바이러스뿐 아니라 스스로와 거리를 둬야 하는 사람도 있다"(p. 12). 그는 '바라보는 나'를 설정하여 '활동하는 나'를 돌아보는 메타인지 전략을 활용한다. 그러니까 이 작품의 제목은 '내가 김중근에 대해 말할 때'로 바꿀 수 있다. 표면적으로 '나'와 '김중근'은 같은 인물이지만 양자는 상이한 위치에 서 있다. 바라보는 '나'는 활동하는 '김중근'으로부터 분리됨으로써 성립한다. 하지만 철저한 분리는 이루어지지 않는다. 아무리 '김중근'에 대해 중립적으로 말하려 해도 그가 어쩔 수 없이 '나'인 한에서 그것은 끝내 불가능하다.

'내가 김중근에 대해 말할 때' 그가 서술하는 방향과 흐름에 따라 독자가 교묘하게 이끌리게 된다는 말이다. 개명 전 '김기정'이던 시절 그는 담임에게 폭행당했고, 아버지가 낸 교통사고 가해 책임을 대신 뒤집어쓰고 감옥에 간 이력이 있다. 그가

"코스타리카 블루진"처럼 자신을 보호하는 일에 온통 신경을 쏟는 행동의 알리바이는 이렇듯 자연스럽게 생겨난다. 방에 죽은 아버지를 둔 채 사망신고를 하지 않는 것도 고령 연금을 계속 받기 위해서다. 잊지 말아야 할 사실은 그가 아버지처럼 생존을 목적으로 거짓말을 할 수 있는 자이고, 안위를 지켜내려고 어머니처럼 진실을 짐짓 모른 체하고 살아갈 수 있는 자라는 것이다. 더불어 그는 이상의 모든 것을 고백하는 자이다.

'나'와 '김중근'의 발화가 따로 또 같이 이중적으로 겹치는 자유 간접 화법은 이런 정황 속에서 이 소설이 품은 메시지 중 하나를 기법적으로 드러낸다. 분명 '나'이되, 매끄럽게 융합되지 않는 또 다른 존재로서의 '나'. '나'에 대해 말하는 순간만 출현하는 '나'라는 개체가 엄연히 있다는 뜻이다. 자기 외부 세계를 발언하면서 이러한 식으로 자기 내부 세계가 새롭게 구성됨을 기술하는 방법은 「누군가 나에 대해 말할 때」를 위시한 소설집 전반에 나타난다. 「그분이 오신다」와 이를 짝으로 삼는 「이것은 내가 쓴 소설이 아니다」로 예증할 수 있다. 두 소설은 (불)가능한 독서 치료에 대해서 쓸지언정(「위험한 독서」), 소설가가 소설을 쓰는 과정을 담은 이른바 "소설가 소설" 쓰기는 극구 피해오던 김경욱이 메타픽션을 연이어 썼다는 점에서 호기심을 불러일으킨다.

「그분이 오신다」를 발표한 다음 해 봄에 진행한 인터뷰에서 그는 소설가 소설을 쓴 심경을 내보였다. "지금까지 제가 산문집을 한 권도 안 냈는데 실은 안 낸 게 아니라 못 낸 거예요. 저는 구닥다리 소설가여서 화자라는 가면을 벗고 맨얼굴을 드러내는 게 기질상 안 맞는 거예요." 한데 그는 앞으로 "소설가 소설을 좀더 써봐야겠다"고 계획까지 세웠다. 무엇이 그를 변하게 했을까. "안 써지는 소설을 붙들고 몸부림치던 소설가가 지푸라기라도 잡듯 내키지 않던 집으로 이사를 감행하는 이야기. 재미있게 읽었다는 소리를 백만 년 만에 들었어요. 순간 마음 속으로 무릎을 쳤어요. 왜 진작 이걸 안 썼지. 내가 뭣도 모르고 블루오션만 피해 다녔구나."

그 역시 독자의 긍정적인 반응을 갈구하는 작가구나, 이 말을 이렇게만 간주하면 곤란하다. 여기엔 에세이화하는 소설의 시대적 조류를 읽는 그의 시선이 담겨 있다. "정말 작가 자신의 얘기인 것처럼 읽혀야 흥미를 갖는구나, 실감했어요. 소설이 내면성의 양식이라는 점도요. 이런 상황에서 작가는 이런 식의 생각을 하는구나, 이런 느낌을 갖는구나. 독자들이 궁금해하는 건 그런 대목 같아요"(이상 「당신 인생의 벨 에포크」, 『악스트』 2021년 5/6월호, pp. 87~88). 그는 대학에서 서사창작 강의를 하면서 젊은 세대를 비롯한 대중의 감성 구조가 달라지고 있음을 매년 체감하는 사람 가운데 한 명이다. 그래서 변화를 시도한 것이다. 대세 순응형 작가? 그럴 리가. 소위 대세라는 것이 있음을 부정하지는 않아도 거기에 순순히 응하지 않는 작가가 김경욱이다. 그러지 않았다면 「그분이 오셨다」를 전복하는 「이것은 내가 쓴 소설이 아니다」를 내놓았을 리 없다.

그의 말대로 "화자라는 가면을 벗고 맨얼굴을 드러내는 게 기질상 안 맞는 거"라고 하면 그뿐일지 모른다. 그렇지만 「그분이 오셨다」와 「이것은 내가 쓴 소설이 아니다」를 「누군가 나에 대해 말할 때」와 겹쳐 읽으면, '나'의 '맨얼굴'을 드러내는 사안이 간단하게 해결될 수 없음을 필시 그는 염두에 두는 듯하다. '맨얼굴이란 대체 무엇인가' 하는 정의부터, '내 얼굴은 내 것이나 결코 나는 내 얼굴을 직접 볼 수 없다(거울 등의 재현물을 통해서만 간접적으로 인식할 수 있다)'는 역설까지 그는 소설로 아우른다. 의심 없이 '나'를 자명한 주체로 규정하고, 이와 같은 '나'에 대한 글쓰기가 제일 쉽다는 태도를 가진 나이브한 작가들은 뭘 그리 복잡하게 구느냐고 할 테지만, 이에 아랑곳하지 않고 김경욱은 자기 내·외부에서 섬세하게 '나'를 뜯어본다.

3. 거푸 혼동하다

그럴수록 깨닫는다. 얼굴이라는 참, 가면이라는 거짓이 뚜렷하게 구별되지 않는다는 것을. 얼굴이 가면을 뒤집어쓰는 것만이 아니라, 가면이 얼굴을 뒤집어쓰기도 한다는 것을. 그러다 얼굴과 가면이 뒤섞여버리기도 한다는 것을. 「튜브」로 접근할 수 있겠다. 2018년 지면에 공개된 이 소설은 세월호 참사를 배면에 두고 있는 것처럼 보인다. 2014년 4월 16일 이후 한국 문학의 해석장에는 한 가지 묵계가 생겼기 때문이다. 바다와 배라는 공간적 배경이 나오고, 거기에 아이를 잃은 내용이 더해지면, 자세히 설명되지 않더라도 해당 작품은 세월호 참사의 알레고리라고 볼 수밖에 없는 것이다. 자동 반사 같지만 세월호 참사의 충격과 반향이 그만큼 컸다. 게다가 이 소설에는 이러한 문장이 인장으로 박혀 있다. "선장이 도망치는 걸 봤습니다. 러닝셔츠 바람으로 뛰어내리는 모습을 똑똑히 봤습니다"(p. 157).

「튜브」의 주인공 '영광'은 아들 '이서'를 바다에서 잃은 아버지다. 참척의 아픔을 견딜 수 없던 그는 아들의 죽음을 망각하는 자구책을 취한다. 무의식적 방어기제였겠으나 그는 아들이 멀쩡하게 살아 있다는 가짜 현실을 진짜 현실이라고 믿으며 산다. 그러나 진짜 현실은 가짜 현실 사이의 틈새를 비집고 터져 나온다. "어떤 종류의 말은 천 일, 만 일, 백만 년이 지나도 뇌리에서 사라지지 않는다. 존재의 깊디깊은 안쪽 어딘가에 나이테처럼 새겨져 날카롭게 베이는 한순간 어떻게든 잊으려는 마음 가장자리로 비어져 나온다"(pp. 144~45). 그러므로 그는 본인 조차 '믿을 수 없는 화자'이다. 아들과 함께 간 낚시 여행에서 혼자만 살아남았다는 죄책감, 당시의 선택을 바꿀 수 있기를 염원하는 "만약의 지옥 계단"(p. 156)을 그는 술에 의지해 벗어나고자 했으니까.

하지만 벗어나지 못한다. 익사한 아들의 "초록빛으로 부푼 시신에서 납작한 튜브를 벗겨내다 억장이 무너"(p. 156)진 뒤부터, 튜브는 줄곧 그를 따라다니고 있다. 어디에 있든 튜브가 그를 호출한다. 아니 그가 튜브를 떼놓지 않는다. 분실한 튜브와 이를 되찾는 구조는 정신분석학적 관점에서 실패 던지기와 끌어당기기(fort-da)로 볼 수 있을 것이다. 실패를 던지고(부재) 끌어당김(현존)을 되풀이함으로써, 엄마와의 분리된 고통을 극복하려는 아이의 놀이. 그럴 때 아이는 부재와 현존의 상황을 자신이 통제할 수 있다고 여긴다. 물론 '영광'에게 고통의 극복이나, 부재와 현존의 상황에 대한 통제 운운하는 것은 지나친 언사이다. 그는 튜브를 매개체로 아들과 숨바꼭질한다는 환상을 슬프게 향유할 따름이다. 그 순간 아들은 보이지 않을 뿐 이곳에 있는 존재가 되니까.

얼굴과 가면이 뒤섞인, "튜브를 꼭 끌어안은 녹색 괴물"(p. 157)의 형상은 「윗집 남자」에도 변주되어 등장한다. 육아휴직 중인 '수영'이다. 아이가 잠든 사이 그는 집에서 나와 산책을 한다. 홀가분하지는 않다. 층간 소음을 비아냥대는 "현관문에 붙어 있던 포스트잇"(p. 227)의 기억이 머릿속에 자꾸 떠올라서이다. 소음을 줄이려고 노력했음에도 불구하고, 그것을 무가치하게 느끼게 만드는 윗집의 포스트잇은 현관문에 또 붙어 있다. 그는 불쾌함을 넘어 분노감에 사로잡힌다. 안전 잠금장치는 풀렸다. 이제 방아쇠만 당겨지면 그도 녹색 괴물로 변신하리라. 미리 밝혀두건대 그의 분노감은 아랫집 사람에 의해서만 쌓인 것은 아니다. 분노감의 성질은 복합적이다. 가정을 꾸렸으나 자신 소유의 집이 없어 이사를 전전할 수밖에 없는 설움, 치매를 앓다 숨을 거둔 아버지에 대한 부채 의식 등이 뒤섞여 있다.

잠재해 있던 그의 녹색 괴물은 동네 숲속에서 발현된다. 그곳에서 마주친 여자와 동선이 겹치면서부터다. 처음에는 우연하게, 나중에는 "달아나는 여자의 뒷모습을 눈과 발로 쫓도록 부추기는 정체 모를 비릿한 열기"(p. 236)에 휩싸여 그는 그녀를 뒤쫓는다. 여자를 해코지할 의도는 없다. 그러나 그러한 식으로 상대를 공포에 빠뜨리는 행위 자체가 그녀에게는 해코지다. 이 대목에서 미소지니misogyny의 혐의를 읽어내는 독자가 많으리라. 단, 이것을 김경욱이 미소지니 소설을 썼다고 환원시키는 독해라면 틀렸다. 그는 미소지니의 명백한 옹호나 교묘한 긍정이 아니라, 남에게 자신의 감정을 무분별하게 투사한

자의 자가당착을 그려낸다. 타인에게 본인의 얼굴-가면을 함부로 덧씌우다, 그러는 사이 스스로 녹색 괴물로 변해버렸음을 인지한 자의 씁쓸한 말로.

「가브리엘의 속삭임」도 비슷하다. 성경 학교에서 일어난 성추행 논란을 다루는 이 소설은 이와 관련된 여러 인물의 진술을 들려준다. 각자의 시각이 엇갈리므로 "다인이가 게임 도중 미리의 귀를 핥았다"(p. 197)가 참인지 거짓인지 독자로서는 판단하기 어렵다. 미리의 일관된 진술과 그녀의 발언을 의심하게 하는 정황들이 얽히고설킨다. "말이란 게 이토록 변화무쌍할 수 있구나"(p 194). '하나'의 독백대로 말로써 이에 대한 진위를 가리기는 힘들어 보인다. 누가 얼굴에 가면을 뒤집어쓰고 말하는지, 누가 가면에 얼굴을 뒤집어쓰고 말하는지, 누가 얼굴과 가면이 붙어 있는 것을 의식조차 못하고 말하는지 알 수 없는 탓이다. 그래도 교회 담당 목사 '김찬도'에 관해서만큼은 알 수 있다. "저들은 저희가 무슨 짓을 저지르는지도 몰랐을 것"(p. 216)이라고 신에게 용서를 구하는 그야말로, "악을 떠나 의를 행하는 죄인인 듯, 의를 떠나 악을 행하는 의인인 듯"(p. 219) 사는 동안 얼굴과 가면이 융합된 인간이다.

늘 회개하라고 말하지만 정작 자신은 회개하지 않는 자를 비난하기는 쉽다. 그렇지만 다른 이의 인생을 자기 본위로 재단해서는 안 된다는 메시지를 「타인의 삶」은 전한다. 이 소설에서 '나'는 아버지의 장례식을 치르는 중이다. 그런데 "흰 줄무늬가 희미하게 들어간 감색 양복"(p. 108)을 입고 빈소를 찾은 사내를 보고, '나'는 어린 시절 잠시 "집에 와 있던 중학생 형"(p. 113)과의 추억을 환기한다. 친절하고, "존재는 밀어내는 빛을 제 색깔로 갖게 되는 법이야"(p. 114)라며 '나'보다 멋진 표현을 구사하던, 혹시 아버지의 숨겨둔 아들은 아닐까 의구심을 갖게 하는 사람. 하지만 더는 그에 관한 진실을 알 길이 없다. 번역을 고민하던 영시 구절처럼 아버지가 있을 법한 "슬픔의 높이"를 그저 신중하게 가늠해볼 수밖에. "아버지의 얼굴에 아들의 얼굴이 있"(p. 129)으므로 할 수 있고, 해야 하는 일이다.

4. 떠밀려가는 가운데

「타인의 삶」은 아버지 얼굴에서 아들 얼굴을 발견하는 작품이다. 타인을 통과하면서 '나'를 응시하는 과정, 그중에서도 특히 노인에 착목하는 경향성이 이번 소설집에서도 이어진다. 작년에 출간한 그의 여덟번째 장편소설 『나라가 당신 것이니』(문학동네, 2021) 주인공 역시 칠순에 이른 전직 첩보 요원이었다. 그의 의중은 무엇일까. "아버지를 떠나보내고 더더욱" "노인들 문제에 대해 많이 생각하거든요." "끊어지면서 이어지는 이 순환의 고리는 대체 뭘까. 그리고 그 매듭의 순간들을 어떻게 맞이하고 준비해야 할까." "인간이 할 수 있는 일이 있다면 사회적 존재로서 효능이 다하고 밀려나는 신세가 되더라도 자신의 존엄을 끝까지 지킬 수 있다고, 그렇기에 더더욱 존엄을 지켜야 한다고 말해주는 것일 거예요. 그리고 이런 이야기를 하는 게 문학이 아닌가 생각해요"(「당신 인생의 벨 에포크」, pp. 83, 86, 93).

"끊어지면서 이어지는 이 순환의 고리"를 주목하고, "밀려나는 신세가 되더라도 자신의 존엄을 끝까지 지킬 수 있다고" 다독이는 소설이 「하늘의 융단」이다. 주인공은 정년퇴직이 얼마 남지 않은 '곽춘근'이다. 그는 내심 '곽도연'으로 살고 싶었는데, "도연은 곽춘근이 농대에 입학하던 해 생일에 스스로에게 선물한 이름이었다"(p. 172). 부모가 지어준 촌스러운 이름이 아닌, 세련된 이름으로 근사한 인생을 꾸며보고 싶었던 청춘의 꿈이었으리라. 그러나 돌이켜보건대 "데면데면한 인생"(p. 168) 이었다. 사립학교 교원이 되었으나 임업 교사에서 영어 교사로 원치 않은 전직을 해야 했고, 가정을 꾸렸으나 아내와 딸과는 인연이 끊어진 채 혼자 살고 있다. 설상가상 학생에게 성추행을 저질렀다는 혐의까지 받는 중이다.

「가브리엘의 속삭임」에서도 다루어진 성추행 문제는 전술

했듯이 시시비비를 가리기가 매우 난감하다. 소송으로 전개되더라도 영상 등 객관적 증거 없이는 유무죄가 쉽사리 판결나지 않는 탓이다. "일방적인 성적 만족을 얻기 위하여 물리적으로 신체 접촉을 가함으로써 상대방에게 성적 수치심을 불러일으키는 행위"(〈국립국어원 표준국어대사전〉)라는 뜻매김처럼, 성추행은 내적 진실의 실체를 입증하는 과제를 짊어지지 않으면 안 된다. "일방적인 성적 만족"과 "성적 수치심"이라는 감정의 영역을 공공의 장에서 증명하는 행위는 피해자 혹은 무고하게 가해자로 몰린 이들을 괴롭게 만든다. '곽춘근'은 이러한 상황 속에서 평생에 걸쳐 쌓은 경력을 부정당했다. 결국 그는 "일신상의 사유"(p. 189)로 사직서를 내고 교직을 그만둔다.

한데 이 소설은 '곽춘근'의 쓸쓸한 퇴장으로만 끝나지 않는다는 점에서 이채롭다. 그는 아버지에게서 자신에게로, 자신에게서 딸에게로 "끊어지면서 이어지는 이 순환의 고리"를 자각하고 "진실의 첫마디를 신중히 고르는"(p. 189) 자세를 취한다. "밀려나는 신세가 되더라도 자신의 존엄을" 끝까지 지킬 수 있는 방안이 무엇인지를 그는 직감하고 실천에 옮겼다. 한편으로 김경욱은 바로 "이런 이야기를 하는 게 문학"이라고 「하늘의 융단」으로 보여준 것이다. 희생과 숭고를 한 구절에 담은 "사뿐히 밟으소서, 그대 밟는 것 내 꿈이기에"(p. 186)라는 예이츠가 쓴 동명의 시의 구절을 길잡이 삼아서.

「하늘의 융단」이 비극적 낭만주의를 표방한다면, 「돼지가 하는 일」은 희극적 현실주의를 엿볼 수 있는 작품이다. 장훈 감독의 영화 「택시운전사」의 한 장면처럼, 택시운전사 '최원배(초이)'는 외국인 저널리스트 '산체스'를 손님으로 태우고 임진각으로 향한다. 두 작품은 택시운전사의 유머 감각이 돋보인다는 공통점이 있지만, 1980년 광주와 2018년 서울이라는 달라진 시공간은 양자의 적지 않은 차별점이다. 「돼지가 하는 일」에만 초점을 맞추자.

이 소설은 6·25전쟁의 상흔과 분단 체제의 오늘을 일흔이 넘은 노인과 외국인의 시점에서 돌아본다. "북한군이 연평도에 기습적으로 포탄을 쏟아부은 지 나흘 뒤"(p. 42)인 터라 언론에서는 연일 심각한 보도가 이어진다. 그러거나 말거나 회사에 출근한 젊은이들은 밀린 업무가 더 시급하다고 농담조로 말할 뿐 남북한의 대치 국면을 진지하게 생각하지 않는다. 이에 화가 난 '최원배'는 그들에게 쓸데없는 훈계를 늘어놓는다. 젊은이들은 어땠나. 그들은 대거리하지 않는다. "나(최원배—인용자)라는 존재가 보이지도 들리지도 않는 것처럼" 굴고, "소심한 목소리"로 "병신"(pp. 66~67)이라는 욕설을 나직이 내뱉는다.

'최원배'의 '꼰대짓'에 비하면 이 정도 대응은 약과라는 감상도 있을 법하다. 하지만 6·25전쟁 와중 죽음의 문턱에 섰던, 폭사한 '대길이' 고기를 먹고 기력을 회복한 일화를 소중히 간직한 그를 야멸치게 멸시하는 것이 온당할까. "'저 꼰대가 또' 하는 표정을 못 알아볼 만큼 눈이 망가지진 않았"(p. 48)기에 오랜 세월 그는 이에 관해 입을 열지 않았다. 그렇지만 산체스에게는 털어놓았다. 같이 포복절도하면서 '최원배'는 위로받는다. "덩달아 웃지 않을 수 없었지. 존중받는 느낌이었거든. 내 6·25든, 내 대길이든, 내 인생이든, 그 무엇이든." 이 부분이 나는 「돼지가 하는 일」의 백미라고 생각한다. 상대를 물어뜯으려는 이빨을 몰래 숨겨두지 않고, 서로 격의 없이 웃음으로써 "뒷자리 아닌 옆자리에 앉은 것만 같"(p. 49)은 친밀감을 형성하기란, 드물고 귀한 일이기에 그렇다.

젊은 세대에게 노인 공경을 새삼 계몽하려는 취지는 아니다. 소설이란 "당대 자기가 살고 있는 공동체에 대한 질문"이고, "자신의 존엄을 끝까지 지킬 수 있다고" 최후까지 말해주는 양식임을 주장하는 김경욱의 견해가 녹아 있는 것이다. 바꿔 말하면 이는 "모두를 위한 하나"를 전제하면서, '세상과 어떻게 연결되어 나는 내가 되는가'라는 물음을 제기한 그가 스스로 찾은 답변의 일부이다. 김경욱이라는 암굴왕은 사회와 동떨어져 사는 자연인과 다르다. 그는 세상 속에서 자신의 좌표와 행로를 헤아린다. 그는 세상이 획일적 의미의 전체가 아닌 개별적 의미의 공동체로 거듭날 수 있다고 여긴다. 그렇게 그는 암굴에서 집요한 관찰력, 예리한 통찰력, 꾸준한 실행력을 자기 내·외부를 대상으로 발휘해왔다. 현재의 결실인 아홉번째 소설집에 이르러 그는 다시 피력하는 것일 테다. "누군가 나에 대해 말할 때"에는 응당 이래야 한다고.

지구 반대편에서 열흘간 격리된 채 홀로 남겨질 수 있다는 마지막 주의 사항은 불길한 매혹이었다. 코로나19 팬데믹 와중에 열리는 국제 도서전. 함께 출국하는 작가들 중 현지 확진으로 귀국 명단에서 제외되는 사람이 나온다면 내가 유력했다. 불운에 당첨될 확률이라면 어려서부터 누구에게도 뒤지지 않았다. 똑같이 우물물을 마신 동네 사람들 중에 장티푸스에 걸린 사람은 나뿐이었고, 가족들과 나란히 잠든 방에 연탄가스가 새어들었을 때도 병원 신세를 진 사람은 나 혼자였다. 목적지가 『백년의 고독』의 나라가 아니었다면 3년 만의 국제선 탑승을 포기했을지도 모른다.

어느새 나는 노트북 대신 두툼한 스프링 노트를 캐리어에 챙겨 넣고 있었다. 최고의 뮤즈는 완전한 고립이다. 억울한 감옥살이에서 탄생한 『돈키호테』, 불시착한 사막에서 물 한 방울

없이 견딘 닷새가 낳은 『어린 왕자』. 근대문학의 효시 『데카메론』은 아예 페스트에 포위된 사람들이 돌아가며 들려주는 이야기 아닌가. 내게도 일생일대의 뮤즈를 만날 기회가 온다면, 백년 같은 열흘의 절대 고독 속에서 창작 혼을 불사르게 된다면 한 글자, 한 글자 꾹꾹 눌러써야만 할 것 같았다.

귀국 날 아침 PCR 검사 결과 '음성'을 받아 든 순간 나는 실망했던가. 실은 그 자리에 무릎 꿇고 감사 기도를 드릴 뻔했다. 입국 심사관이 쏟아내는 스페인어 앞에서 머릿속이 새하얘진 순간부터 작가로서의 각오는 반쯤 무너져 있었다. 백두산에 버금가는 고지대라 비말은 더 멀리 날아갔고, 낮밤이 뒤바뀌어 에스프레소를 연거푸 들이켜도 하품은 그칠 줄 몰랐다. 더구나 그곳은 불면증도 전염되는 '마콘도'의 땅, 마술적 리얼리즘의 심장부였다. 부끄럽게도 나는 작가적 본분을 망각한 채 한국에서보다 사회적 거리 두기에 더 철저했고, 다시 못 올 절대 고독으로부터 허둥지둥 도망치고 말았다.

몇 달이 지난 지금도 콜롬비아산 커피를 마시며 빈 문서창을 멍하니 바라볼 때마다 탄식처럼 자문하곤 한다. 그날 아침의 결과가 '양성'이었다면 어땠을까. 날짜변경선 너머에 두고 온 열흘 속에 머물 수 있었다면. 겁에 질려 죽거나 굶어 죽지 않고 스프링 노트에 뭔가를 적어 내려갈 수 있었다면. 커피의 뒷맛처럼 달콤 쌉싸름한 공상은 번번이 지구 반대편 어느 골방에 갇혀 인생 작품을 완성하는 유니버스 입구에서 막힌다. 가정법의 결론이 궁금하다면 열여덟번째 '작가의 말'을 쓰고 있는 이 유니버스에서도 계속 작가로 남아야 한다. 마술같이 차원의 문이 열려 제목조차 모르는 육필 원고를 가져올 날이 기다리고 있을지 모르니.

2022년 8월

김경욱

수록 작품 발표 지면

누군가 나에 대해 말할 때 『한국문학』 2021년 하반기호

돼지가 하는 일 『문학과사회』 2018년 봄호

그분이 오신다 『대산문화』 2020년 가을호

타인의 삶 『문학사상』 2020년 12월호

튜브 『Axt』 2018년 7/8호

하늘의 융단 『문학사상』 2019년 1월호

가브리엘의 속삭임 『Littor』 2018년 4/5월호

윗집 남자 『현대문학』 2019년 5월호

이것은 내가 쓴 소설이 아니다 『자음과모음』 2021년 봄호